2011年の小さな舞台

浜松文也

鳥影社

2011年の小さな舞台

一

舞台中央に立つ男の人の声が、ボクのお腹《なか》に響いてキュッと反応したのに驚く。ボクの座席からこんなに距離が離れているのに。あんな長いセリフを、あの声量で声もからさずに言えるなんて、プロってさすがだ。

あの人、周りの人たちと並ぶと意外に小柄なんだ。大きく見えるのは恰幅《かっぷく》がいいのとロシアの軍人らしい尊大な態度からか、いかめしい髭をつけているけど格好《かっこう》の割に演じている人は若いみたい。智子がいうには有名な俳優さんらしいが、名前を聞いてもボクは知らない。

劇場で演劇を観るのは初めてじゃない。中学生のとき、芸術鑑賞会で劇を観た。たしか途中で居眠りしてしまって、何を観たのか覚えていない。この『三人姉妹』というのも、頑張って観てはいるけど、どうしても面白さがよく分からない。この芝居もきっとそのうち忘れちゃうことになりそうだ。

一階最後列の隅っこの席で、ボクはその演劇をながめていた。この会場は前後の座席の段差が低い。ボクにこの席を指定した隣の智子は、ギプスで固めた左足のケガに配慮してくれたのか、それともボクが普通の子より大きいからか、彼女を横目でちらと見ると、すぐ気がついて視線を返してきた。ボクは舞台に目を戻したのに彼女はまだ見てる。

この横一列の座席の一角は、うちの高校の演劇部が占めている。顧問の川名彦一先生と十三名の部員たち。ボクは演劇部の部員ではないけれど、智子がこの観劇会に誘ってくれたのだった。

もしかして、この客席の暗がりのなかでつまらなそうな顔をしていたのを気にしていたのかな。そんなにまじまじと上目づかいで顔を見つめられると同性とはいえくすぐったいようで、どんな表情でいればいいか分からなくなる。ボクはその視線に気づかないふりをしているのが耐えられなくなって、にらめっこで負けたように笑って、「なあに？」と小声で言って智子に目をやると、彼女は含みのある笑みを見せて舞台に向き直った。こいつ、ボクが目を合わせなければ、ずっとあのまま見つめているつもりだったな、そう感じさせるくらい長い凝視だった。

智子はたしかボクより何ヵ月か生まれが早かったはずだが、ボクの方がいつもお姉さん風を吹かせていたものだった。でも今はなにか前と雰囲気が違う。いつからメガネをコンタクトに替えたんだろう。そのせいだけじゃなく、女っぽさが増しているというか、それを照れずに自然にやっているというか、ボクは軽い嫌悪感がむらっとこみ上げたのを早めに打ち消して、舞台の明るい光に目をやった。

智子とは中学以来だんだん疎遠《そえん》になり、中二の冬に彼女の家族が学区の違う地域に引っ越してからは会うこともなくなっていた。ボクは毎日バレーボールの練習漬けだったし、この高校もスポーツ推薦で入って、彼女が同じ高校の一般入試を受験していたことも知らなかった。

仙台S学園高等学校は、各種スポーツで全国的な有名校となっているが、地元仙台での一般的な印象は公立の受験前にスベリ止めに受けておくといった感じの私立高校で、十年くらい前に男女共学になったが、もともとは女子高で、昔から女子の制服がかわいいというので評判だ。それでも近年は特進コースというのも設立されて、大学進学率も増加傾向にあるらしい。智子は中学で成績が上位の方だったけど、ちょっと無理をして学力ぎりぎりのところにチャレンジして公立の受験に失敗し、この高校に入学した。

中学の卒業式の日の夜遅く、突然智子から電話があったのを思いだす。公立の志望校には落ちたけど、ボクと一緒の高校でよかったと言っていたがそんなことはないはずで、きっとがっかりした気持ちを引きずりたくないから、なんとか前向きになれることを考えて、それを人に聞いてもらうことで自分を納得させたかったんだと思う。ちょうど、その前年の暮れに都道府県選抜の試合で大阪まで行ったのに予選で負けて落ち込んでたときの自分もそうだったからよく分かる。ボクの場合は、なにかあるとすぐ母に話を聞いてもらうのが常《つね》だった。母はそのときも、「なんでも経験。悔しさも経験。高校に行ったらその経験をバネにして頑張んなさい」とか、ボクが言ってもらいたいことをだいたい期待どおりに言ってくれた。

電話口で口ベタなボクは、そのときの智子にきっとそっけない対応をしたろう。仙台S学園高校のバレー推薦の者は、入学式を待たずに練習に参加することになっていて、ボクはそのスケジュール表を見ながらバレーで進路を決めた充実感で舞い上がっていたから、自分のことで頭がいっぱいで人にかまっていられなかった。あのときの間の長い途切れ途切れの会話で、きっともうお互い必要としている友達は別なんだなってはっきりした気がした。

それからのちは連絡もなく、高校に入学してからもクラスは別だし、廊下ですれ違っても、「よっ」とか表面的に陽気なふうに挨拶するぐらいの仲になっていた。

それでも、小学校のころまではお互いの家に行き来したりと仲がよかった。小学五年生のころ、初めて友達同士で日曜の仙台の街に買い物に行ったのも彼女とだったし、地域の小学生バレーボールクラブにも一緒に入った。ボクはバレーを続けたが、中学になって彼女は吹奏楽部に入った。それからお互いの友達も変わり、徐々に接点がなくなっていった。

べつに仲たがいしたわけではないんだけど、二人で遊んだりすることもほとんどなくなり、朝練のあるボクとは登校時間も違って、特に二年生でクラスが変わってからは、会ったときにたまに話をすることはあっても特に親しくする機会はなく過ぎていった。なぜか春の球技大会でソフトボールをやったときに彼女とハイタッチをしたのを覚えている。そんな些細なことが印象に残っているというのは、それだけ親密な交流がなかったということなのだろう。

だから、一昨日《おととい》智子が演劇部の観劇会にボクを誘ってくれたときは意外だった。

前期の期末試験が先週終わったばかりで、みんなの気分もほっとしていたころの二時限目の休み時間、悪ノリしたクラスメイトに赤いペディキュアを塗りたくられてたときに、ちらっと彼女の姿を見たと思っていたら、次の三時限目の休み時間にボクのクラスに急にすいっと入ってきて、まっすぐボクのところに来てためらう素振《そぶ》りもなくごく気安く声をかけてきた。

ボクの足のケガのことには触れずに、窓際に立て掛けておいた松葉杖を無断で取って遊びながら、

「ねえ、明後日《あさって》の休みヒマ？　うわ、この松葉杖長いねえ」とボクの顔を見るか見ないかして言う。

「長さ調節できるよ、それ。で、なに？」

「だからぁ、明後日は空いてる？」

「明後日ねえ、その日は午前中から練習試合があるんだよね。それにお彼岸だから、帰ってから家族でお墓参りに行く予定」

「そう。でも試合には出られないんでしょ」

「だけど応援には行かないと」

「あのね、演劇の鑑賞会があるんだけどね、一年生の部員の一人が風邪ひいて行けそうもないっていうからチケットが一枚余るんだ。で、香《かおり》を招待したいんだけど、どお？　仙台市民会館で開場が六時半なんだけど」

「えー、ありがとう。その時間なら行けるわ」

「よかった。じゃあオッケーね！」

「みんな何着て行くの？　制服？」

「制服じゃなくてもいいよ。メールのアドレスとか変わってないよね？　あとで詳しいこと連絡するから」と、松葉杖を一本ずつ座っているボクに倒しかけてきて、「じゃあまたね」と足早ぎみに去って行った。

あれはおそらく彼女なりの演技をしていたのだと思う。もともと陽気な子だったけど、面と向かって話をするのはずいぶん久しぶりなのに、まるで昨日お泊まり会でもしたようにあんなさりげなく会話するのはボクの方が照れたぐらいだ。いままでの疎遠な仲を氷解させるために強引な手を使ってきたなって感じもした。彼女は前より大胆な性格になった。きっと演劇部に入ったからだ。

ボクの座っているところは後ろに観客がいないから居心地が悪くなくていい。ボクは身長が一八二・五センチある。身長が高いのはイヤではないけれど、ボクも女子だから人にどう見られているか気になるし、かわいくも見られたい。それでいて、かわいく見せようとするのには抵抗を感じてしまう。かわいいが似合わないのは知ってるから。ボクが演劇をやったとしたらなんの役ができるだろう。なんにも様にならなそうだな。智子に聞いたら女子プロレスラーとか、女ターザンみたいな役しか思いつかないなんて言われそうだ。けっこうこの子、口が悪いからな。

会場は二階席もあってほぼ満席だった。劇の内容からか女性が多い。こういう演劇を観に来る人達も世間にはけっこういるもんなんだなと、ボクにとっては珍しい光景に感心していた。

終演は九時十分だった。会場のロビーでいったん集まって、今日観た演劇についてレポートを書くよう先生に言われてブーイングしているみんなを、ボクは少し離れたところで待っていた。

「――それと、今日はゲストに千葉の友達の佐藤香が参加してくれました。佐藤は一年生のとき俺のクラスの生徒でな、千葉とは幼なじみだそうです。どうだった？　たまにはいいもんだべ？　普段演劇なんて観る機会ねえべがら」

「あ、はい。えっと……今日は智子に誘ってもらい参加させていただきました。私は演劇をちゃんと観るのは初めてで、私にはちょっと難しいお芝居だなと感じたんですが、キラキラした別世界を見たような気がしてすごく勉強になりました。すいません、ちょっと声がかすれてるのはバレーの練習試合で大声だしたから……あの、今日はありがとうございました」

ボクは一言先生にお礼を言ってからすぐ帰るつもりでいたのが、急に話をふられて少し慌てた。ガラガラ声だし、顔がほてる。やはり人前で話すのは苦手だ。

「んだが。よがったな。ほいづは部活でケガしたのが？　あんだがケガしたらチームも困るべ。でもちゃんと治るまで無理すんすなよ。ヒマあったら演劇部さ遊びさこ。演劇をやる人間はいろんな人と交流して、人間というものを知り、探究する。どんな人との出会いもムダになんねえんだ。運動部の人との交流も大いにけっこう。うちは和気あいあいのクラブだがら」

川名先生はさっき言ってたとおり去年の担任の先生で、相変わらずの仙台弁だ。

「背え高いから裏方の手伝いしてくれっと助かる」と男子部員の一人が言い、「掛け持ちでもいいから演劇部においでよ。先生、部活の掛け持ちってダメなんでしたっけ？」と部長の大宮さんという女子の先輩がそう言ってくれた。

「うちはよくてもバレー部の方ではダメっていうべなあ」

「じゃあ内緒で来ればいいよ。って、なんか佐藤さんの意見も聞かずに勝手に話進めてるけど」と、部内の女子で一番背の高い人が言って、みなが笑った。

ボクは、「そう言っていただけてすごくうれしいです。お邪魔でなければ今度見学にうかがわせてもらいたいと思います」と社交辞令みたいなことしか言えず、ずっと笑顔を作り続けていた。

それにしても演劇部は、先輩と後輩の上下関係があまり見えない。うちの学校の運動部はどこも大なり小なり先輩後輩の序列がきっちりしていて、女子バレー部はそれが激烈に厳しかったから、演劇部の文化部らしい和《なご》やかさが、ボクにはなんだか大人っぽく感じられた。

会場の外は一日中降ったりやんだりしていた雨があがって、秋分の日の仙台市街の夜は空気が湿気っていてやや肌寒かった。濡れた街路に信号の光や行き交う車のライトがキラキラ反射して、こういう街の光景のなかにいると、急に大人びたような感覚に軽く気分が高揚する。智子が、道の先に見えるフレッシュネスバーガーに寄っていこうというので同意したが、店前まで行くと閉店時間が近いのが分かってあきらめることにした。

仙台の街なかを智子と歩くのは久しぶりだ。彼女は松葉杖で歩くボクの横で、「歩くの大変そうだね」と言って、劇場で配られたチラシの束でボクの頬を扇いだ。

「暑くないって」

「なんか急に涼しくなったよねえ。こないだまであんなに暑かったのに」智子はそう言ってるくせに扇ぐのをやめない。

二〇一〇年の夏は記録的な酷暑だった。サッカー部の生徒が熱中症で倒れたのを機に、気温が三十三度以上になると部活中止が検討されることとなり、各部が途中で練習を切り上げたり、任意で屋内の自主トレとなったりした日が十日以上あったと思う。

そこでボクら女子バレー部は、近くの市民プールでトレーニングしようということになったが、考えることは他の部も同じで、学校の男子が来るようになってからは行くのをやめた。先輩たちがスクール水着から買い替えたせっかくの競泳用水着も活躍したのは数日しかなかった。もっともその後、運動部の生徒で混雑しだした市民プールへ一般客によるクレームがあった模様で、部活のトレーニング目的の団体利用を自粛するよう全校集会で申し渡されたのだが。

智子は閉じた傘の先をトントンとコンクリートに突いて歩く。

「風邪ひいた部員の人は大丈夫なの？」

「うん。部長が心配して電話したら熱は下がったたって言ってたって。一年生唯一の男子でさ。演劇部は男子少ないから貴重な要員なんだよ。だから一年のときは男子はだいたい甘やかされんの。うちの男どもが性格悪いのはそれが原因じゃないかと思うんだよね。いっそ女だけの部にしちゃえばいいのに」

「なんか悪いね。私、演劇のことなんも分かんないのに、その人の席とっちゃって」

「全然気にすることないよ。香には前から一度演劇に触れさせてみたかったの。足ケガしたの見てチャーンスと思って。芝居観てどうだった？　本音んとこ」

「うーん。ちょっと長いって感じしたかな。でも演劇の空間って素敵だなと思ったよ」

「マジ？　実は私も、今日の芝居難しくてよく分かってないんだけどね。でも、プロの舞台の雰囲気とか美術はすごいよね」

智子がにやついて言った。

「香も演劇部に入れば？」

「うーん。演劇もたしかにいいけど、私の本業はバレーだもん。私からバレー取ったらなにもなくなっちゃう」

「そっかあ。にしてもさっきからひどい声だね」

「先輩にいっつも声出し声出し言われてっから、ここぞとばかりにアピってやったらやりすぎた」

「あはは。足のケガは、だいぶ悪いの？」

「なんか病院で大げさに固められちゃってさ。それに蒸れてかゆいんだよねー。割り箸突っ込んでかいてんだから」

「でも、そうでもしないと香は頑張りすぎちゃうから、きっとお医者さんもそれを分かっててそうしたんだよ。もう三週間くらい経つよね。なにしたの？　アキレス腱切れたとか？」

「足の甲がね、痛くて。レントゲン撮ったら疲労骨折って言われた。でも来週にはギプス取れる予定なんだ」

「そうなんだ、よかった。あんまり無理しちゃだめナリよ」

「あれ？　今の、キテレツ大百科のコロ助のモノマネ？」

「なんでもないよ」智子は照れくさそうに笑った。

「そうじゃん。コロ助じゃん。なぜとぼける？」

ボクたち二人は子供のころ観てたアニメの話で久しぶりに笑い合った。この感じ、昔よく遊んだオモチャを押し入れから見つけたときのように懐《なつ》かしい。

ボクと智子は仙台近郊の岩沼市に住んでいる。智子のパパは同市にある製紙工場に勤めていて、長年その社宅に両親と母方のおばあちゃんと四人家族で住んでいた。

ボクの家は、その工場からほど近い竹駒《たけこま》神社のすぐ裏手で小さな八百屋を営んでいるから、小学校の時分にはお互いの家によく泊まりっこしたものだ。

ボクは両親と三人暮らし。他に六つ年上の姉がいるが、五年前に東京へ行き、祖母のお葬式のときに一度帰ってきたきりで、それ以来会ってない。うちの祖母は三年ほど前に亡くなったが、智子のおばあちゃんは血圧が高いのと腰が悪いのを除けば、元気で料理もやるという。

智子の家族が社宅から海沿いの二ノ倉《にのくら》という地区の団地に新築の家を購入し、引っ越してから、ボクはまだうかがったことがないが、庭も広く、ママさんとおばあちゃんは家庭菜園やガーデニングが趣味で、仲がとてもいいらしい。

智子は子供のころからよく家族の話をする。ボクが聞かないことまで話すから彼女の家族のことはよく知っていた。智子は母親が二十歳のときに産れた子で、ボクの母親より十歳以上も若い。智子が色白なのは母親ゆずりなのだろう。細身のすらっとした人で、遊びに行くといつも、泊っていきなさいと言ってくれるオープンな人柄のママさんだった。

「智子のママは元気？」

「元気元気。私としょっちゅうケンカばっかしてるよ。それより香さあ、〝ボク〟って言うのやめたの？」

智子がボクと向かい合って後ろ歩きしながらそう聞いてきた。

「私には前みたいにボクでいいじゃん」

「うん……そうだね」

ボクは小さいころから自分のことを〝ボク〟と言っていた。べつに男の子になりたかったわけじゃない。ＢＳ放送で手塚治虫の『三つ目がとおる』のアニメを観て、和登《わと》さんというヒロインが自分のことを〝ボク〟と言っていたのをマネしたのがきっかけだった。ボクが自分のことをボクと言い始めてから家族や友達にとがめられたという記憶はない。

小学校から中学校までボクより背の高い同級生は男子にもほとんどいなかったし、髪もつねにショートだったから、自然にまわりが受け入れていたのだろう。でもそれは中学までだ。中学の先輩たちにはルックスとバレー部のエーススパイカーであるという特性が〝ボク〟という呼称を容認する充分な理由になったが、高校生になるとそうはいかない。

　今の部の先輩の前でボクなどと言おうものなら、「なにそれどういうつもり？」とか怖い顔されて即座に矯正されるのは分かりきってる。先輩に対しては〝私〟か〝自分〟というのが部の当然の決まりみたいになっていて、先輩たちは後輩が調子に乗ってるとか、生意気だということに対してはとても敏感なのだ。生意気イコール先輩をナメている、となる。

　そんな無意味な不協和音を招いてまで自分の呼称にこだわるつもりはないし、どうせ反抗的に思われることをするなら髪を伸ばす方にしたい。

　ともかく、日本語で一人称を表す言葉は相手の立場を反映するから気をつかう。自分のことを表す言葉に気をつかうなんて、よその国ではどうなんだろう。でも、ボクは女らしく〝ワタシ〟と言うのがなんだか照れる。家や親しい人の前ではいつも〝ボク〟だ。

「智子はいつからメガネやめたの？」

「フフフ、やっと聞いてくれましたね。高校デビューのコンタクトだよ。だから高校からの友達は私がメガネっ子だったことを知らないのだ」

「よく目に入れられんね、あんなの。入れるとき怖くない？」

「慣れだよあんなの。私も最初は怖かったけどね。ねえ、私の目って片っぽ少し寄ってるじゃん。これ矯正ってできんのかなあ？」

　智子の左目はちょっとだけ内側に寄っている。ボクは小学生のとき、ひそかに自分の片目を寄らせる練習をしていた時期がある。彼女にとってコンプレックスのそれも、ボクにはかわいらしい個性に見えて、いまだにちょっと憧れがある。彼女にそのことを打ち明けたことはないけど。

歩きながら智子は演劇部のことを話してくれた。顧問の川名先生は数学の教師で、去年の担任だったのにボクは知らなかったが、高校演劇に長いあいだ携わっている人なのだそうだ。

去年は先生が書いた脚本を上演し、県大会で優秀賞をもらったという。

その次の上位大会に行けるのは最優秀賞と優秀賞一席の二校までなので、惜しくもそのキップは逃したが、そこまで進めたのは智子たちには初めてのことで、今年はさらに上を目指してみんな今までになく気持ちがまとまっているという。県大会の評価で自信がついてからは、他校との合同練習もこちらから働きかけて実現したし、智子は川名先生の指導で脚本を書くことにも取り組んでいると話した。

今は来月のコンクールにむけて稽古をしていて、今年は智子が書いた創作劇で大会に臨むのだということ、それからこの前の文化祭では『100万回生きたねこ』という絵本を自分たちで脚色して公演を打って、それを学校系列の児童福祉施設で再演したら、子供たちにとても受けて大成功だったことなどをしゃべり、携帯電話の画像を見せてくれた。

他の部員や児童たちと写っている智子は白い猫に扮して大きなメガネをかけている。なんでもその白猫は劇中で年をとって死んでゆくので、お婆さん猫の感じをだすためにメガネをかけたのだそうだ。主役のオス猫を演じたのは、同じ学年の男子部員だそうで、飼い主になついたふりをしながらも「こいつキライだにゃー」というセリフがとぼけてて、子供だけでなく職員さんにも受けていたという。人間よりも猫の方が偉く見えて名演だったとか。話を聞いていると芝居を観てみたくなってくる。

ボクの姉も県立高校の演劇部で全国大会にもいったことがあるのだが、年の差があったこともあって、姉の演劇を観たことがない。たしか家にそのころの姉の演劇を撮影したビデオがあるはずだけど、興味がなかったからそれも観てない。

智子は演劇を始めてから、ボクの姉に関心をいだいているらしい。

「あのさ、香のお姉さんのことなんだけどさ」

「え？　あ、うん。お姉ちゃんがなに？」

「お姉さん、名北高の演劇部だったんだよね？　名北って演劇強いんだよ」

「ああ、たしかお姉ちゃん、大会で四国の方に行ったみたいよ。ボクは小学生で興味なかったから詳しくは知らないけど」

「すげえなあ。私も名北に行きたかったなあ」

「お姉ちゃんとはもうずっと会ってないんだ。東京にいるはずだけど、電話もこないし、連絡先も分かんない」

携帯電話を取り出してみると、家から着信が入っていた。リダイヤルすると父親が岩沼駅まで車で迎えに来るという。駅からは家まで歩いて十分ほどの距離だ。遠慮したけど父は受話部から漏れ聞こえるような声を出してきかない。しばらく押し問答のあと、めんどくさいのと智子の前で恥ずかしいのとで、意固地な父の言い分に負けて、駅へのだいたいの到着時刻を告げた。智子のことも家まで送ってくれるという。智子は駅からバスかタクシーで帰るつもりだったので素直によろこんだ。

エレベーターを使って地下鉄に降りたら、祝日だからかこの時間帯は閑散《かんさん》としていた。仙台の地下鉄は、ボクが行ったことのある他の都市のそれと比べて一番清潔感があるように思う。構内の空気もなんか人工的な空調のにおいだけどボクは好きだ。反対路線の列車が運んできた風が顔に涼しい。

「ねえ、香ってさあ、彼氏いるの？」

プラットホームのベンチに座っているボクの真正面に立って智子が言った。いったいこの子はどうしてこういう質問を目を見すえて聞いてくるんだろう。

「いるわけないじゃんよ。バレー部は恋愛禁止だもん」

「でもさ、なかには内緒で付き合ってたりする人もいるでしょ」

「詳しくは知らないけど、いるね」

「だれ？　だれ？」

「言ったって分かんねえべ」

「いいからいいから。言ってみ」

「みどり先輩っていう副主将でセッターの……あ、だれにも言っちゃダメだよ」

「言わないけど、今度見に行こっと。どんな人？」

「見てどうすんのよ。でもまあ、先輩いぎなりカワイイから見に来ても損はないかもね。少し髪の色抜いてる人だからすぐ分かると思うよ。本人は地毛が茶色いって言ってるけど」

「あー、あの人か。劇部の稽古で体育館使ったとき見たことある」

「みどり先輩って頭いいし、優しいし、怒鳴ったりしないし、女バレのオアシスみたいな人だよ」

「誰にでも優しいんでしょ。よくいる、そういう如才ない八方美人のあざとい系」

「そんなことないよぉ。一途《いちず》な性格だってほかの先輩が言ってたよ。これ聞いた話だけど、彼氏とは小六のときから付き合ってるだとか」

「ウソ！　そんな、小学生で付き合うとかってあるの？　信じらんねえ。なんなの？　バカなの？　気持ちわりい」

「ボクも最初聞いたとき衝撃だったよ。でもいまは結婚とかも考えてる真剣な交際らしいよ。ある意味この話題、部内ではタブーになってんだけど、ほかの先輩たちはきっとそういう事情知ってるからなにも言わないいんだと思う」

「私はそんなの許せないな」

「知らない人じゃん」

「もう知ったよ。ビッチじゃん」

「ビッチじゃないよぉ。そんな感じの人じゃないんだってば。みどり先輩、セッターでボクの相棒なんだから悪く言わないでよ」

「セッターじゃなくてビッチーだよ。ビッチ！　ドビッチ！　小学生から男と付き合うなんてとんでもねえ話だよ。ふざけんじゃねえぞ。絶対頭おかしい。だいたい親はなにしてんの。親公認？　自分の子供に愛情ないんじゃないの？　全員バカか！」

みどり先輩の話が彼女のお節介な倫理観に触れて興奮してしゃべってるのが可笑《おか》しかった。そのあいだに電車を一本やり過ごした。

「香も、男子に告られたことあるでしょ。教えろよ」

「ないよぉ」ボクは反射的にないと言ったが、実は以前一コ上の先輩に告白されたことがあり、他校の生徒にもいきなりラブレターらしき手紙を差し出されたなんてこともあった。

ボクは部活の妨げになるようなことを神経質に避けていたし、そのときはその場から逃げるようにして断った。手紙も読まずに捨てた。中三のとき初めて同級生に告られたときも、「まだ中学生なのにバッカじゃないの」と言って逃げた。中学で男子と付き合ってた友達もいたにはいたけど、突然自分にやってきた出来事に少しビビって、それからなぜか家族を思いだして恥ずかしいような、いたたまれないような感じがして、告ってきた相手が腹立たしくも思えた。考えてみると、あのころと今のボクってあんまり変わってないかもしれない。

かといってボクだって去年の同級生にちょっとタイプな男子もいて、その人に告白されていたとしたら、きっとすごく迷ったと思う。バレーをやってなければ普通に恋愛がしてみたいとも思ってる。でも、みどり先輩のようにスポーツに恋に勉強にと、なんでも器用にこなすなんてとてもできないし、そういう意味でボクにとってはバレー部の恋愛禁止のルールが、恋に悩む煩《わずら》わしさや、友達同士で恋愛の話題になったときのコンプレックスを和《やわ》らげるのに都合がよかった。

「好きな人は？」

「いねえから」

智子はボクが立ち上がったのでちょっと後ずさった。予告電光掲示板がもうすぐ電車が来るのを知らせている。彼女はボクの背中に回り込んで、広げた両の手の輪でボクの無防備な脇腹をポンポンとはさむように叩いた。

「このクビレめー。なんでこんなにウエスト細いの？　私も部活の基礎トレで腹筋やってるけど、こんなふうにならないよ」

「ちがうんだよ。肩幅広いのと尻がでかいからそう見えるだけ」

「香のはみーんなでっかい」と言って彼女はボクの腰のところを抱きしめて背中に鼻を押しつけてきた。ボクは彼女の息づかいを感じながら、なんだこいつと少し当惑したが、すぐに電車が来るので黙ってされるままにしておいた。劇場で感じた女っぽさはなんだったんだろ。やっぱりこの子、ボクより子供っぽいわ。

地下鉄から東北本線に乗り換えて岩沼駅を降りると、父の軽トラが待っていた。ボクはてっきり、最近母が買い替えたプリウスで来るものと思っていたので、父の気の利かなさにイラついた。智子を連れてるんだから新しい車でくればいいのに。

今日一日、他校への練習試合の行き帰り、お墓参りに市民会館までと、母の車で送ってもらった。

ボクの母は大学病院の看護師で、今日はあちこち運転してくれたし、明日は早い出勤だから遠慮して言わなかったけど、やっぱり母に来てもらうようにすればよかった。

智子は、つと駆け寄って軽トラの父に挨拶をした。父は彼女の明るさに合わせて挨拶を返して、娘を演劇に招待してくれたお礼を言った。ボクとしゃべるときはぶっきらぼうで恣意的なのが、他人に対してはこういうふうに愛想がいい。父はいつも外面がいいのだ。

「もうすぐ稲刈りの時期ですね」

「んだなあ。秋だわなあ」

「ちっちゃいころさあ、香んちの田んぼで一緒に遊んだね。ザリガニ捕ったり。香とだといっつも男の子の遊びばっかさせられんだもん。覚えてる？　おじさんたちが田植えの休憩のとき、甘い缶コーヒーもらっておにぎり食べて、あと帰りに軽トラの荷台に乗って」

「それで、お巡りさん来たら隠れろよってお父さんに言われて、パトカー来たらさっと伏せて隠れたよね」

「私たち田んぼの子だね」

「なぁに、さっぱり手伝いもすねえで遊んでばっかりだったべっちゃ」と父が言った。

「中学入るまではけっこう手伝いしたじゃん」

「私も香と一緒にお手伝いしましたよ。苗代《なわしろ》運んだり。稲刈りのときだって」

「ちょこっと手伝ってはすぐ飽きて、どっかさいねぐなんだっけおん」

「だってぇ、せっかく手伝ってんのに、かえって邪魔んなっからどっかさ行ってろとか言うんだもん、ねえ？」

智子と父の会話にボクは笑っていた。ボクの父は気がおけない相手となると川名先生に負けないぐらいズーズー弁になる。

「とにかく……」と智子はボクの耳に両手を当ててひそひそ話をし始めた。

「せーの、私たちは――」と彼女のかけ声のあと、

「田んぼの子です！」と声を合わせて言わされた。

「なにやほいづ？」父は声を出して笑った。会話のなかで父のこういう笑い声を聞いたのはなんだかずいぶん久しぶりな気がする。

「ほしたら来年田んぼやってみっか？　一反《いったん》貸すがら」

「ホントですか。お米作るってことですよね？　それやってみたい」

「智子もめんどくさいこと好きだねえ」

「なんにでも興味持ってなんでも体験してみるのが、演技の勉強にもなるって川名先生が言ってたよ。あ、そうだ。おじさん、演劇部の生徒みんなでやらせてもらってもいいですか？」

「いいよ、やってみだらいいっちゃ」

「やったー。ありがとうございます。明日、部のみんなに伝えてみます。でぇー、カオリお嬢様は？」

「カオリお嬢様やんない。……んぅー、分かったよ、そんな目で見ないでよ。ただし部活に支障ない日ならね」

「ザリガニも捕ろうね」

「捕ってどうすんの。飼うの？」

「ちっちゃいのなら飼ってもいい」

「ボクたち女子高生なのよ。女子高生が田んぼでザリンチョ捕りしてるなんてシュールすぎるでしょ」

智子はニコニコしていてよく笑う。そんな子供のころからの印象の彼女が、いろんな芝居でなにかの役を演じるというのが想像しにくかった。農家の体験をするのが演劇にどんな役に立つのか分からないけど、ボクの知らない智子の一面が演劇の世界にあるんだろうなと、すぐ横にいる彼女と肩を触れ合って、二人の関係が途絶えて過ごしてきた時間のことを考えていた。そして、それはボクの姉にも思いいたることだった。

車はボクの家を素通りして、智子の家へ向かった。海沿いの二ノ倉地区に入ってから、彼女の案内で着いた家は、白い二階建ての洋風の家で、庭の車庫には白いワゴンRが停まっていた。

玄関から出てきた智子のママは、久しぶりに見たが相変わらず若くて、髪を後ろに結び、屋外照明の明かりに浮かぶ化粧気のない顔は、高校生の娘がいるようにはとても見えない。こうして母娘《おやこ》が隣り合うと、高校生になって智子は母親と面差しがそっくりだ。

ボクは父と軽トラに乗っているのが恥ずかしくてなにをしゃべっていいか話題が浮かばず、ただニコニコしてママさんに聞かれたことに短く答えただけだった。

ボクらは車を降りずに挨拶して帰った。今度泊まりにおいでと母娘に言われて素直にうれしかった。ボクも智子に家に泊まりに来るよう言えばよかったと、あとから思い少し後悔した。あとで彼女にメールしなきゃ。

ところで、今日の練習試合は大差で勝ったけど、応援していたボクには複雑な心境だった。同じ二年でレフトの麻美《あさみ》のプレーが冴えていた。それほど長身ではないけれどジャンプが高く、オープンスパイクが強烈で、コースは読まれがちでもブロックアウトを何度も決めていた。レシーブもよく拾う。

もともとレフトだったボクが今年に入ってからミドルブロッカーにコンバートさせられることにな

ったのは、高さのあるスパイカーが充実していた去年の三年生が抜けてレギュラーが入れ替わったあと、両サイドに振るオープン攻撃よりも、速攻などのコンビプレーに重点を置くS学園女バレ本来の戦略に戻していくという監督とコーチの意向で、そのことは前から予告されていたから納得はしていたけれど、中学のころからずっとレフトだったボクはそのエースポジションに未練があった。

ボクは打点が高い割にスパイクが軟打といわれるけど、肩は柔らかく、多少位置の悪いハイセットでも強引に打ち込める自信があるし、コースの打ち分けは麻美よりも断然うまい。でも、相手校が格下だったとはいえ、麻美のレフトでの活躍ぶりは正規ポジションへのアピールに充分で、見ていたボクも、夏休みの合宿を境にあいつ化けやがったという印象を持った。

うちのバレー部は、県下ではまずベスト4には残れる強豪校の一角といっていいけど、宮城の女子バレーといえばF商業高校が断トツで強い。全国大会も過去に何度か優勝している名門校で、県内公式戦においては二〇〇連勝近い記録を更新し続けている。うちのOGであるコーチも打倒F商の悲願に燃えていて、ウイングスパイカーとしての麻美の成長や、F商に比べて高さで劣ることを考えると、ボクがレフトに戻ることはもうないなと思った。

それでも、センタープレイヤーとして練習を重ねるうちに、しだいに前とは違う感覚を持てるようにもなってきた。コーチが、チーム全体はまだ未完成だが、伸びしろがある分、短期間での成長が見込めるといっていたように、たしかに攻撃の幅が広がってる実感もある。ブロックは難しいけど、ステップともに前よりうまくなったし、セッターのみどり先輩との息も合い、今はクイックの練習が一番楽しい。

ギプスに固められた左足は、みどり先輩とブロードの練習をやりすぎたのが原因で痛めた。ミドルブロッカーになってから跳ぶ量が増えたこともあるが、ボクは中学のころからなぜかケガが多い。それに比べて麻美は丈夫で、ケガや病気をしたのを見たことがない。声もでかいし、一年のころからムードメーカーだった。きっと次期キャプテンは彼女になるだろう。

宿敵のF商業高校には、西田良子ちゃんという中学のころ県選抜で一緒だった選手がいる。最近は連絡も途絶えがちだけど、高校に入ったばかりのころはお互い新しい環境に心細さを感じていたから頻繁に電話やメールをし合っていた。

うちの女子バレー部では夏の合宿の初日の夜に、一年生が二年生の部屋に呼ばれて、一列に並ばされ、みんなの前で好きな人の有無とか恋愛事情を問い詰められ、部にいるあいだは男女交際禁止をきつく言い渡されるのが半ば伝統的になっていて、そういうのは他の学校でもあるのか良子ちゃんに聞いてみたら、「なにそれ。バカくさ。いまだにそんな中坊みたいなことやってんだ。そんなことやってるとこに負ける気しないわ」と呆《あき》れられたことがある。もっともだと思った。今年の夏合宿では、こんなイヤなしきたりみたいなのは、ボクらの代でやめたいと意見したけど、上級生の命令で結局やらされることになった。ただ、男女交際及びその他禁止事項を伝えただけで、プライベートなことは聞かないことにした。キャプテンの広美先輩に報告すると、これで弱くなったらおまえらのせいだからなと不機嫌な顔でそう言われた。

良子ちゃんのとこではコートネームを先輩につけてもらう伝統があるんだそうで、どんなのつけてもらったかは恥ずかしいからと教えてくれなかったが、よその伝統はそんな楽しそうなのに、うちらのクソみたいな因習はなんなんだろ。いろいろむこうのバレー部の話を聞いていると、いまさらだけどボクもF商に行くべきだったかなあと時々思う。うちみたいに中途半端に強いチームの方が、かえって部内ルールや上下関係にうるさいのかもしれない。

F商にもスポーツ推薦の話はあったのだが、学校の所在地が県の北部で岩沼市からはかなり遠く、バレー部は全寮制で、家族から離れなきゃならないのに尻込みしてしまい、母の意見もあって自宅から通学可能な今の高校を選んだ。つくづく甘ったれなんだと自分でも思う。それでも、全国から集まってくる選手層の厚いF商では良子ちゃんはまだ控えのセッターだし、ボクだってレギュラーになれたかどうか。母も言っていたけど、どっちの選択がよかったのかは分からない。

父は娘と二人になると無口になって、ボクは車のラジオのボリュームを少し上げた。

ラジオでは男性のアイドルタレントたちが、女性のしぐさでどんなのがぐっとくるかという話をしていた。ボクはラジオを聴きながら、父が智子のママを見て、まさか不潔な感情でもいだいてやしないかと、なんだかザワザワしたへんてこな心情がこみ上げてくるのを覚えた。自分でもバカみたいなことと分かっていながらも、おかしな考えが消せなくて、こういうとき父に勝手に嫌悪感をいだいてしまう。智子のママは以前うちの店によく来てくれていて、家族とも面識があるし、父はなにも悪くない。そんなことを考えてしまうボクがおかしいんだ。

「足のあんべえどうや？」

家にだいぶ近づいたころ、父が言った。

「うん、大丈夫。今日は松葉杖ついてずいぶん歩いたから疲れちゃった」

二

仙台S学園高校女子バレーボール部は、土日と月曜以外は朝練がある。朝練は七時に全体練習が開始できるよう原則六時半集合とされているが、家が遠くてどうしても間に合わない人もいるから、集合時間に関しては各自の努力義務ということでそんなにうるさくはない。

ボクは普段電車通学だが、足をケガしたこの一ヵ月間ほどは、親に車で送ってもらっている。

今朝は昨夜の雨もあがってよく晴れた。でもこの晴れ間も一日もたないようだとラジオの天気予報士が言っていた。ここんとこ、こんなふうにずっと天気が安定してない。もう先月から二週間以上も曇りや雨の多い天気が続いてる。

ボクは朝が苦手で、いつも時間ぎりぎりになってようやくのそのそ起き上がる。食欲もなくて朝食は食べたり食べなかったり。いつも寝る前に軽くやっているストレッチをさぼったからか、身体がなんかギクシャクして今朝は特に寝覚めが悪かった。

「からっとした天気が続かないもんかしらね」と母がつぶやく隣の助手席で、また寝ちゃわないように車窓から行き交う車をぼーっと眺め、今日もこんなに朝早くから働いてる人がいっぱいいるんだなあと変に感じ入っているうち、ようやく眠気も覚めてきた。

ボクの父も、青果市場に商品の仕入れに行くので朝が早い。父の仕事に関してそんなによく知っているわけじゃないけど、数年前から近所に大型スーパーができたのちも、うちのような小売店がなんとかやっていけてるのは、父が市場に自分で仕入れに行き、懇意にしている卸売業者と相対《あいたい》売りで取引して、スーパーよりも質のよい青果物を販売しているからだそうである。相対売りという言葉を父に説明されたけど、上の空で聞いてたから、聞いたそばから忘れちゃった。たしかにうちの店の品物は評判が良いようなのは耳にするし、常連客も一定数いる。それに農家も兼業してるから新米の時期に売る自家製のお米も毎年予約が途切れず入っているそうで、なにより長年青果物を納品している飲食店や観光ホテルなどのお得意様が何件かあって、店の売り上げよりも配達の方の固定収益が大きく、うちはそれでもっているとのことだ。

仙台の中央卸売市場へはちょうど学校の方角が同じなので、いつもは父の業務用の保冷車に乗せてもらっていたのだが、今日は水曜日で市場が休みなので母の車に乗っている。

今日の朝練は軽く紅白戦をやるというのでボクが主審をやらされることになっていたから、カバンからバレーの教本を取り出してハンドシグナルの復習をしていると、母が昨日レンタルＤＶＤで観た『ベンジャミン・バトン』という映画の話をした。

熱心にしゃべっているけど説明がヘタクソでよく分からない。老人の赤ちゃんってどういうことだろう。少し気になるけど詳しく聞くことはしなかった。

「今日病院行くのにお金もらうの忘れてた」

「あら、そうだったね。まあ私のいる病院に来るんだから、どうにでもなるけど。細かいのないから一万円札預けとく。あんた、今日ギプス取るのに片方の靴持ってきたの？」

「どわー、忘れたー！　片っぽ裸足で帰ってこなきゃなんねえー」

「バッカだなあ。知らないよ、お母さん」

「ウソだよー。ちゃんと持ってきてるよーだ」

父に送ってもらうときは、雨の日以外学校近くのコンビニで降ろしてもらうが、今日は母の車だから校門を入って第一体育館の近くまで行ってもらう。父には申し訳ないけど、『たけこま佐藤青果』の店名が入った車から降りるところを学校の誰かに見られるのが恥ずかしくて、校内に入るのを極力避けたかったのだ。

でも明日からはたぶん一人で通学できる。母も来週は夜勤が続くと言っていたし、親に気がねして車に乗っけてもらうのは今日までにしたい。

体育館はすでに開いていて、みどり先輩がもう一人の一年生と倉庫からボールカゴやネットなどを運び出しているところだった。

学校から家がすぐのみどり先輩は、部室と第一体育館の合鍵を預けられていていつも一番乗りだ。だから後輩の毎朝の挨拶は、特に遅いわけでなくても、「おはようございます」のあと、「先輩遅れてすみません」となる。三年生なのに、ひとりひとりの後輩の挨拶に必ず、「オハヨー」と屈託《くったく》のない笑顔で返してくれるのはこの先輩だけだ。

明るくて優しいみどり先輩は後輩たちになつかれる。一緒にいる一年生は、字は違うけどボクと名前が同じ佳織というセッター志望の子で、入学してきた当初から先輩にくっついていろいろ教わっているようだ。二人はいつも、全員がそろうころにはすでにアップを終えてパス練に汗している。今の一年生は人数も多く、やる気を前面に出して自らテンションを上げるのがじょうずな子が多い。そこへいくとボクらの代は麻美以外そういうところを内に秘めるタイプが多く、三年生の先輩たちからは、一年生はやけにかわいがられているのに、ボクら二年は、「やる気あんのか、ボゲェ！」としょっちゅう叱《しか》られてばかりいる。

部室棟から体育館に戻ると、他の一年生たちも何人か来ていて、コートのセッティングをテキパキとやって、もうすぐ完了しそうだ。ボクが手伝う分もなにか残しといてよと言いたかった。一年生たちは体育館の垂れ幕の隅や用具室でさっと練習着に着替えてしまうので早い。

ボクら二年生部員は、今までみどり先輩より早く来れた者はいなかった。ボクの場合は岩沼駅を始発で出ても仙台駅からバスか仙石線に乗り換えなきゃならず、学校まで一時間以上はかかるのでどうしても規定の時間に間に合わない。一つ上の先輩たちは、後輩のくせにみどりにばかり負担をかけていると言って、二年が全員電車通学なのを知っているはずなのにもっと早く来いと責《せ》め、そのくせ自分たちもみどり先輩より早く来る者はいないのだった。それを去年のある日のミーティングでみどり先輩自身が後輩を庇ってくれたので、理不尽な叱責《しっせき》が続けられることはなくなったが、たしかにそれからボクらはなんとなくみどり先輩に甘えてしまい、微妙に遅刻も多くなり、そのことがキャプテンを中心とした先輩たちを常にイラつかせているようでもある。

特に〝ゴリ美〟とボクらが陰で呼んでいるキャプテンの広美先輩はキレるとめちゃくちゃ怖いので、彼女の機嫌が悪い日は練習にも影響がでるぐらい後輩は萎縮してしまう。

去年、朝練中に同級生でボール拾いをしていたちょっと態度の悪い子がこの人に殴られてやめた。女の人がグーで殴るのを初めて見た。殴り方がヘタで変な所に当たったのがかえって痛そうで、鼻下のところを押さえてうつむき、だれかが止めに入る間もなく、ゴリ美は抵抗する相手のTシャツをぐいぐい引っ張って体育館の外に追い出した。ボクは彼女のスポーツブラがむき出しになったのをハラハラして見ていた。

その場にいたほとんどの者は立ったまま呆然とし、隣のコートのバドミントン部の練習も一時止まった。みどり先輩が外の彼女を心配して自分の大判タオルを持って駆け寄り、それに続こうとした同学年のボクらはゴリ美の怒声にさえぎられた。

高校の部活ってこんななの？　と、入学からまだ日の浅かったボクらは不安になったが、もっともこの事はあとで学校としての問題となったようで、その日の放課後の部活に制服姿のゴリ美と当時のキャプテンが遅れて来て、一週間の部活停止を言い渡された。ゴリ美は怒られたあとなのか、目を赤く腫らせていた。全員すぐ用具を片づけるようにと命じられただけで事情も説明されず、ゴリ美も謝罪や釈明もなしに、平たい目をしてふてくされた顔をしていた。

その日の部室でのおしゃべりな先輩の話では、あの子の態度を見かねていたのは広美だけじゃないとのことで、また自分らが一年のときの鬼みたいな先輩たちに比べれば、あんなこと大したことないよと、以前にあったエピソードを勝手にワイワイ聞かせてくれた。

とにかくそれからゴリ美に怒鳴られると、しばらく震えがくるぐらい怖かった。あの人と話をしなきゃならないときは、いまだにしどろもどろになる。

彼女には他のチームメイトもビビらされていたが、後輩の盾になってくれるみどり先輩がその分慕われるようになった。だからといって二人の先輩の仲は悪いわけではなく、むしろ親友同士で、正副の主将に任命されたミーティングのあと、夕映えの体育館の渡り廊下で、「アタシはどうせ嫌われ役だから厳しくやってチームをシメるよ。みどりはマイペースでいいから後輩育ててよ」と、小さな声でそんな相談をしているのをボクはすれ違いざま耳にしたことがある。だけど、キャプテンのその厳しさが多分にいびりに近いため、部員が次々やめていっちゃって、今年はマネージャーをやってくれる人もいないのだったが。


去年までは夏の高校総体が終われば三年生は引退だった。ところが今年からは「春高バレー」が三月から一月開催に変更され、三年生も出場可となったため、うちの部の三年生のレギュラーも全員残ることとなり、制度変更の最初の年代に当たることになった二年生は集まるたびにぶつくさ言っていたが、一年のときからレギュラーだったボクにとっては、もうしばらく先輩たちとバレーが続けられることが、貧乏くじではなくむしろラッキーかもしれないと思ってもいた。

監督には、歴代でもっとも高さのあった去年と比べれば平均身長が低くなったのは仕方ないが、一人ひとりのポジションの適性は今年の方がはまっているといわれてるし、一年生もバレー経験者が多く、みんな素直で元気だ。

十月の春高予選に向けて、今は試合形式のチーム練習が多くなっている。

キャプテンは、威張るだけあって泥くさいぐらいがむしゃらにボールを拾う。うちに二人いるリベロよりうまいと思う。ボールのコースと落下点を予測する反応がとても早い。ブロックフォローも手を抜かない。うちは基本的には守備のチームで、拾って拾ってつなげるバレーを身上としている。キャプテンを見ていると、その伝統バレーを体現してくれているようなプレーに過去の練習量のほどがうかがえる。あんなに怖い人でもコートのなかでは頼もしいオールラウンダーで、必死でボールを追う姿をながめていると、かきむしられるような気迫に胸が熱くなって、審判台の上で不覚にも目が潤んだ。

麻美のレフトからのクロスも、守備範囲の広いキャプテンに何度も拾われ、スパイクレシーブをAパスBパスにコントロールされていた。それに後衛には俊敏なリベロがいて、それを避けようとすると狙いすぎてアウトを取られ、ときたまやるフェイントもすかさず読まれて、麻美はイライラしてスパイクを外すたびに甲高い叫び声をあげた。

一年生を二名含めた三年生チーム対二年生チームとの紅白戦は、攻撃的な二年生がカバーリングの巧みな三年生の粘りのバレーに大差で敗れる形となった。ボクがいても勝てたかどうか。ブロックを抜けても、あのリベロの先輩も〝気合いのエリちゃん〟あるいは〝ガッツ絵里松〟のニックネームどおりスパイクに体ごとぶつかっていくプレーで拾いまくっていたし、三年生は全体のミスも少なく、最後の公式戦で、自分たちの代でF商に勝って本気で全国に行ってやろうと、一セットマッチながら熱いゲームをみせてくれた。ボクも主審をやりながら、早く練習に合流したくてうずうずしていた。

午後からの部活はトレーニングルームで各自筋トレのあとコーチが来しだいミーティングの予定だ。長田祐香コーチは本校の女子バレー部の卒業生で、現在は市役所の臨時職員だそうだが、外部指導員として土日のほか平日は不定期に学校に来てくれている。前任の男性コーチが健康問題を理由に退任されたあと、監督に請われてコーチになって四年目と聞いているが、ときどき差し入れを持って来てくれたり、一緒にプレーに加わって教えてくれるから、部員からの信望は厚い。

先日は赤ちゃんを抱いた他のOGを連れて来て、休憩中に二人の現役当時のころの話で盛り上がった。コーチは試合中、生爪を剝がしても試合を続けたという話に、キャプテンは赤ちゃんを抱っこしながら絵里先輩と一緒にヒヤーと驚いていたが、この二人だってそういう状況になったらきっと同じことをやるだろう。

長田コーチは三十三歳で独身とのことだが、若く見えて、年を知るまで二十代だと思っていた。図書室にある過去の卒業アルバムでコーチの写真を見たチームメイトが、高校時代はブスだったと言っていたが、ボクはまだ見てない。


ケガをしてから、ボクは筋トレとストレッチばかりやっていたので、数週間前、それを見かねたコーチに、〝頭でやるバレー〟と称して、録画した試合のDVDを渡され、うちのチームと県内上位校のチームを自分なりに比較・分析してレポートを書き、みんなの前でプレゼンをするよう命じられた。

最初はコーチに預けられた数枚のDVDと山のようなバレーの本に頭がくらくらしたが、いろいろ教わりながらやってみると、試してみたいことを見つけたり、相手チームを攻略するシミュレーションをしてみるのは意外と面白かった。

今回のミーティングは、ボクが考えたこととコーチが考えたことをそれぞれ突き合わせて比較したり、みんなの意見を聞いたりする形で進行したいから準備しておくようにといわれているが、プレゼンなんかやったことないからと一度断ったのに、「込み入った話をするわけじゃなくて感じたままを言えばいいんだから大丈夫。不安なら前の日に一緒に発表の練習しよう」と励ましてくれたので、数日かけて一応レポートをまとめたけど、発表の練習を促されることがなかったのをさいわいに、ボクはわざと今日のこの日に当てて病院を予約した。つまりプレッシャーから逃げた。

レポートは主に、仙台S学園の去年と今年のチームの特色と戦術の違いや、過去数年間のチームとの比較をテーマに、今やっている練習の方向性と意義をチームメイトに理解させる目的で書いてみた。

去年はF商にも並ぶくらいの高さがありながら、まったく歯が立たなかったのは、これまでのS学園の全員バレーの方針を離れて、即席のオープンバレーに変えてしまったことに原因があると思った。

全員バレーとは、ポジションの役割を果たしつつ、全員がセッターで全員がリベロの意識を持って練習しなきゃならない。過去のチームは全員トスの練習もしていたというし、平均的なサーブレシーブの精度も高かった。それが去年は、なまじ高さがあっただけにレシーブが乱れても、左右に振って、レフトのボクや、ボクより身長があった左利きのライトの貴美先輩にオープントスを上げれば、高い得点率をあげていたので、見た目は明快で派手だったが、攻撃のパターンが単調になり、全国で戦っている経験のあるF商にはむしろ楽な相手にみられたと思われる。

他の三年生も、身長のある身体的フィジカルの高い人がそろっていたので、コーチも、去年は例外的に選手の自主性に任せて、伝統的なうちの強みを生かしたうえでスタイルを変えてみようと監督と判断したのが、結果的には楽な方に傾く中途半端なバレーになったと反省していた。今までと違うプレースタイルへの欲もあったと、コーチは正直にボクに話した。

コーチとも意見の合ったことだが、うちのチームがF商に勝つとすれば、レセプションを徹底的に鍛えて、オープンよりも平行トスや速攻につなげ、速いバレーをやること。サーブは、ミスを恐れず攻めていく。ブレイクのチャンスを高めるにはサーブで相手レシーブを崩すことだ。サーブ練習を増やして、毎日実践を意識して行う。試合の後半になると、集中力が途切れてミスをしがちなのは、全体のスタミナ不足にあり、過去のチームに倣うなら、今よりももっとスタミナをつけなければならいが、それには長期的な練習プランが必要なので、大会まで時間のない今は、上位三校のチームのローテごとの攻撃パターンの分析とそれに対抗する戦略をもっと重視し、効率のいい試合運びをすれば終盤の体力を補うこともできるのではないかと指摘した。

先輩たちからは、そんなこと分かってると睨まれるかもな。それに効率のいい試合運びなんかあるかって批判されそうだ。あそこは書き直せばよかった。つまり相手の得失点パターンやその対策をみんなで共有して臨めば集中力を維持しやすい。

コーチが言うそのためのカギとなる選手というのがセンターのボクで、復帰後はやることが山積している。各種クイックに加え、リードブロック、二枚三枚時のブロックのタイミングをそろえる、すぐ下がって囮《おとり》に跳ぶ、後衛《こうえい》はサーブ後のローテでリベロと替わることになるとはいえ、比較的レシーブに苦手意識のあるボクには、レシーブの強化も課題だ。

自分ではレポートを書いてみることで、あらためてそれらを意識し、理解もしたので、ボクがプレゼンをして伝えるよりも、みんなにも同じことをやらせたらいいと思う。それにコーチの指図とはいえ、先輩を差し置いてそういうことをやると、ゴリ美のヤツがきっとおもしゃぐねえ顔するんだってば。もうレポートは渡してあるので、プレゼンのことはコーチがいつもどおりうまくやってくれることでしょう。あとは知らない。

午後からは部活を休んで病院へ行って、さっさとギプスを取ってもらい、リハビリをして、明日から徐々に練習にも参加していくぞと、ネットの紐を外しながら思っていた矢先、菊池先輩としゃべっていた最中のゴリ美の視界にボクが入ったものか、「――今日の試合、ハンデ戦にすんだったな。おい香ぃ！　オメエ、今日ギプス取れんだべ。早く練習まざれや、二年少ねえんだから」と言われた。

「ハイ！」と返事しながら、二年少ねえのオメエのせいだろとボクは心の中で言って目をつり上げた。

病院で小型の電動ノコギリみたいなギプスカッターでギプスを切って外してもらった。ちょっと怖くて、足の指を丸めた。空気に触れた肌が涼しく感じる。もうお風呂に入るのも苦労しなくてすむ。うれしくて、「やっと取れたー」と言うと看護師さんも、「長かったもんねー」と一緒によろこんでくれた。

左足をゆっくり着いて歩き、リハビリ室に移ると、理学療法士の若い女性がボクの左足首をゆっくり曲げたり伸ばしたりしてくれたが、小さい手でなんかぎこちない。ユニフォームの脇のところが白なのに汗染みが分かる。新人さんなんだろうか。ボクなんかにそんなに緊張しなくてもいいのに。すごく一生懸命やってくれたけど気の毒なくらい固くなっているのが伝わって、その間話したバレーの話題も途切れて、十五分ぐらいの施術がやけに長く感じた。

そのあと自宅でやるリハビリのプリントをもらって説明を受けているあいだ、理学療法士という職業のことを聞いたりしていたら、時間がオーバーして他の患者さんを待たせてしまっていたらしく、同僚の人に名前を呼ばれて慌てていた。ボクが話を長びかせてしまって悪いことをしたかも。でも感じのいい人だった。また定期的に来るよう言われたけど、もう自分でやるからいいや。

小児科の病棟に看護師の母がいるはずだけど、忙しいだろうから会わずに病院を出た。もう夕方に近く、来るときは薄日が差していたが、いまは鈍色の雲が低く垂れこめていた。痛くはないけど左足がまだなんかぎくしゃくする。完全に体重を乗せきるのが怖い。焦らずリハビリをやって、部活への本格的な参加はまだしばらく見合わせるようにと医者に言われた。しばらくってどれぐらいだろう。来週また診察に来るようにと、言われるまま予約をとることになったけど。

シンちゃん先生に診てもらおうかな。大学病院東側の広い道路の斜向かいに、年の離れた従兄《いとこ》がやっている鍼灸マッサージの治療院があり、久しぶりに行ってみようと思って足を向けた。小さい歩幅でちょこちょこ歩いてるから近いのに時間がかかる。

着いてみて、おやっと思った。去年はマンションの二階のテナントに『仙台和楽堂鍼灸指圧治療院』としてあったのに、美容室があった一階のテナントが『マッサージ わらく』としてあり、二階が『仙台和楽堂鍼灸院』となっていた。しばらく来ないうちに店舗を分けて拡大した様子だ。エントランス階段を上がって、「こんにちはー」と言って入ると、お灸の香りが立ち込めていて、一度深くかいでみた。ボクはこの匂いがわりかし好きだ。

入口の正面にある小さいキッズスペースには、男の子が二人、漫画を読んでいて、振り向いた一人が口を開けてボクを見上げた。小学五年か六年生くらいだろうか、「でけえ」とか小さい声で言ってやがる。ボクは無視してちょっと待ったが、ラジオがかかっているから聞こえなかったのかなと思い、奥に向かって今度はさっきより大きめの声で、「ごめんくださーい」と言うと、「はーい。今行きますんで、どうぞソファーに座って、ちょっとお待ちくださーい」という声が診療室のカーテン越しに聞こえてきた。

入口の受付のところに今日は誰もいない。たいていはシンちゃんの奥さんがいるはずなのだが。娘の加代ちゃんを幼稚園に迎えに行っている時間かな。観葉植物の隣に置いてあるウォーターサーバーのお水を小さい紙コップにもらい、キッズスペース隣の長ソファーに腰を下ろしてテーブルにあった雑誌をパラパラ広げて見ていたが、横からチラチラ見てくる小学生が気になって仕方ない。

ボクは笑顔を作って、「なに読んでるの?」と言うと、手前の子が、「え? 『ワンピース』……」と明らかに『ワンピース』じゃないのにぼそっとそう言って背中を向けたので、照れてるのが案外かわいいなと思っていたら、これこれと言ってニヤニヤしながら週刊誌のエッチなマンガのシーンを見せつけてきた。

「最悪……」よく見るとこいつ目が細くて全然かわいくねえ。また別なページをめくって、ねえねえ、これなにしてんの？　と二人して聞いてくる。しつこい。

「おや？　なんだ香か。今日はどうした」

シンちゃんが来ると、マセガキどもはさっと悪ふざけをやめて知らん顔している。

「シンちゃん先生ぇ、この子たちにセクハラされたよぉー」

「なんだよ来て早々」

「無理矢理エロいの見せられたの」

「患者さんいるんだからもうちょっと静かな声で」

男の子たちは悪びれず笑っている。

「だってぇ。こいつらやめてって言っても何回もやってくんだもん」

「しょうがねえなあ。こら、おまえら、そういうことすっとここに来んの禁止にするぞ。お姉さんに謝んな」

「さーせん」一人がそう言っただけでまったく反省してない。

そこへ施術が終わって身支度を済ませた年輩の女性が来た。

「先生どーも、ありがとうございました」

「あら、終わったあと十分ぐらいお休みになるように言ったのに」

「眠っちゃいそうになるから起きたわ。おかげさまでだいぶ腰も楽よ」

ボクはソファーの端にお尻をずらした。シンちゃん先生が、お会計の前に婦人の患者さんにお茶をだして、なにか書きながら談笑しているあいだに、小学生たちは先生に挨拶してパタパタと帰っていった。ちゃんと挨拶するんだ、と意外に思った。

婦人があの子たちのことを聞いているので、彼らのおばあちゃんかなと思ってたのが、どうやらそうではないらしい。

「上のマンションに住んでる子供なんですよ。なんだか知らないけどゲームとか持ってちょいちょい遊びに来るんですけど、まあいい子たちなんで構わずいさせてます」

全然いい子じゃなかったよ。ゴブリンみたいにやらしいヤツらだったよ。それにちゃんと謝ってもらってないよ。ボクはわざと不満げな顔を示したが、シンちゃんはこっちを見てない。

患者さんが帰ったあとのベッドメイキングを手伝わされた。もうすぐ次の予約の患者さんが来るという。

足のことを話すと、とりあえずと、すぐその場で診てくれた。靴下を脱いでベッドに足を伸ばすとシンちゃん先生は左右の脚を見比べて、むくみとかの状態を確認しているのか、掌で肌を触って心地よい加減で擦ってくれた。

去年も膝を痛めたのがなかなか治らなくて、ここで鍼灸治療を受けたが、シンちゃん先生は身体を観察するように見るのでちょっと恥ずかしくなる。左右のバランスなどを見ているらしいが、足太いと思われてないかな。赤いペディキュアが剝げてて爪が汚らしい。

左の足の関節をゆっくりいろんな方向に大きく動かしたり、最大可動域から細かく屈伸を反復させたり、シンちゃん先生の手は安定感があって固定させる箇所も適確だから、筋肉や腱をしっかり伸ばしてくれて気持ちがいい。

「シンちゃん、奥さんとおかよ坊は？」

「ああ、いま実家に帰ってんだよ」

「ふーん。せっかくおかよ坊に会えると思ってたのに。そういえば下のマッサージのお店もシンちゃんがやってるんでしょ。儲かってんだね」

「儲かりゃしねえよ。固定費はかかるし税金は高えし、おじさん大変だよ」

シンちゃんはボクよりたしか一回り以上年上だけど、おじさんって感じじゃない。去年は髭を生やしている最中で、髭が薄くて思うようにならないとぼやいていたけど、それは諦《あきら》めたみたいで今ではきれいに剃っているし、ユニフォームを白衣から、青のスクラブに変えたので、去年のよりも若く見えるようになったと思う。

声の大きいグレーの作業服を着た不精髭のおじさんが予約時間をだいぶ遅れてやって来た。

シンちゃん先生は、時間を割いてあとでちゃんと診てやるからとボクに問診票を渡してくれた。

「またこれ書くのー」と不平を言ったのは、便とか月経のこととかの項目があるからだ。

東洋医学では、治療をするのに、患者の体質を探るため、日常生活や体調に関する細かな情報が必要なのだそうだ。

ペン先を迷わせて書きあぐねているところへ、スーツ姿の若いＯＬさんが来た。予約の患者さんが続いてて、忙しいときに来ちゃったみたいだ。迷惑じゃないかなぁ。帰った方がいいか……

ボクは書いていた問診票をクリップボードごと裏返して受付に置いて、ＯＬさんに対応している会話の合間を見計らって、シンちゃんの肩をつついた。

「忙しそうだからやっぱボク帰るわ」

「帰んのかボクちゃん。遠慮することないのに」

「べつに遠慮してないよ。また来るから、そんときはよろしくね」

「おう、ちょっと待って」と言って、いろんな種類のテーピング用のテープを、『かまぼこの鐘崎』

の赤い魚のロゴのついたビニール袋に入れて渡してよこした。

「テーピングの本ぐらい一冊や二冊持ってるだろ。足のテーピングなら自分でできるから」

「うん、ありがと」

「あんまり焦って無理すんなよな。お大事に」

「はい」

はいと言わされちゃって、外は小雨が降っていたので傘を借りて、帰りに歩きながら携帯電話を見たら麻美からメールがきてた。

〈ケガの具合どお？　来月の試合出れそお？　長田コーチ仕事の都合で今日来れないだって。連絡がありミーティングは後日やるから香はプレゼンの準備しとくように、とのこと〉

げっ、マジでか。あの女熱血コーチ、どうしてもボクにプレゼンやらせるつもりか。あー、また頭がくらくらしてきた……

三

「ギルバート！」

昼食をサンドイッチだけで早めにすませてから、昨日ギプスが取れたばかりの足のリハビリのために、まるで雪の上を踏みしめる登山家のような足どりで昼休みの校内の廊下を歩いていると、後ろから駆け出してくる足音とともにいきなり背中にダイブしてくるヤツがいた。智子だ。

昔、『ギルバート・グレイプ』という映画を日本語吹き替え版で一緒に観たことがある。そのなかでレオナルド・ディカプリオが演じていた知的障碍児のマネをして、おんぶしたまま行き先を指示され、階段を下りて一階の演劇部の部室まで歩かされた。うん、足は痛くない。智子の体重ならリハビリにちょうどいい負荷になりそうだ。

演劇コンクールの県大会が近いためか、部室は舞台で使う道具でそこらじゅうちらかった状態で、壁の一角にはでっかい板パネルが重ねて立て掛けてある。

部室の前では新聞紙を一面に敷いて、黒ジャージに赤いエプロン姿の男子部員がなにか大きな舞台装置にしゃがんでペンキを塗っていた。

「おつかれさまです、先輩。まあ、かわいいエプロンしちゃって。つなぎ着なくていいんですか？ジャージ汚れちゃいますよ」

「ああ、気になってたとこちょこっと塗ってただけだから」

「今日は一人なんですね」

「和宏、一昨日から風邪で休み」

「ズカパンまたすか？」

「ぶり返したって言ってたがホントかどうか分かんねえ。またいつものズルかもしんねえ。あいつが弱っぴいなのはたしかだが」

「やだ、だとしたら先輩、うつされてないですよねえ？」

「俺は風邪なんてここ何年もひいてねえもん。でも風邪がホントなら和宏には完全に治るまで部活来させねえ方がいいな」

「そうですね。こっちの下塗りしたやつもう乾いてます？　あ、まだか」

「遅くなって悪いな。もう少しで出来上がるからよ」

「これ、なんですか？」

「駅の自動改札機だよ。え？　そう見えない？」

「あーなるほど。二つ並べたら分かりますね」

「二つ並べねえと分かんねえかなあ？」

「いえ、いまは分かります。よく見えます」

「よく見えますって、顕微鏡のぞいてんじゃねえんだから」

あれ？　この人もしかしていわゆるめんどくさい部類に属する人かな。質問なんかしなきゃよかった。髪の毛の多い人で短髪なのにつむじが見えない。

「新野《にいの》先輩、私の友達に絡《から》まないでくださいよ」

「絡んでるわけじゃねえよ。時間かけて作ったのに不安にさせられたから」

「まだ色が中途だからですよ」

「フォルムだけで分かると思うんだけどなあ。そうそう、これ跳び越えるシーンな、手をつくの端っこにしてな。真ん中あたりは空洞になってっから気をつけろよ。あとで跳んでみ」

「はい。これ跳ぶの私じゃないすけどね。でもちょっとグラグラしません？」

「改札機二台対にして、下をコンパネでつなげてみる。まあ補強の仕方はいろいろあっから。んでもやっぱもう一台作らねえと見栄えしねえな」

「先輩、補強するところですが、やっぱりどこに手をついても大丈夫なようにしてもらっていいですか？　本番だと緊張もあるし、万が一キャストがケガでもしたら大事《おおごと》なんで」

「いや、一応気をつけろって言っただけで、女の体重ぐらいで壊れるほどではねえんだけどさ。まあでも、そんなに心配なんだったらなんとかするわ。ほんで、そっちの状況は？」

「あ、はい。えーっとーぉ、これからようやく通し稽古に入れそうな感じで」

「え、まだ通しやれてねえの？　それってやばくね？　あと二週間ちょいしかねえぞ」

「やばいっす。私の脚本のせいで」

「おまえの脚本、キャストにも裏方にも不親切だからな」

「すみません。先生に尺の長さとかは出来たあとなんとでもするから、まずとにかく好きなように書いてみろって言われたので。で、書き直し繰り返してこんなんなっちゃって。みんなセリフ手こずってます」

「こないだ立ち稽古見てから結構経ってっけど、そうなるとスケジュールだいぶ押してんなあ。なんで俺に報告しねえんだよ」

「部長から報告行ってませんでしたか？」

「聞いてねえよ。それにあれ六十分で収まんのか？　どっかカットされて、せっかく作った物使われねえなんてことねえよなあ？」

「たぶん」

「たぶんってなんだよ」

「ところで先輩、お昼はもう食べたんすか？」

「ここで弁当食ったよ。それよりよお、昨日もだぞ、部活終わっても誰も知らせに来ねえで。おまえら裏方ナメてねえか？　なんべん取り残されて一人寂しく帰ったことか。たまに一緒にいるやつといえばズカパンだけだぞ。俺は部員に入ってねえのかって、大宮に言っとけ」

「すみません。みんな先輩に甘えすぎちゃって。でも、ズカパンいるだけマシじゃないですか」

「なにがマシだよ、しょーもねえ。あいつといてもほとんど会話がねえんだぜ」

「そこは先輩の方から話しかけてあげたらいいじゃないですか」

「なんで俺があいつにそんな気ぃつかわなきゃいけねえんだよ」

「でも、先輩の助手として、ちゃんと手伝ってくれてるでしょ？　電ドリ使うのもうまくなったって聞いてますけど」

「俺はそんなこと言ってねえぞ。ちょっと使い方慣れてきたら雑なことやるようになって二度手間させられることもしょっちゅうだし。買い出し行かせりゃなかなか帰ってこねえで買い忘れはするし。それより頭さくんのはよお、あいつ休むとき俺にじゃなくて大宮にメールすんだよな。舞台技術の本貸してやっても読んでる素振りもねえでラノベみてえのばっか読んでるし。裏方の仕事がそれほど好きとは思えないね。ズカパンにまでナメられてんのかな。それともやる気を引き出してやれない俺が悪いのか」

「そんなことないですよぉ。だけどホントに、裏方ナメてるだなんて滅相もない。ズカパンだって先輩のこと絶対リスペクトしてますって。私らもいろいろ任せっきりにしちゃってたのは反省しますけど、それだけ頼りにしてるってことなんです。新野先輩は演劇部の舞台監督としてすっごく大きな柱みたいな存在です。先輩がいてくれるから私らが芝居に専念できるわけで、言葉にできないほどみんな感謝してるんですよぉ。それとも声に出して言わなきゃ分かりませんか舞台監督ぅ」

「……で、音響と照明の打ち合わせ、再度やるっていってたろ。いつやんの？」

「川名先生にもうかがってみますが、できれば今日にもお願いします舞台監督。とくに変更はないですけど、先輩からもなにかご意見あれば。でもあれですね、新野先輩は一人かたぎの孤高の人かと思ってましたけど、そんなに寂しがってたなんて。部長に伝えときます」

「……やっぱいいよ言わなくて。これ、改札機に見えるよな？」

「普通に大丈夫っすよ」

「フツーに大丈夫って。なーんか軽いんだよなあ」

後輩に舞台監督とおだてられて、ちょっとほだされた新野先輩を尻目に、智子がボクの手をひいて部室に入ろうとするなり、「ちょっ先輩！　パネルのところにカマドウマ！　やば、デカ！　見てよこれ。新野先輩キモイっす。キモイっす、にーにょ先輩」

「俺がキモイみたいに言うな」

「早く退治してくださいよ」

「大騒ぎすんな。キンチョールかけて殺せばいいべ」

「やですよー。こっちに跳ねてきたらどうすんすか」

「じゃあニワトリでも放しとけ」

「ニワトリなんてどこにいるんすか。ニワトリがカマドウマついばむって、キモさに拍車かけんのやめてくださいよ。とにかくニワトリでもなんでもいいから退治しといてくださいね。香、視聴覚室行こ。みんな稽古してっから」

新野先輩に聞えよがしに「ニワトリって。耳疑ったわ」と言い捨てて智子はボクを視聴覚室に連れて行った。

「あの先輩ねえ、お裁縫《さいほう》も得意なんだよ」

「へえ、意外」

視聴覚室に近づくと、川名先生の訛りの強い声が聞こえてきた。

「――そんなに不安がっこどねえ。いじめられっ子が弁護士を介して、いじめっ子と対決してる場面なんだがら充分緊迫感ででる。むしろ弁護士はセリフ淡々と。それでいて相手の感情をしっかり受け取って」

智子は、川名先生の話の頃合いを待ってから深呼吸を一回して、戸を開けて入って行ったが、ボクも入っていいものだろうか。

「どうもすみません。大座敷わらしを捕獲するのに手こずりまして」と、廊下で躊躇《ちゅうちょ》していたボクを引き入れて急にそんなことを言いだすと、周りの部員が集まってきた。

「千葉、どごさ行ってだ？　演出のおまえが遅れでどうすんだ」

「おお、去年からこの学校で目撃情報が相次いでいた噂はやっぱり本当だったのか」

「大きいねえ。目も口も。座敷わらしって小さい子なんじゃないの？」

「本物は大きいんです」

「なんというか、猫顔ですなあ。首の長い猫だ」

「そういえばちょっと猫背よね。尻尾《しっぽ》あるかな？」

「大座敷わらしっていうより大化け猫なんじゃない？　正体がどっちか、試しにマタタビ与えてみよう」

「捕まえちゃって大丈夫なんですか？　祟《たた》られませんか？」

「大丈夫です。機嫌を損なわなければ」

「触っても？」

智子がこくりと神妙にうなずくと、部員がみんなボクのところに近寄ってきて、ツンツン突っついたりしてきたので、ボクは体を細くした。え？　え？　なんだこれ？　怒るべきか？　でも苦笑いしかできない。一番しつこく触ってきたのは一番太ってる女子部員だ。

「ほれほれ、やめやめ。佐藤ばいじめねえの」

「ワハハ」とひときわ大きな声で笑って離れてったコロコロした体型の女子部員は明るくて、丸っこい目が澄んでいてなんか憎めない。

「そんなつもりじゃなかったのに。香、今のやな感じした？」

「ん、ううん。お芝居なんだなってのは分かってたから」

「ごめんね、佐藤さん。インプロっていって演劇部でよくやるアドリブのゲームなんだ」と、このゲームに参加してなかったのに部長の大宮先輩が謝りながらボクにイスを置いてくれた。

「こっから笑える展開にしようとしてたんだけどな」とメガネの男子部員が苦笑いして、さっき座っていたイスに戻った。

大宮先輩とは演劇鑑賞会に参加させてもらった日から、何度か校内で会ったときに気さくに話しかけてもらい、うちのリベロの絵里先輩と同じ中学だったことも判明して、これからもっと親しくなれそうなところだ。

智子は川名先生の隣に座ってすましている。

中断していた稽古の続きが始まった。

先生に、そばに置いてあった台本を無言で渡された。『いじめられっ子の膝枕』、これが智子が書いたっていう台本ね。蛍光ピンクで〝羽田ちー〟と名前が斜めに書いてあるけど見ていいのかな。遠慮がちに開いてみると、セリフやト書きに赤と青ペンで線が引いてあって上部の余白に書き込みがしてある。それに所々イラストが描いてあるのは劇の登場人物のイメージなのだろう。女の子の絵がかわいくてじょうずだ。一番多く描いてあるキャラが持ち主の役か。

一ページ目のキャスト欄に『庄子薫（カオル）／羽田千春』とあるから、いま稽古中の背のすらっとしたあの人だ。イラストはだいぶ胸盛ってんな。

『永澤真希（マキ）／大宮沙也佳』。カオルとマキが主要人物なのね。

『堀（弁護士）／高橋鐵矢』……高橋なんとかヤ。なんて読むんだこれ？　テツヤ？　カブラヤ？　カブラヤなわけないか。

『ミク（カオルの友達）／千葉智子』、智子は脚本と演出のほかに役もやってるのか、すごいなあ。

いま演じられてるところのページが見つけられない。台本のページを控えめにめくっても、やけに音が立ってしまうのに気が差してあきらめた。

「高橋先輩、あの……」智子が芝居の途中で口を挟んだ。「ここでは、目の前のカオルがいじめの帳本人と分かっているわけではないので、あんまり圧力かけてるような口調にならないようにっていうか……」

「あと高橋よ、セリフだいぶ飛ばしったっけな」

「あれ？　そうっすか？」

「この場合、手元に資料的なものとか置くのは不自然じゃないから、もしあれだったらカンペ使っても……」

「いや、いいよ、セリフ入れるよ」

寡黙な感じの高橋先輩という人は、智子の言葉をさえぎるようにそう言うなりメガネを外して目をこすった。

「無理すんなって高橋。カンペ使えよ高橋。それともマミさんが机の下でプロンプやってやろうか？　え、高橋」と足を広げて床に座る太った女子の先輩が、ニヤニヤしながら〝高橋〟を連呼するのを不機嫌な高橋先輩がにらんだ。

「うぜえよ安斎。そんなもんいるか」

「意地張んなって。ヘボ役者高橋」

　この二人の言い合いが可笑しくてちょっと笑ってしまった。

「高橋、もっと声張れ。劇場だら後ろの席まで届がねど。多少セリフ口調になっても、聞こえねえよりはいいがら」

「言いにくいところは先輩の言いやすいように変えてみていいですよ。セリフは大まかに合ってれば問題ないんで」

「おう……」

「あどやあ、マキは、自分のいじめの窮状を友達の事として弁護士に話しているけど、話している最中に堪《こら》え切れず涙声になってきて、弁護士はそれがおそらくマキ本人の事じゃないかとだんだん気づいてくるわけだべ。んでねえが、千葉？」

「そう、ですね……。そういう解釈にしてもいいと思います」

「なんだや。書いた本人も明確でねえのが？」

「私としては、弁護士さんは変にうがった見方はせずに、マキが言っていることをそのまま聞き入れてると考えてましたけど、先生の解釈の方がいいかもしれませんね。では、その線で演出あらためてみます」

「細かいことだげっと、ここではその方が観客も感情移入しやすいと思うんだな。弁護士が、相談の本当の主がマキである事を察したところから、冷静さのなかにも彼女を励ますような親身な口調になってきて、んでも、最後まであくまでも友達の事として話を進めていくと。その気づかいを観客に分かってもらうようにするにはどうしたらいいが、もうちょっと練ってみろ」

　ついさっきの部室前でと違い、やや険しい顔つきで先生と対等に議論している智子は、別々に過ごしていたうちに成長した初めて見る彼女の一面だと思った。

「智子ぉ。まだ台本離せねえ。死にそうだよー。あと二週間で本番なんてぞっとする」

「すみませーん。でも、何度も言うようで恐縮ですけど、カオル役は羽田先輩を当て書きしたんですから、ぜひとも頑張っていただいて……」

「うーん。まあ頑張るけどさー」

そう言われて智子はすまなそうに肩をすくめて羽田先輩に手を合わせた。

「おっきな紙さセリフ書いで部屋の壁さ貼って覚えろ。便所さも貼れ」

「俺の長ゼリは書くのも大変だよ……」

「高橋先輩のパートは、川名先生に手を入れてもらったとこなんで、苦情は先生にどうぞ」

「高橋は、大宮の相づちがセリフの区切りになってるのは分がっぺ？　まずはセリフを区分けして流れを大雑把に覚えろ。それがら声出してしゃべって、なんかさ録音して繰り返し聞ぐのもいいし、とにかぐ覚えろ。あどは根性だ。大宮も協力してやってけろ」

「はい。高橋くん、一緒に頑張ろうね」

「ああ、うん」

「コラ、鐡矢！　このバカちんが。しっかり覚えんか！　セリフ覚えて、覚えぬいて、休みたいとか、遊びたいとか、そんなこといっぺんでも思うてみろ。そんときゃあ――」安斎という先輩は高橋先輩に全く無視されてても、「そんときゃあ、死ね！　死ね鐡矢！」と嫌がらせのように武田鉄矢のモノマネを一人でやり続けた。

「あのー。先生、大宮先輩、お話が……。明日から朝早く来て、できれば部員みんなで新野先輩の手伝いするのってどうでしょうか。新野先輩がどうもナーバスになってるみたいなので」

「さては新野くん、またなんか拗《す》ねてるな。半村くんが休みがちだからかな？」

「にーにょ、髪の毛もひねくれてっからな、あの天パー。後輩の弟子もズカパンみてえなたれかもんじゃ同情もするけど。あんな来たり来なかったりするヤツ、やめてもらったら？」と安斎先輩が横から口を出した。

「真美、あんたも人のこと言えないじゃん。毎日時間どおり来なさいよ」

「めっちゃ真面目に来てるじゃーん。ちーちゃんこわい」

「新野はぐずぐず言いながらもちゃんとやる事はやっから。半村の事は新野に任しとげ。理屈より背中で語る職人だがらな、あいづは。半村も新野の働ぐ姿ば見で、なにも感じでねえわげでねえんだがら、今後の事も考えでくれでっとは思うんだ。新野が引退したあどは俺が仕込むがらや、長い目で見でやっぺ。早朝作業の事は、話し合って決まったら報告してけろ。新野にもいろいろ段取りあっぺがら指示仰いで、釘踏んだり、ケガだけはしねえようにな。えー、んでは来週、試演会やってみます。父兄や友達に観さ来てもらうように声かけでみろ。それまでに通し稽古やって仕上げっぞ」

えー、マジすか、やべえやべえ、と部員たちは焦りながらもテンションが上がっている様子で、そのぶん予期せずここにいる部外者のボクは、不可解な疎外感にちょっと居心地が悪かった。

「でもこんだけセリフ覚える分、英単語とか英文法暗記したら、大学も楽に受かりそうだよね」

「そういう考え方がいげねえんだでば。暗記力はなにも決まった量の入れ物があるわけでねくて訓練で鍛えるもんなんだがら。羽田は成績いい方だべや。うちの部はだいたいみんないいべ？」

「私はよくないです」

「千葉はそもそも勉強してねえがらだっちゃ。すればでぎんだがら」

「英単語じゃなくて仙台弁は先生のおかげでずいぶん覚えましたけどね」

「受験科目に仙台弁あったらいがったなあ。あ、んだ、千葉にひとづ言い忘れった。場転の多い劇だがら、単純な暗転だげでねくてつなぎ方もうちょい考えでみろ。大宮、仕込みど場転の練習、体育館でやっから、新野ど相談してスケジュール立でどげな」

智子は大宮先輩と台本を片手に話をしていて、ボクを連れてきたことを忘れているようだし、そろそろ昼休みも終わるから教室戻ろうか。トイレにも行っときたいし。

「どれ、こごさ観客もいっこどだし、んだなあ……第五場の山場んとごだげやってみっか」と先生がそう言うので、ボクは上げかけた腰をまた下ろすことになってしまった。

えぇー、と不平をもらす羽田先輩をよそに、まわりの部員たちは素早くイスを数脚並べて芝居の続行を促《うなが》した。しぶしぶ真ん中のイスに座った羽田先輩が、ブレザーのポケットを探り、「だれかハンカチ、ハンカチ」と言うのを、後輩の女子部員がハンカチをぽんと投げて渡した。

羽田先輩はそれを目に当ててると急に咳き込んだ。

「なにこれ？　くせえ。バンビ、これでワキ拭いたべ？」

「拭いてないですよー」

「じゃあなんで制汗スプレーのにおいすんのよ」

「いい匂いだからハンカチにつけたんです」

「くくっ……鹿内《しかない》のワキ拭いた疑惑のハンカチ……」

「だから拭いてないですって」

「これ、おだづなでば。ちゃっちゃどやれ。休み時間終わっとわ」

「はい。……くふふ」

「笑ってねえで。千葉、時間計っとげよ。ほれ、羽田」

「すいません。やべえ、おかしくなってきた。ちょっと待って。一回、精神統一……」

「準備いいが？」

「はい」と冷静になった羽田先輩に、「よーい、はい！」という先生のかけ声から芝居が始まった。

カオル役の羽田先輩が急に泣きだした。ハンカチを両手に目を覆い、声を殺して泣き続けている。

さっきのハンカチのやりとりで周りの部員が笑っていたなか、ずっと集中した表情を崩さなかった大宮先輩はボクのすぐ横に立っている。大宮先輩がすっと前へ出た。体を揺らさずに移動する所作に目をひかれた。姿勢のいい後ろ姿が凛としている。

猫背になっていたボクも大宮先輩にならって背すじを伸ばした。たしか、第五場って言ってたな。

羽田先輩の台本は、場の頭に付箋が貼ってある。

ボクは最初台本の字を追いながら観ていたが途中でやめた。

第五場

駅前の公園。夕方（徐々に暮れてゆく）。

ベンチに座ってハンカチで顔を覆い泣いているカオル。

上手よりマキ、カオルに近づき微妙に離れた隣に遠慮がちに座る。

カオル　あの野郎、バカにしやがって……
マキ　あいつ、ホント最低だね。なんであんなとこにいたんだろ。
カオル　あのクズ。死ねばいいのに。今度会ったらまたキンタマ蹴り潰してやんよ。
マキ　あんなヤツのどこがいいの？　カッコつけてるだけでよく見りゃブサイクじゃん。

カオル　そうだよ、よく見りゃブサイクなんだよな。性格も悪いし。でも……悔しいけど……好きなんだよう。ちくしょう。……永澤さん、アンタをいじめてたのは、アタシの嫉妬だよ、ヤキモチだよ。カッコ悪い、ホント、バカだ（とまた泣く）。

しばらくしてカオル、疲れたようにベンチに横になる（ふて寝のような感じで）。

マキ、少し間をおいてからそっと距離を詰め、膝枕をしてやる。

二人を外灯の明かりが柔らかく照らす（サス）。

マキがカオルを膝枕しながら、会話が進んでいったところで予鈴《よれい》が鳴った。もっと観ていたかった。演技のことはまったく分からないけど、この先輩たちはきっとうまいんだと思う。羽田先輩に台本を返すと、「あ、すいません」と言われた。ボクのほうが勝手に見させてもらっていたのに。

「どれ、んで、みんな早ぐ片付けて授業さ行げ。うちの部で生徒創作の脚本は久しぶりだがんな。コンクールはこれで勝ちにいぐど！」

はーい。

「返事は短くキビキビと！」

はい！

「いいが。風邪ひがねえようにしっかり体調管理。トチっても平気な顔して芝居は続行、ハプニングがあっても慌てず軌道修正。そのための日頃のインプロだど。ひとりのミスはみんなでフォローな！」

最後のフレーズ、いつかバレー部でも言ってみたい。川名先生は、机とイスを元に戻すのを手伝っているボクにも、「佐藤。授業遅れてごしゃがったら俺のせいにしていいがんな」と言ってくれた。

次の授業は保健体育だ。もうトイレに行く時間ない。

「このGショック、誰のですかー？」と一番小柄な一年生の女子が大きな声でみんなに聞いた。

「見して、アズちん」近くにいた安斎先輩がそれを手に取った。「高橋じゃね？　高橋のっぽくね？　これ高橋んだよね？」

「ああ。だからさっきっから手ぇ伸ばしてんだろ」

「高橋、これマミさんにちょうだいよ」

「やるわけねえべ。それ入学祝いにもらったもんなんだから」

「誰にもらったんだよ」

「母親……つーか、家族」

「なに言い直してんだよ。母ちゃんだろ、ようするに。母ちゃんに買うてもろうた時計ばして。ダサかー、高橋くんくさダサかー」

「いいだろ、べつに」

高橋先輩は、安斎先輩が放り投げた腕時計をキャッチして、腕につけずにポケットにしまった。安斎先輩は自分のことをマミさんと言うらしい。

「――じゃあ、バンビはいままで生きてきて一回もハンカチでワキ拭いたことないのな？」

「一回もないです」

「タオルでは？」

「タオルでは……あるんじゃないですか」

「ほらぁ、やっぱりあるじゃねえかぁ」

「あるでしょ普通」

……あの二人まだやってる。

始業のチャイムが鳴ってしまった。

智子はむこうの方で、

「さっき部室にカマドウマいた」

「やだあ、またぁ？」などと、同じ学年の部員と話しながら長机とイスを整理している。

廊下に出ると、背中に智子の声が追いかけてきた。

「香！　あとでメールするね！」

教室に急ぐボクは半身で振り返って、手を小さく挙げてうなずいた。もうどうせ遅れてんだからやっぱりトイレに行っておこうか。次は楽な授業だし。

誰もいなくなった廊下を小走りしてみても左足は痛くなかった。

四

宮城県の高校演劇の地区大会は、十月、それぞれの会場で日にちをずらして行われる。

仙台S学園高校の地区の日程は十五、十六日で、うちの演劇部は十五日の四時二十分からの上演と決まり、その日は金曜日だから、観客も少ないだろうしちょっと残念、と智子はボクにそうお知らせしてくれた。年に一回きりの大会で、落選になればそこで終わりだから、できればその日に観に来ておいてほしいと智子に言われたけど、ボクたちバレー部も春高バレーの県予選がその月の末に迫っていた。この時期はオーバーワークを避けて日曜日ならオフになってるんだけど、金曜日は部活休むの難しいと智子にメールを返したら、じゃあ絶対県大会まで行って、そのときに観せてやると意気込んでいた。

　ボクはケガが治って一週間ほど別メニューの練習をこなしたあと、ようやくチーム練習に復帰した。ケガのあいだも体力を落とさないためのトレーニングはしていたが、実践練習に入ると、やはりボールへの反応も鈍くなっているし、ジャンプも高く跳べてない。特にサイドステップが遅い。体重もちょっと増えていた。ブロッカーのボクがこんなでは、打倒F商どころか途中勝てる試合も落としてしまいかねない。

　焦ってブロックの練習を繰り返していたら、夜になって今度は右の膝が、歩くときなんとなく痛いのに気づいた。去年も右膝を痛めたことがあったけど、そのときの痛みとはちょっと違うみたいだ。監督とコーチには、ケガには特に注意して、どんな些細な痛みもガマンせず報告するように言われているので、またかと思われるのがイヤだけど、試合も間近だし次の日一応申し出ることにした。

　ちょうどその日は智子たち演劇部の上演の日で、部活の前にみどり先輩に相談したら、

「いいんじゃない？　行ってきなよ。どうせ今日は球出しだけって監督に言われてんでしょ？　病院に行くってことで、私があとで報告しといてあげるから」と言ってくれたので、キャプテンに出っくわさないように足早に下校して、学校からほど近い会場の若林区文化センターに向かった。

　途中、薬師堂を通って茅葺《かやぶき》の門を出ると、斜向かいのコンビニから同級生の二人にでかい声で呼び止められた。ちょっとだけ悪ぶって、部活さぼって友達の演劇を観に行くと言ったら、彼女たちも一緒について来た。


　会場の受付でパンフレットをもらってホールに入ろうとしたが、演劇が上演中の場合、途中からの入場はできないことになっているとのことで、そういう厳格な規定が守られていることを知ると、あ

らためてこれは大会なんだなと実感された。智子たちの出番は次だから、あと四十分ぐらいある。ボクらは施設内の喫茶店に入って待つことにした。

ブレンドコーヒーが三百五十円、ケーキセットだと五十円安くなって七百円か。このチョコレートケーキがまたそそりやがんなあ。ココアパウダーに包まれてホイップクリームにミントの葉が乗ってやがる。でも甘い物控えなきゃ。コーヒーだけにしておこう。

「ケーキどれにしよっかなー」二人は早々にケーキセットに決めちゃって、ボクもつい、「ブレンドとチョコレートケーキで」と言っちゃった。その代わりコーヒーには砂糖を入れずにミルクだけにして、ささやかな減殺《げんさい》を計ろう。

久しぶりに食べるケーキの味に、「うんま!」と思わず溜めた声がポンと出たのをきっかけに、三人それぞれのケーキをちょっとずつ食べ合うことになった。いやん、そっちのレアチーズケーキもおいし。イチゴのムースケーキもテラテラしたイチゴソースの酸味がムースの甘さに溶けて舌が子供に戻っちゃう。ボクもこっちにしとけばよかったかしら。これをチョコレートケーキと一緒に食べてみると、目が丸くなるほどにおいしい。おいしすぎる。この食べ方を二人に教えたら、あっという間になくなっちゃった。

演劇大会の持ち時間は六十分と聞いたから、智子たちの上演終了時刻は五時二十分。さっきここに来る途中で整形外科のクリニックを見かけたから、終わったら一応行っておこう。受付時間に間に合うかな。いいお医者さんだといいんだけど。去年、地元のクリニックから紹介されて行った労災病院の医者は最悪だったからな。

イスに座ったまま右の膝を伸ばしてみた。

去年はこうやって膝を伸ばしきると変な引っかかり感みたいのがあって、激痛ではないけど煩わしい痛みがしつこく続くので、労災病院でＭＲＩ検査してもらったが異常はないと言われた。それでも痛いんですと言うと、それまで普通に診察してくれていた医者が、急にイライラした怒気を含んだ口調で、「痛い痛いって、検査でなんでもないんだから痛いわけないんだよ」との言葉を吐いた。対座しているボクは、びっくりして、「え？」という声しか出なかった。そこにいた看護師さんの表情もたしか見たけど覚えていない。それじゃあボクがウソをついてる、仮病だと思われてるってこと？と思ったら悔しくて、あの場でなんにも言い返せなかった自分も情けなくて、なによりも医者が怖くなった。

母は、「ダメな医師に当たっちゃったんだね。たまにいるからね、そういう人」と言っていた。だからこのあいだのケガのときも、医者にかかるのを嫌い、自力で治るだろうと様子待ちをして、母のいる病院で診てもらうまで疲労骨折だとは分からず悪化させてしまったから、今度は早めに行っておかなくちゃ。痛みの感じから大したことないとは思うけど、試合も近いし行きたくないなんて言ってられないしな。

あとからまたシンちゃん先生んとこにも行こっと。去年の膝もシンちゃん先生に診てもらって鍼灸治療してもらったら、あれだけ長引いてたのがすっとよくなったし。

シンちゃん先生は、「原因が分からない痛みというのはざらにあるものなんだけどな。関節痛なんて特に多いよ。その医師は自分でそんな経験したことないのかね」とか言ってボクの味方をしてくれた。それとなんか東洋医学のこととかもいろいろ話してくれたけど、よく覚えてない。あのときボクは自分の事ばかりしゃべっちゃってシンちゃんの話をあまり聞いてなかった。なんか左右のバランスとか重心がどうだとか、そういや甘い物を食べすぎないようにって言われたっけ。膝の痛いのとなにか関係あるのかな。

先の学校の上演が終了し、劇場への入場が許された。

観客は思ってたよりも多く、うちの学校の制服もちらほら見かけられる。前の方の席に智子のママとおばあちゃんが来ているのを見つけた。挨拶しに行ったら、さっきの上演校の前に来たばかりとのことだった。

ボクらがママさんたちのすぐ隣の席に座ると、おばあちゃんがママさんを介して黒糖アメをみんなにくれた。アメ玉ぐらいはいいと思うけど、飲食禁止だからポケットに入れてあとでいただくことにする。

「この前、模擬公演を学校の教室で観たのよ。今度はこんな大っきな所で。こっちまで緊張してきちゃうわね」

「模擬公演はどうでした？」

「うん。みんな一生懸命やってたよ。あの子、終わってから自分が脚本書いたくせにセリフ噛んであたふたしたとか言ってたわ。観てる方は気にならなかったけど、あの子のなかでは納得いかないところもあったんだろうね。本番はどうなるか」

「おばあちゃんも観たんですか？」

「孫が来て来てってしずねえがらっしゃ」

「ほとんど寝てたけどねー。さっきも半分くらいから寝でまったしねー」

智子のママとおばあちゃんは実の母娘なのに、ママは細くて、おばあちゃんは小柄で太ってる。おばあちゃんはお幾つになられるんだろう。亡くなったボクの祖母より少し若いくらいか。

パンフレットには、地元のお店の広告なんかも載っていて、各学校の演題やスタッフ、キャストの名前が書いてある。

『上演3 仙台S学園高等学校「いじめられっ子の膝枕」作・千葉智子（創作）』、『演出より いじめられっ子の女子が、いじめっ子の女子に膝枕をしてやる話です』……こないだ稽古で観た場面のことか。『このお話は、私の親友のお姉さんから聞いた高校時代のエピソードを元に脚色したものです。思い出をお借りしてるから責任重大です。みんなで一生懸命演じます』。

「あの、おばさん。どんなストーリーなんですか？」

「うーん、一言で言うと、いじめっ子との和解劇なんだけど、おばさん話がヘタだから、説明するのは大変だなー。まあ、とりあえず観てみましょうよ」

智子のママを子供のころみたいに、おばさんって呼んじゃったけど、気を悪くしてないかな。ちょっとためらったんだけど、他に呼びようが思いつかなくて。自分でもおばさんって言ってたし、まあいいか。ふと後ろを振り向くと、客席の中央に三人の審査員がいるのに気がついた。ベルが鳴り、客席がゆっくりと暗くなる。ワクワクしてきた。

隣の同級生が小さい声で、「ねえ、なんかサロンパスくさくない？」と聞いてくる。

「ごめん。それ私。膝にシップ貼ってんの」

眩しいくらいの舞台の光のなかに高校の教室の風景がある。中央の席に姿勢よく座って本に目を落としているのは、マキ役の大宮先輩だ。前に市民会館で観た演劇はだいぶ遠い席だったけど、ここからだと演者の表情までよく見える。冒頭から智子が主人公の友達役で出てきたが、ボクらに気づく余裕はないみたいだ。

女子グループの中心となっているカオルは、ティーンズファッション誌の読者モデルになったというほどルックスがよく、人目を惹《ひ》く長身で、クラスでも人気があるのに、地味めな同級生で演劇部のマキをなにかと目の敵《かたき》にしているようだ。この日もおとなしく読書しているマキを、仲間たちとたむろってあからさまな悪口を小声で言ったり、意地悪そうな嘲笑で微妙に挑発したりしていた。それでもマキは、毅然とした態度を健気に保とうとしている。

ホームルームの時間となり、そこへ、生活指導主任であり進路指導にもあたっている小野寺という教師が、クラス担任の女性教員、雨宮とともに教室に入ってきた。

女子たちのさっきの会話のなかで語られていたこの小野寺という男は、生徒間ですこぶる評判が悪い。風紀、特に男女交際についてはうるさいらしく、しょっちゅう校内を見回りしていて、好きな人に告白しているところを邪魔された生徒も少なからずいるという。

一部の生徒には〝告り潰しジジイ〟などと言われ、一目見て分かるカツラをつけているため〝デラハゲ〟ともアダ名されていた。この役の人は、極端に量の多い髪をカチカチになでつけたカツラを乗っけて、変な高い声でしゃべる。先ほど生徒の一人がこのデラハゲのモノマネをやっていたのにリンクしてて客席から笑い声が聞こえてきた。あのカツラはやりすぎな感があるけど、会場もおかしい場面では積極的に笑ってくれる雰囲気だ。

このクラスでは授業の一環として、職業実習というのがあるらしく、生徒自身が興味のある仕事の会社やお店などに請願して職場体験や取材をさせてもらいレポートを書くことを課されており、まだ実習先が決まっていないのはカオルとマキだけであった。

小野寺先生は、カオルとマキにその日のうちに実習先を決めなければ特別養護老人ホームの介護実習にまわってもらうと言い渡し、進路調査書の希望職業欄に、二人が〝女優〟と書いたとクラスメイトの前で発表し、いつまでも夢みたいなことを言ってないで真面目に書くようにと注意する。

マキは演劇部の部長で、もともと児童劇団にいたこともあり、「自分にとっては真面目なことなんです。それに私が書いたのは女優ではなく役者です」と堂々と言った真剣さに対して、「だいたい部活なんてただの思い出作りの遊びだろうが」と述べた小野寺への反発が、最初起こっていた生徒たちの嘲笑を静かにさせた。

ホームルームが終わって、カオルの友達のミクが、本人に代わって、プライバシーに関わる進路調査書をみんなの前でばらした小野寺の行為を、担任の雨宮に抗議したり、洋菓子専門学校付属のケーキ店の実習に一緒に加わるよう誘ったりして、友達というか、少し卑屈に見えるくらいカオルを慕っている。

それを演じているのが智子だ。ミクはカオルの一番の友達でいたがっている。ポニテに大きめの黄色いシュシュ、短いスカート。のちに見せてもらった智子の台本には、ミクの性格の設定と風貌、セリフには、そのときの感情とか、それをどう観客に分からせるかとか、セリフのないあいだの表現とか、書いては線で直してあったり、役を掘り下げた跡があって、大きな役じゃない人物にもいろいろと悩んで、考えてやっているんだなあと感心した。

カオルとその取り巻きの女子が帰ろうとすると、別クラスの男子生徒で演劇部所属の尾形が教室に入ってきて、マキの前に座った。

カオルは、馴れ馴れしい態度でマキに接している尾形を見て、話があるとマキを廊下に呼びだし、どういう心境の変化からか、「永澤さんもさあ、実習決まってないんだよね？　じゃあアタシあんたと一緒のとこにするわ。どこでもいいから決めといてよ、任せるから。もたもたしてるとジジババの世話しなきゃなんねえかんね」と言って、ミクたちを驚かせた。

マキが教室に戻ると、尾形は勝手にマキの携帯をいじくっていたのを見つけられて、「いや、なんつーか、その、ほんの出来心っつーか、スケベ心っつーか。俺がスケベなのも健康な証拠でさ。へへ。

ほら、好きな人のケータイって気になるもんじゃん。でもちょっとしか見てないって。ホント。ごめんごめん。あ、俺今日部活休むわ。またね」と変な言い訳をして退場。

いつも明朗でしっかりしている大宮先輩の声は、役柄に合わせてか、普段より声のトーンが低めで、気丈に振舞おうとするほど悲愴感がつのる。

あの茶髪でチャラチャラした感じの尾形役は、智子と同じクラスの梶浦くんという人だ。文化祭で『１００万回生きたねこ』をやったとき主役を演じたと聞いている。食べても太れないと言って劇部の女子たちにうらやましがられていた。地味な雰囲気で普段あまり目立たないのが、髪形と制服の着こなしで別人みたいにあんなに印象が変わるものなんだ。

隣の同級生が、「あのひとだれ？　イケてない？」と言うので教えてあげたら、へぇーあいつって喰えたんだとか妙なことを言っていた。

それはそうと、舞台装置すごいなあ。教室のむこう側の廊下の壁まで作り込んである。それが短い暗転のあいだ、観葉植物が置いてある法律事務所の一室のセットに転換した。

ここから舞台は静かだが緊迫した場面に入る。カオルとマキの二人は、課題の職業実習を、弁護士という職業をテーマに、レポートの取材をさせてもらうことに決めた。しぶしぶついて来た様子のカオル。聞けばマキの父の会社の顧問弁護士に渡りをつけたということである。

室内、ドア横の長椅子で待たされたあと、事務員の女性に案内されて、二人は面談用ブースで堀弁護士に話をうかがう。稽古では、弁護士役の高橋先輩がメガネを外して眉間にシワを寄せて長ゼリフに苦戦していたところだ。スーツ姿の高橋先輩は、よりクールな印象ですごく大人っぽく見えた。

マキは、弁護士の仕事についてひと通り質問した後、「クラスでいじめに遭《あ》っている人がいます。女子です。いじめを弁護士さんにお願いして解決することはできますか？」と聞くと、堀弁護士は、

「できますよ」と事もなげに答えた。

　マキは自分のことを友達のこととして、どんないじめを受けているかを話し、堀弁護士はかつてそうしたケースの相談を受け、加害者家族らと学校側や教育委員会との協議や折衝を経《へ》て民事訴訟にまで持ち込んだ経験を語り、カオルの表情をこわばらせた。まずは勇気をだして両親に事実を打ち明けるべきですとアドバイスされるが、親には、自分の子供がいじめられてるのを知ったら悲しむだろうし、情けない娘で申し訳ないから言えないって……と口ごもった。

「私にも中学生の息子がいますが、親ならいじめられていることよりも、そのことを相談してくれないことの方が悲しいものなんですよ。君たちはまだ未成年ですから、これは保護者の問題でもあるんです。いじめは教育を受ける権利を奪われ、人格を否定される不当な人権侵害、犯罪だということを理解しなければなりません。それに、いじめというのはいじめられる側だけでなく、いじめる側も不幸にするんですよ。彼らはまだ未熟で過ちを犯します。その過ちを一生背負うことにならないように、そして命を奪われることのないように、大人が子供に教えるのが義務です。いじめをなくすには教育しかありません。それでも起るいじめは法が対処します。弁護士によってもいろいろですが、私はいじめの解決を法に求めることを推奨しているんです。日本は法治国家なのですから。そのために大変な労力と負担を背負わなきゃならないというのは本当にやりきれないこととは思います。ただ普通の生活を取り戻したいだけなのにね。しかし、いじめに遭ったら一刻も早くそれを断ち切る行動を起こすべきです。その行動とは、私が考えるに、いじめの事実を証明し加害者を特定して罰を与え、いじめが止めばいいとするのみではない。いじめには一件一件に個別の原因があるものですが、なぜそのいじめが起こったか、原因を探って分析し、理由を糺《ただ》し、加害者にもそのいじめにしっかりと向き合ってもらい、考えさせることです。それには第三者の介入が必要なんです。だから、いじめと戦うには、まず最初に、親を頼りにしなさいと、友達に伝えてあげてください。誰よりも本気でその子を守ってくれるのはなんといっても親です。事情があってどうしても親に言いにくければ、一番身近な、だれか信頼できる人、そう、君が友達で味方になってあげられるなら、君がその子の親に伝えてあげてもいいんですよ。ほかにも、調べれば相談を受け付けている行政機関の窓口もあります。もしくは私のところに連れてらっしゃい。待っていますから」

額に汗を光らせて、高橋先輩は長いセリフを言いきった。最後に、「勇気をだしてね。生きる勇気」と言った励ましの声が、それまでの事務的な口調と違って優しかった。

マキは涙声でお礼を言い、カオルはずっとうつむいたままだった。ここはほぼ会話だけで、セリフが聞き取りにくい部分もあったけど、場面の緊張感が途切れることはなかった。

第三場

駅前の公園、中央にベンチ。ベンチのそばに外灯。
下手よりカオル、そのあとマキ。カオルは腕を組んで怖い顔で歩いている。

カオル （ベンチの前で止まり）おい。まず、わけを聞かせてよ。いつから？　いつからこういう展開考えてた？
マキ え、そんな……
カオル あれは脅し？　警告？　あの弁護士と共謀したんでしょ？
マキ ちがうよ。

カオル　ふーん。なんかハメられた感があんだけど。

マキ　…………（なにか言おうとして言葉につまった表情）。

カオル　やるね。さすが演劇部でシナリオ書いてるってだけあるわ。いいよ、アタシの負けだよ。謝りゃいいの？　それともあの弁護士が言ってたようにアタシらを訴える？

マキ　謝らなくてもいいから、どうして私がいじめられることになったのか、その理由を聞かせてほしい。

カオル　（ベンチに腰かけ、ため息をつく）疲れた……（財布を取り出し五百円を差し出して）そこの自販機からコーヒー買ってきてよ、おごるから。お願い……

マキ、お金を受け取って小走りで下手へ退場。その短い時間、カオル、思案顔で待つ。

マキ　はい（と缶コーヒーとお釣りを渡し、隣に座る）。

カオル　なにこれ、ブラックじゃんか。

マキ　あ、ブラック飲めなかった？

カオル　飲めるけど……（開けて一口飲む）。にが、マズ……

短い沈黙。

カオル　どうしても言わなきゃだめ？

マキ　訴えるとかまではするつもりないけど、話してほしい。

カオル　……まず、アタシ以外の人たちは、「カオルがきらいな子なら私もきらい」っていう感じで、付き合いで加わってただけだから。

マキ　…………。

カオル　永澤さんってさ、なにかとアタシとかぶるんだよね。将来の夢もかぶるしさ。アンタが女優になりたいって言ってたのは本気だろ？　ずっと演劇やってきたんだから。それに比べてアタシはそういうもんにただ漠然と憧れてるだけで……。それでも一年のとき、演劇部に見学に行ったんだよ。そしたらアンタがいてさ、経験者だからってなんか調子乗ってて、アタシ無視されたし。

マキ　え？　ホント？　ごめんなさい。それは覚えてない。

カオル　アンタは無自覚に人を傷つけるタイプなんだよ。

マキ　それと私、女優って言ったことなくて、役者になりたいって言ったんだけど。

カオル　どっちだって同じだろうが。そういうとこだよムカつくの。……で、B組のガタくんとは付き合ってんの？

マキ　ガタくんって尾形くんのこと？　まさか。付き合ってないよ。前にミクちゃんにも聞かれたことあったけど、ホント誤解だよ。

カオル　そうなんだ。……アタシさ、実はアイツに告ったことあってさ、そのとき、「俺でよければ」って言ってくれたんだけど、その直後に突然デラハゲが来て途中で邪魔されてさ、放課後の屋上から追い立てられて……

マキ　ひどい。最悪のタイミングだね。

カオル　そう。ぶざまな話なんだけど、変な感じになっちゃったから、もう一回ちゃんとした返事がほしくて、「アタシは真剣だから明日もう一度ちゃんと返事をください」って言ってその日は別れたのね。それで次の日待ってたんだけど会いに来てくれなくて、一週間ぐらいシカトされて、メールもなかったんだ。だからアタシからメールしたら、〈実は、あのときは俺も好きな人に振られたばかりで淋《さみ》しかったから、誰かにすがりたい気持ちになってて、キミと付き合うって言っちゃったけど、やっぱり振られてもその人のことが好きで、俺、自分にウソついてたんだ。何度でもその人にアプローチするつもり。だからキミとは付き合えない〉って返信が来てね……淋しかったからって、『すみれ色の涙』じゃねえっての。

マキ　付き合うって、一回返事しといて?

カオル　そうだよ。死ぬほど傷ついたよ……それからあいつの好きな人って言うのが、永澤さん、あんただって分かって。ほら、あいつって自分の好きな人を平気で周りに言うヤツじゃん。それで、アタシを振っといて永澤さんとイチャついてるの見せつけられて頭にきてたの。そうなると、もうあんたのことがいちいちしゃくに障《さわ》るっていうか、気に入らなくてね、こいつさえいなきゃって思うようになったの。

マキ　イチャついてなんかないよ。一度告白されて断ったから私は気まずいのに、あの人平気な顔して付きまとってくるの。尾形くんが演劇部に入ったっていうのも、三年生がいなくなったあと二年の私一人になって、廃部になりそうだったのを、尾形くんが、「俺が助けてやる」って言って友達の男子二人連れてきて入部してくれたんだよ。最初のうちは珍しがって、基礎練とか、短い脚本の読み合わせとかやったりもしたんだけど、すぐに飽きて全然真面目にやってくれないし、部室がその人達の溜まり場みたいになって、漫画読んでるだけとか、無断で知らない女子連れ込んだり、みんな勝手なことして、結局尾形くんも演劇やる気もないくせに「部長、部長」ってしつこく私の所に来ておしゃべりするだけだし、私はああいういいかげんでチャラチャラした人嫌いだよ。それよりも私は二年になって庄子さんと同じクラスになったとき、きれいな人だなーと思って、オシャレだし、いろんなこと知ってるから、友達になりたいと思ってたんだよ。

カオル　やめてよ。きれいなんかじゃないよ。（立ち上がり）アタシはあんたと友達になる気はない。

カオル、ベンチの端に缶コーヒーを置いたまま上手に立ち去る。マキ、缶を取って下手に捨てに行ってから、上手にカオルを追う。

第四場

駅構内のプラットホーム。雑踏と喧騒。
駅員が一人に、電車を待つ乗客数名。
上手の改札口からマキ、登場。
腕組みしてホーム中央にイライラした様子で立つカオルと、彼女を気にして少し離れた上手側斜め後ろにマキが電車を待つ。その間に駅員退場。
下手より突然尾形登場。ツカツカと二人のもとへ早足に歩いてくる。

カオル　あっ。

尾形、カオルと向き合い一度立ち止まるが、すっと通り過ぎ、マキの手を取り、下手奥へ。

尾形　もう一度言うよ。これが最後。オレ、マキちゃんのことが好きです。付き合ってください。絶対大事にします。お願いします！
マキ　……ごめんなさい。
尾形　マジか！　この俺が全身全霊をかけてもダメなのか！　そう、分かった。実は俺、（カオルを指差しヤケクソぎみに）あそこにいる庄子さんに告られたことがあるんだ。でもキミのために断ったんだよ。じゃあ俺、あの子と付き合うことにするけど、いいのね？　キミの代わりにあの子を幸せにすることにするよ。それでもいいのね？　あっそう。じゃあ、もういいよ。

聞き耳を立てていたカオル、唖然とした顔で立ちつくす。踵《きびす》を返した尾形の背中越しにマキは心配そうにカオルを見る。

尾形　（カオルの手を取り、舞台やや後方へ連れて行き）あの、庄子さん、前にした返事のことなんだけど……やっぱキミの方が俺との縁が深かったみたいだわ。俺の本当の女神はキミだったって今やっと気づいた。あらためて、俺の方から言います。付き合ってください。お願いします！

カオル絶句。冷静になって、尾形の股間あたりを見てから、後ろを向きちょうど尾形の股間の高さを測るように膝蹴りの動作を二回。尾形、カオルの行動を不思議そうにながめていると、「うおりゃー！」とやにわに振り向いたカオルに股間への膝蹴りをくらう。尾形、「うーっ」とうめいて膝をついて苦しむ。
カオル、うずくまる尾形を飛び越え、走って改札を出ようとするが改札通路が閉じられていて一瞬右往左往したあと両サイドの自動改札機に手をつき飛び越えて退場。

マキ　庄子さん！

カオルを追ってマキも退場。
中年男、少し酔っている様子で下手よりふらふらと登場。ワンカップと複数の紙袋を持っている。

中年男　（うずくまる尾形を見下ろし）どうした、あんちゃん、大丈夫かぁ？

電車の来る音と駅員のアナウンス――

役の数よりも少ない部員数でやりくりするために、二役やってる部員もいる。法律事務所の事務員は智子がやっていたし、いまの酔っぱらいの中年男は、弁護士の役をやっていた高橋先輩だ。ビシッとしたスーツから学校の用務員さん風の服装に着替えて、何が詰まってるのか分からない紙袋をいっぱい提げて出てきたので、思わずプッと吹いちゃった。

舞台監督と装置、照明など裏方を一手に担当している新野先輩が作っていた自動改札機が、舞台上手、斜めに三台並べて置かれていたのを見て、製作中に智子が彼をからかっていたのを思いだして、他の観客とは違うところでボクはひっそり笑っていた。

次の第五場は、視聴覚室の稽古で観た場面につながる。

暗くなった公園のベンチで泣き疲れたように横になったカオルを、マキが膝枕し、話をしているうちに『すみれ色の涙』という歌を一緒に可笑しがりながら口ずさんだりして、お互い古い映画や昭和の歌謡曲に詳しく、奇妙なほど共通した知識があることを知って、しだいに打ち解けてくる。古い映画の話は演劇部なら当たり前の知識なんだろうか。『スケアクロウ』なんて聞いたこともない映画の題名がでてきた。『スワロウテイル』ならボクもうっすら知ってんだけど。

続きは、そのあと、尾形らの仲間にいいように使われていた演劇部の部室を取り戻すために、カオルの仲間たちが、そろって演劇部に入部して、彼ら乗っ取り男子部員を追い出す。実はそれはマキが考えたシナリオをみんなで演じた〝芝居で追い出し作戦〟で、すべて思惑どおりとはいかないまでも、さすがはケンカ上等のいじめっ子グループだっただけあって、気にくわない相手を排除するのにシナリオなんていらないといった感じで、おおむねうまく事が運んだようだった。

そして、もうすぐ三年生になる彼女たちは、廃部の危機にある演劇部を存続させるために、下級生の新入部員を募集することを活動の目標に定めた。そのために四月にある新入生のオリエンテーションの部活紹介で、演劇部が毎年やっていた寸劇を、彼女たちでやることに決めた。どんな劇にするか意見を出し合って話し合いしている様子が楽しそうでほほえましい。
ラストの第七場、部活紹介の劇中劇が始まる。

第七場

学校の体育館のステージ。新入生への部活紹介。

女子生徒のナレーション　合唱部のみなさん、ありがとうございました。では、最後に演劇部の部活紹介です――

照明がつくと、マキとカオルが前列。ミク、ヒトミ、女生徒A・Bが後列でみな後ろ向きに立っている。

全員一斉に同じ方向でくるりと正面を向き、マキの「せーの」のかけ声のあとに、一同、「劇部！」と叫び、それぞれ思い思いのファイティングポーズ。

マキ（中世ゴシック調のドレス姿）を除く一同、再び後ろ向きに（演者のみ正面を向く）。

マキ　（前に出て）ハムレット殿下。殿下はいったいなにをお悩みになっておられるのでしょう？　先王がお隠れになられてからというもの、あんなに優しくて朗らかであらせられた殿下が、いつも陰鬱な表情で、わたくしにまで酷いお言葉をお投げあそばされる。王様もお妃様も、もしや殿下が発狂してしまわれたのではないかと、どんなにご心痛なことか。ああ、殿下。殿下のお言葉に従って、尼となり、日夜お祈りを捧げて、殿下を惑わす憑物《つきもの》を払えるのならば、オフィーリアは悦《よろこ》んで尼寺へなりと行きましょう。

マキ、くるりと後ろを向き、奥へ下がる。

カオル（中世貴族の男装）、マキの動きに同調して正面を向き、前へ出る。

カオル　生きるべきか死すべきか、それが問題だ。かの夜、先王の父上の亡霊が姿を現してからというもの、現王の叔父を討《う》て、仇《かたき》を取れと寝台に潜《ひそ》み込む蠍《さそり》のごとく夜ごと夢にまで現れては余を苛《さいな》む。父上の無念はたった一人の嫡子《ちゃくし》の夢でさえ安穏《あんのん》を許されぬ。どうすべきか、なにを選ぶべきなのか？　現王を誅殺して自らも死するか、もしくは生まれたままに一点の穢《けが》れも知らぬ淑女、愛しきオフィーリアを妻に娶《めと》り、現王に仕え、余が次の王となるまで泰平《たいへい》の日々を送るか……いや、そもそも現王が余を生かしておくものか。それに父上が叔父に謀殺されたことを知った今、悪逆非道なる簒奪者《さんだつしゃ》に鉄槌を下し、仇を討たねば、これにまさる不名誉はあるまい。かてて加えて、貞淑の鏡と謳《うた》われた母上が、いともあっさりと父上を裏切り、こともあろうに仇のもとへ嫁いでしまわれるとは。ああ、オフィーリア殿。母上の不貞に引き比べ、そなたの純潔のなんと高貴なことよ。ああ、天のさだめし妻なる乙女、オフィーリアよ！

ヒトミ、くるりと前を向く。上下グレーのスウェットに、サンダル履きの田舎の不良娘のような姿。

ヒトミ　呼んだー？（たくさんのストラップの付いた携帯電話を耳にあて）ごめん、あとでかけ直すわ。殿下呼んでっからー。（携帯をポケットにねじこむ）チャーッス、殿下。お久しぶりっすう。

カオル　え？　あの……どちら様でしょう？

ヒトミ　ちょっとなに言ってんすか、アタシの顔お見忘れすか？　アタシっすよ。オフィーリアだってばよ。
カオル　えぇー？　えー？　オフィーリア姫なの？　ウソだべー？　別人だろー？（以後、時々仙台弁をはさむ）
ヒトミ　なにいってんの、よく見ろでば、ほれ。
カオル　変わりすぎだべ、いくらなんでも。こんなに太ってたか？
ヒトミ　太ってねーし。丸顔なだけで太ってはいねーし。
カオル　やさぐれたなー、しかし。まるっきりＤＱＮじゃねえか。昔はほんなんでねがったべや。高校デビューか。
ヒトミ　（そう言われることが嫌なのか、すぐに否定する）高校デビューじゃねえし！　だいたいそれもこれも殿下がかまってくれないから。デンカガカマッテクレナイカラー！
カオル　なんでカタコト？　姫、そういやこないだドンキホーテにいなかった？
ヒトミ　あんなごたごたした下々《しもじも》の雑貨屋なんか行かねえっすよ。週に一二回ぐらいしか。
カオル　行ってんじゃねえか。しかもけっこうな頻度で。
ヒトミ　ツケマとカラコン買わなくちゃだから。殿下こそどうしたんすか。毎日毎日、暗い顔して。リア充のくせにメンヘラ気質なのは知ってたけど。
カオル　あのー、ネットスラングで性格当てはめるのやめてもらっていいすか。一応、僕、ハムレットなんで。
ヒトミ　（早口でいきり立って）オメーこそアタシのことＤＱＮって言ったろうがよ！　えぇ？ＤＱＮつったろうがよお！
カオル　わーったわーった！　なぜにそうわめく。どうしてそうなった？（芝居口調で）とにかく、そなたに余の苦悩は分からぬ。

ヒトミ もう、だからそんなに深刻ぶらないで。クラブ行きましょ、クラブ。

カオル クラブって、部活か？

ヒトミ 部活なわけないじゃないすか。街のクラブっすよ。

カオル 仙台にねえべっちゃそんなの。

ヒトミ あんだでば。連れてってやっから一緒に行ぐべ。

カオル 行ぐわけねえべ。

ヒトミ いいじゃん、ハムちゃん。

カオル ハムちゃんって呼ぶんじゃねえよ。ハムはお前だろ、ボンレスハムみたいになりやがって（とスエットのズボンの裾をあげて足を見ようとする）。ちょっ、足太くね？　足首ねえじゃねえか。

ヒトミ あーん、ちょっとやめてよぉ。ここじゃダメ。そんなに見たいんなら家に来てくださいよ。足でもどこでも見せますから。でもちょろい女と思わないでよね。アタシこれでもけっこう固いんだから。でも、殿下だったら、いいかなぁと思うの。（カオルに背を向け、後ろ手に組み）今日ね、家にだれもいないんだあ……お父さんとお母さん、旅行で出かけてるから……（思わせぶりに振り向いて）家、来る？

カオル 絶対いやだわ。

ヒトミ …………（無言で胸を寄せてみせる）。

カオル 寄せるな、寄せるな。

ヒトミ （カオルの手を引っ張り下手に引き連れようとし）いいじゃん、行こうよぉ、ねえ、行こうよぉ。

カオル　えーい、しつこい。そなたは尼寺へ行け！

ヒトミ　尼寺って。ウケる。まーたそれすか。それ流行ってんすか？　こないだそう言われてー、殿下の仰せだからー、一応行った方いいかなと思ってー、行ったんすよー。でもうちなんの宗教でもねえからあー、どこ行ったらいいか分かんなくてー、結局ドンキ寄って帰って来ちゃった。

カオル　またドンキかよ。ドンキ好きなやっちゃなー。

ヒトミ　びっくりドンキーの方だけど。ハンバーグスパゲティーにライスの大盛りと豚汁にイカのぽっぽ焼きとホウレン草のソテー、あと食後にイチゴミルクと白玉の入ったパフェ。

カオル　食いすぎだろー。だからそんなんなっちゃったんだな。

ヒトミ　殿下が尼寺行けってゆーからでしょ。こういうのなんつーんすか、パワハラ？　それともDVか。尼になれっていうんだからセクハラっすかね？　訴えてもいいすか？　まあ、家に来てくれたら、なかったことにしてもいいすけどね。

カオル　うわ、こいつ脅迫しだしたよ。だがそれは無駄なことだ。余はデンマーク国の王子、ハムレットぞ。

ヒトミ　でた、でた、巨大な権力で抵抗する民衆を闇から闇へと葬り去る独裁者の恐怖政治。おそろしや。人知れず秘密警察に連行されて拷問されるのね、わたくし。拷問されちゃうのね。

カオル　言いながらなんでちょっとワクワクした顔してんだよ。ドMか！

ヒトミ　いいわよ、そっちがそうくるんなら、頭のおかしいオフィーリアちゃんは、広瀬川に身を投げて死んでやるから（と下手へ引っ込もうとする）。

カオル （ヒトミの手を取り引き止めながら） おい待て。ここでは先王の怨霊がでるぐらいなんだから、幽霊が存在する世界ってことだろ？ おまえ死んだら、絶対化けて俺んとこでてくるよなあ？

ヒトミ うん。

カオル 即答かよ！

ヒトミ 死んでとっついてやる。先王と一緒に毎晩化けてでてやんよ。

カオル やだよお。ブスの幽霊に付きまとわれるなんて。

ヒトミ ブスじゃねえし。ブスじゃねえからブスって言われても傷ついてねえし。傷つかないってことはブスじゃねえってことだし。

カオル どうでもいいわ。ブスでくどい幽霊なんて最悪だー。

ヒトミ、「うぅー大好きー」と、うなってゾンビのようにカオルに抱きつき、足をからめて背中にしがみついておんぶの形になる。

ヒトミ 愛しのハムレット王子ーぃ。イーッヒッヒッヒ！

カオル 生きるべきか死すべきか。決めたわ。王様ぶっ殺してクーデターだ！

全員、正面を向く。

マキ なーんて。演劇部では、『ハムレット』のような名作も、めちゃくちゃなお芝居にして楽しく遊んじゃいまーす。それに、顔が赤くなっちゃうような照れくさい言葉も——

全員 恥ずかしくない！

ミク 愛の告白だって——

全員 ぜーんぜん恥ずかしくない！

ミク　カオルさん。私、あなたが、す、す、す――

女生徒A　そら、頑張れ。

女生徒B　そう、も少し。

ミク　す、スキヤキよりも焼肉の方がお好きだと友達と話していたのを小耳にはさんだことがあります。

カオル　はあ？

はやしたてていた一同、「ああー」と落胆の声。

ミク、しゅんとなって落ち込む。

女生徒A　しょうがないなあ。じゃあ私がお手本見せるよ。カオルくん、あの、あのね、私……私もやっぱ無理だー！

ヒトミ　全然ダメじゃん。どけよスカタン、口ほどにもねえ。カオル、私、あんたのことが、す、す……、コラー！　おまえもこっちの気持ち分かってるんだろ？　女に告白なんてさせんな！女はいつも待ってんだぞー！（とカオルに詰め寄る）

女生徒A　そうだ、そうだ、告白は男の役割だ！

カオル　ちょっと待ってよ。アタシは男役なだけで……愛の告白のお芝居はどうなったの？

ヒトミ　そんなことしたら男がつけあがるだろ！

女生徒B　付き合ってからも立場が下になっちゃうよ。

などと一同、寄ってたかってカオルを責めたてながら、みな舞台から退場。

入れ替わりに下手より、女生徒C、ひろげたスポーツ新聞を読み、日吉ミミの『世迷い言』のサビの部分を歌いながら登場。

女生徒Cは鳶職《とびしょく》のような格好で、首にうす汚れた黄色いタオルをかけ、地下足袋《じかたび》に腹巻姿。

女生徒C　――ヨーノナーカバカナノヨーか。はぁー、いやな世の中だねえ。あらまあこんな若くてきれいな女の子が裸で。いやらしい。これもみんな男がしっかりしてないせいだ。それからそれから……いじめ自殺、教師の体罰にモンスターペアレント、児童虐待、少子高齢化に年金問題、老々介護、就職率過去最低、生活保護受給者過去最高、リストラ、ブラック企業、過労死、孤独死、自殺者三万人超……世も末だねえ。愛の告白ったって、本当の愛なんてどこにあるんだ？　男、女、大人も子供も年寄りも、みんな下品で恥知らず。もうこんな世の中どうでもいいよ。いっそ滅べ！　滅んじまえー！

女生徒C、愚痴っぽくぶつぶつ言いながら、舞台奥に置いてある教卓を運び、舞台前に設置して、上手に退場。
入れ違いにマキ、黒縁メガネに白衣姿で再登場。

マキ　（教卓を前に両手を置いて）たしかに、今の時代はなにかと不安と絶望を感じさせられる出来事が多くて、我々はこれからどう生きるべきか、苦悩を抱え、そのうちほとんどの人がそんな悩みも忘れてだらしない大人になってゆく。こんな世の中に希望があるとすれば、芸術、なかでも文学だと私は思うのです。小説は言葉で世界を作り、評論は言葉で事象を分析し、詩や俳句や短歌は言葉の音とリズムで心や情景を表現します。そして戯曲は、演劇のために書かれた文学です。演劇とは体で表現する文学なのです。昔は社会の体制や既成《きせい》の価値観に抵抗を示すための手段としての演劇が数多く行われ、時の演劇人たちは命がけで舞台を作りました。演劇は命を張るに値するほどすばらしく、そして過激なものなのです。舞台の上には、日常の世界とは違った我々の固有の世界が存在します。（しだいに高ぶってきて）甲子園やら春高やらインターハイやら、そんなもんは所詮《しょせん》ひとごと。ところがまさにひとごとでない我々の世界が、青春が、演劇の舞台にはあるのです。新しい人よ来たれ！　文化部ばんざい！　くたばれ運動部！　主役は――

全員がダッシュで舞台中央へ集合。

全員　演劇部だぁー！（それぞれ決めポーズで）

全員ポージングのまま、幕。

緞帳《どんちょう》が静かに下り始めるのと同時に起った大きな拍手は、客席が明るくなるまで続いた。

楽しい場面の続いた後半で、もっとも観客がにぎわったのは『ハムレット』のパロディーのあたりだ。品のないオフィーリアを演じるヒトミ役の安斎先輩は、不良娘みたいな役をやらせると抜群にうまいと智子が言っていた。ほとんど地で演じてたみたいだけど、それを引き出す脚本を書いた方もすごいと思う。

隣の同級生たちも、これって絶対レベル高いよね？　演劇部ナメてたわと素直に感嘆していて、なんだかボクまで誇らしい気持ちになった。けど、最後のくたばれ運動部はないよ。大宮先輩の役に言わせてるけど、あれってたぶん、智子の冗談めかした本音じゃん。

「あー、無事に終わってよかったー。ほっとしたわー」

「おばさん。私、智子に会わずに帰りますけど、すごくよかったって伝えといてください」

「うん、了解。私ら車で来てるから香ちゃんも一緒に乗って行ったら？」

「ありがとうございます。でも私これから病院に行くので」

「病院まで送るわよ」

「いえ、すぐそこの病院ですから」

そこから歩いて五分ほどの整形外科には、なんとか間に合った。診察の結果、軽いジャンパー膝の兆候だろうとのことで、シップ薬を束でだしてくれて、部活は続けてもいいが、痛みがでたら極力安静にし、膝のサポーターだけでなく、できればテーピングをするようにと指示された。

家で軽くストレッチをして、お風呂からあがったら、智子からメールがきてた。

〈今日、来てくれてたんだってね。ママに聞いたよ。うれしい。ありがとう〉動く絵文字がいっぱいついてる。

ベッドの上で膝にシップを貼りながらボクも文面をあれこれ考えたけど、うまくまとまらなくて、書きかけの長文を削除し、短いのを早く返してあげることにした。

〈おつかれさまでした。うまく感想いえないけど、すごく感動した。県大会に行けるといいね。いい知らせ待ってます〉

〈明日、講評っていうのがあって、そのあと結果が発表されるんだけど、やるだけのことはやったから、あとは神様にまかせる〉

〈絶対いけるよ！　大丈夫！　いいことは寝て待とう〉

〈そうだね、ねてまと。ネテマトネテマト。おやすみなさーい〉

今日の演劇を思いだすと、早くコートにでて練習がしたくなってきた。ボクの舞台はもうすぐだ。と、ミカサのマイボールをハンドリングしたりしてから、布団にくるまってその夜はほっこりして寝たのに、これから嫌なめが待ち受けていようとは、そのときは思ってもみなかった。

五

翌土曜日は広い第二体育館の使用日で、斜光を受けた床が明るく、午前中から天気もやる気をみせている。おらぁファイトー！　ファイトッファイトー！　隣の男子バスケ部の練習は、いつもかけ声がにぎやかというか、うるさい。こっちも負けてらんない。アップから全員声を出してコートを走る。一番声がデカいのは麻美だ。その次にキャプテンなんだけど、この日は珍しくまだ部活にでていなかった。

「おい、香！」と体育館の扉の所からキャプテンの大声が耳に入ってきたのは、後輩の志保と対人パスをしていたときだ。体育館の喧騒の中でもあの声は神経を尖らせる。

「ちょっと来い！」

やべえ。一瞬でそう感じた。なんだ？　昨日の演劇観に行った件か？　一緒に行った同級生はバレー部に接点ないはずだし、チクるようなヤツらでもないしな。呼ばれた距離をかけ足で詰めるあいだ、脳内は高速回転して、怒られる理由を探った。

「おまえ、昨日病院行くっつったんだよなあ？」

「はい」

「ホントか？　演劇観に行ってなかったか？」

やっぱそれかー。とがめられるとしたらそれしかないもんな。もう正直に言うしかないか。ここは変に悪びれない方がよさそうだ。

「はあ、あの、ボク……あ、いや、自分の親友が演劇部でし――」

「なにっ？」

「……自分の友達が、演劇部でして、文化センターの近くの病院に行く途中で、ちょっと気になって寄ったら、ちょうどうちの学校の演劇部の出番が近かったので、その一時間だけ劇を観てから、病院に行きました」

「あ？　おまえ何部だ？　演劇部なのか？」

「いいえ」

「だったら、演劇なんか観てねえで部活来いや！　大会すぐだぞ！　そんなもん観てるヒマねえだろうが！」

「はい。すみませんでした」

「オメエがそんなことじゃうちの部どうなんだよ。レギュラーの自覚あんのか？　なりたくてもなれないヤツもいんのに。それでも声援くれる仲間の気持ちがどんなか考えたこともねえんだろ。調子乗りやがって。ガタイのよさに胡坐《あぐら》かいてんじゃねえぞこの野郎！」

みどり先輩が心配してこっちに来てくれた。

「なに？　どうしたの？」

「こいつ、昨日練習サボって演劇観に行ったんだと」

「ああ、そのことね。病院に行くついでにね、私がオッケーしたんだよ。監督にも病院行って直帰すること報告してたし、サボったんじゃないよね。友達の劇だからどうしても観たかったんだもんね？まあ、たまにはいいじゃんか」

やばい。みどり先輩のフォローはうれしいですけど、そう言うとさっきのボクの話とちょっと辻褄《つじつま》が……

「たまにはって、この時期ダメだろ。みどりがそうやって後輩甘やかすから、うちらいまいち強くなれないんだよ。こいつだって一年のときの方がもっと気合い入ってたろ？　見てて分かるだろ？」

「うーん、おっきいケガしちゃったからねぇ。膝の方はどう？」

「あ、はい大丈夫です。昨日よりだいぶよくなりました。お医者さんには膝の使いすぎで軽い炎症起こしたんだろうと言われました」

「ぶったるんでっからケガばっかすんだろうが！　とにかく監督に報告に行くから、一緒に来い！」

「なにもわざわざ監督に言う必要ないじゃん。この場で収めれば」

「ダメだ。みどりはアップ続けさせといて」

先に歩く先輩のジャージの背を見てた。『仙台S学園高等学校　女子排球部』の白いネームが所どころかすれてる。それにしてもなんでバレたんだ？　会場にいた学校の生徒のなかに先輩の知り合いでもいたろうか？

職員室に二人で行き、キャプテンとしてみんなの前で謝らせるというのを、顧問の川嶋監督が諌《いさ》めてくれた。ケジメが、ケジメがと言って引かないゴリ美を残して、ボクは練習に戻るよう言われたが、廊下で待つことにした。あの人、なんでそんなに謝らせたがるんだろう。レギュラーになれなかった人の気持ち考えたことないだろなんて言われたのも心外だ。みんなの気持ちを背負ってるんだってこと忘れてないよ、ボクだって。

職員室の扉が開いてゴリ美と目が合った。両目が少し充血していた。彼女がボクを一瞥《いちべつ》してにらんで、ツカツカと早歩きで行こうとするのを追って、

「広美先輩、本当に申し訳ありませんでした」と謝ったが、無視されて、体育館まで気まずい同行をさせられた。ようやく彼女に話しかけられたのは、練習後、制汗スプレーのにおいの充満する部室で着替えているときだった。

「香ぃ、病院にはちゃんと行ったんだよなあ？　だったら領収書とかあんだろ？　今度持ってきて見せろ」

「広美さあ、そんな証拠調べみたいなことやめようよ」

「みどりも監督もなんでこいつに甘いの？　一人でも例外認めたらチームの統率ってできないんだよ。みんな勝手なことしだすだろ」

「まあまあまあ。広美さんの言うとおりだけど、明日休みなんだし、せっかくの休みの前にやな気持ちにさせないでさ」

「いえ、いいですよ。月曜日に持ってきますよ」

あっぶねー。昨日病院間に合ってマジでよかった。しかしこいつ、たかだか一年早く生まれたからって何様なんだよ。みどり先輩にも迷惑かけちゃったじゃねえか。


この日のことを智子に電話で長々愚痴ったら、もう今日泊まりに行くわとなって、夕方、自転車で家に来てくれた。

智子がボクの家で一緒にご飯を食べるのは何年ぶりだろう。今日は地区大会の審査結果で最優秀賞をもらい、県大会への出場がかなったということで、それを聞いた母が急遽《きゅうきょ》トンカツに変更して、父は智子のおかげで今夜はトンカツになったと上機嫌だった。ボクとの会話のひと月分ぐらいの量は智子としゃべってたと思う。

ボクの部屋は、二階の和室の六畳間で、ここはもともと姉の部屋だった所だ。ベッドも姉ので、机とかもそのままボクが使っている。下から運んできた布団を、ボクと二人で敷きながら智子が言う。

「あんなヤツやっちゃえばよかったのに。香の方がデカいんだから」

「無理だよぉ。ボコボコにされちゃうよぉ。喧嘩のデビュー戦がいきなりゴリ美なんてハードル高すぎでしょ。あの先輩、ホントこえーんだかんね。返事の仕方一つでもピリピリすんだから。夏合宿のときも、同じ学年の麻美ってのがさ、ハイを、アイ気味に言っただけで、んあぁー？　つって胸にパンチだよ。デコルテのとこじゃないよ、チチの真ん中にパンチされたんだよ。麻美は泣きはしないけど、胸押さえたまましばらく動かなかったんだから。見てるこっちが痛かったよ。もっともその日の夕飯のときに麻美にあやまってはいたけど」

「格闘センス半端ねえな。今日よく殴られなかったね」

「ビンタぐらいはされっかなって覚悟したけど、先輩も問題になるの懲《こ》りてんじゃない？　でも一発二発で済むならいっそ殴られた方がマシだよ。ねちねちやられたり無視されたりするよりは」

「あのパイセンにはねえ、私らも恨みがあんのよ。劇部で体育館のステージで稽古してたときにさ、やけにバレー部のボールがポンポン飛んでくんの。幕閉めてやれってことかなと思って緞帳閉めたら、せせら笑いと、演劇なんてくだらねえとか悪口聞こえてきて、絶対あの人の声なんだ。こっちはなにも迷惑かけてないのに」

「ごめんねえ。そのときたぶんボクもいたと思うけど」

「あいつ、なんであんなにツンケンしてんだろね。あれ、笑うこととかあんの？　しかめっ面しか浮かんでこないんだけど」

「結構笑う。でも試合で負けたりしたときはものすごく怖い顔して、ヘラヘラしてるヤツいたら、試合に出てない者でも容赦なく激怒だよ。口から火ぃ吐くんじゃねえかっていうぐらい。機嫌悪いと物にも当たるしさあ。すげー音立ててイス蹴ったりして。ボクらは慣れてるけど、一年生みんな青くなっちゃって」

「やだねーそういう人。人を恫喝する人って大っ嫌い」

「うん。……でも威張ってるけど、それだけでもないんだよなあ。練習後の雑巾がけ競争もちゃんとやるし。一番練習してみんなをまとめてるし。ただ暴力的なのがなあ。言い方もキツいし」

「結局なに？　嫌いなの？　そうでもないの？」

「嫌いだけどー、あんまり悪口言うのもなんか気がとがめるっていうか……キャプテンとしてはすごいと思うんだよ。試合会場では頼もしいし。F商にさえガン飛ばして舌打ちで威圧するもん。あと、場所取りの図太さ」

「でも、そんなジャイアン先輩も、もうすぐ引退なわけでしょ」

「そう考えると寂しくなるなあ。なんだかんだいっても、先輩たちにはいろいろ教えてもらったから」

「嫌いって言ったり、寂しいって言ったり」

智子は持ってきたルームウェアに着替えると、敷いた布団にペタリと座って部屋の中を見回した。

「この部屋、昔一回入ったことある」

「お姉ちゃんがいたときだよね」

「ちがう。香んちに最後に泊ったときだ。お姉さんが東京に行っちゃったから、日当たりがいいこっちの部屋に移るんだって言ってた」

「そうだっけ？」

「あの……実はね、私、香のお姉さんに去年会ってるんだよ」

「えぇー？　なによそれ、どういうこと？　お姉ちゃん今どこにいんの？」

「東京の下北沢でね、〝劇団 百舌《もず》の巣〟ってところに所属して女優さんやってるよ。春休みにその劇団のワークショップに参加したの。そこで講師もやってたよ。もちろん偶然じゃなくてトッコさんに会いたくていろいろ調べて応募したんだけどね」

「女優やってるってことは知ってたけど、なんで言ってくんなかったのよ？」

「だってトッコさんに言わないでって言われてたんだもん。香と最近また仲よくなったって伝えたら、妹には連絡先教えてもいいよってこないだメールもらったから、アドレスと携帯の番号、送るね」

普段は、ちょっと変わってるって思えるぐらい相手の目をひしと見て話をする智子が、このときは視線をそらして、カバンから携帯電話と、ついでにポッキーの箱を取り出した。不意に二袋入りのポッキーの一つをよこされ、思わぬ形で音信不通になっていた姉の連絡先を知ることになった。

姉の徳子は高校卒業後、進学も就職もせずに、当時付き合っていた年上の男性と家を出た。そのころボクは小六だったからよく知ってるわけじゃないけど、たぶん駆け落ちみたいな格好だったのだと思う。

姉が初めてその彼氏を家に連れて来たときのことを覚えている。その日は、ちょうどシンちゃん先生が、ほぼ寝たきりになってた祖母のリハビリに来てくれていて、成り行きでその場に立ち会うような形になった。

その彼氏というのが、ラーメン屋で働いている二十歳くらいの人だったけど、腕に梟《ふくろう》のタトゥーが入ってて、言葉づかいや礼儀もなってないのに、父はビールを注いでやけに物分かりよさげに歓待したので、そこに居合わせたボクも意外に思った。

車で来たのにお酒を飲ませようとしたのをとがめたのがシンちゃんで、初めて来た他人の家での態度の無礼さとその無自覚さを父の代わりに怒って、夕食をごちそうする前に追い返してしまった。それに腹を立てた姉を逆に怒鳴りつけて、彼に対して変に理解を示した父にもみっともないと言って口論になったのを、ボクは目撃している。

父とシンちゃんの口論は、祖母の介護の仕方を巡ってもたびたびあって、それがためか、今では母までシンちゃんをよく思っていないフシがある。それまでは、競馬とお酒好き同士で父とも仲がよかったのに、祖母が亡くなってからはほとんど付き合いがなくなって、ボクも従兄の治療院に行くときは、両親にはあえて言わない。親戚関係は一旦こじれると絡まった釣り糸みたいにややこしい。

それから姉は、ラーメン屋で働いている彼氏が独立を目指して東京の本店で修業をするから、一緒について行って上京するとか自分の言い分をまくしたてて、止めるのも聞かず逃げるように家を出て行ったと、ボクはあとになって母から聞いた。

そして数ヵ月が経ち、突然姉からかかってきた電話にでたボクは、〝文明座〟という有名な劇団の研究生の試験に受かったという、今まで聞いたことのないような歓喜の金切り声に思わず受話器から耳を離した。

ボクは小さいころから姉にかわいがってもらった記憶がない。子供嫌いなのか、まったくかまってもらえなかった。何度じゃれついてみても、いつも本当に嫌そうに遠ざけられるので、そのうちなつかなくなっていった。

それが、祖母のお葬式で帰郷した際には、ボクを相手に、彼氏と別れたことに加え、やっぱろくでなしのクズだったとか悪口を聞かされ、そういう身の上話の相手にされたことが、ボクにはうざったくもあり、少しうれしくもあった。その前にシンちゃんにも同様な話を聞かせて怒られていたのを見て、そのときの姉はむしろシンちゃんに怒ってほしくて話をしていたような印象を受けた。それとも、怒られたあと悔しくなったからボクを話し相手にしたのかもしれない。

ともかく、その時点ではまだ文明座に所属して活動していたはずである。それからしばらくして友達経由で不穏な噂が耳に入ってきた。姉によく似ている人が芸能人にいるというのだ。〝林理沙子〟というその噂で聞いた名前をインターネットで調べてみると、R指定の官能映画に何本か主演していて、グラビア画像などがバババーっと並んで出てきたときは、焦って眼球が泳いで、パソコンの画面が一瞬かすんで見えた。かなりスリムになってて、名前も髪形も顔の雰囲気も変わってはいるが、確かにボクの姉だった。

もちろんうちの親には黙っていたが、しばらく迷ったあと姉に電話してみたら、番号が通じなくなっていて、もう知らないと思ったけど、借金を抱えているとか、悪い人に騙されて怖いことに巻き込まれているんじゃないかとか、そんなことばかり想像してしまって落ち着かないので、心配事を全部書いたハガキを出したら転居先不明で戻ってきた。郵便受けからそれを取ったのがボク本人だったから親に読まれずにすんだけど、自分の迂闊さに腹が立った。

それで、そのことをシンちゃんに相談した。姉は怒るだろうけど親に言いつけられるよりはマシだろう。姉の現状を知ったシンちゃんの動揺はボク以上で、「こないだまでちゃんとした劇団でシェイクスピアやったとか言ってたのが、どうしてそんなことになってんだ？　ほとんどポルノ女優じゃねえか。なに考えてやがんだ、あいつ。親兄弟や親戚のこととか頭にねえのか？　こりゃあ止めなきゃなんねえ」と、えらい剣幕で文明座の事務局に電話をしたら、すでに退団しているとしか教えてもらえなかった。

ちょうどお盆の時期だったので、シンちゃん先生ももうすぐ東京の四ツ木の実家に帰省する予定だったから、その際むこうで行方を探してきてやると言ってくれた。でもそうする前にいろいろ調べてくれて、姉が所属している芸能プロダクションが判明し、事務所に伝言を頼んだら、のちに直接本人からの電話があったことを知らせてくれた。

姉の話では、お金には苦労してるけど、ボクが心配していたようなことはないし、プロダクションも怪しいとこじゃないから心配しないでほしいとのことで、私の人生なんだから余計な口出しはしないでと釘をさされたらしい。

「アタシのおっぱい見たんでしょ、バカ、スケベって言われちゃったよ。テメエで出してるくせに。損な売り方だろうって言ったら、それでもどうしても映画の方に行きたかったんだと。女一人都会で好きなことやって生きてくのは根性のいることだから、実家とか故郷とか逃げ場を断ち切らなきゃいけないって決めたらしい。悔いを残したくないからできることを精一杯やってみるとさ。話聞いてたらそれなりにプロ意識持ってやってるようだし、俺がでしゃばる余地はなかったよ。とにかく、あいつは自分のやりたいことやらなきゃ収まんないヤツなんだから、もうほっとけ」

電話口でそう話していたシンちゃんにお礼を言って、それきり姉のことは知らない。

最近は、家で姉の話題がめったに口にされなくなったから、もしかしたら両親にはもうバレているのかもしれない。


智子が姉の連絡先をせっかくメールで送ってくれたけど、それをすぐにどうこうしようという気にはなれず、もらったポッキーの袋を開けて、演劇のワークショップってなんなのかを聞いた。

「単純にいうと演劇を学ぶ講座なんだけど、だれでも気軽に参加できて、いろんな劇団がそれぞれのやり方でやってるようだよ。私も初めて行ったのが、百舌の巣のワークショップなんだけど、そこで仲よくなったおばさんがいてね、ウェイトレスなんだけど接客が苦手で度胸つけるために来たって言ってたよ」

「じゃあボクなんかでもできんの？」

「もちろん。今度行ってみる？　トッコさんびっくりさせてやろう」

「いや、いい」

「仙台でもきっとどこかでやってるよ。調べてみようか？」

「いいってば」

「やってみたら絶対楽しいのに。考えてみるとさ、日常生活でも結構演技ってしてんのよね。接客もそうだけど、友達との付き合いも、遅刻して先生にウソつくのも、ある意味演技だしね」

智子は姉の徳子のことをトッコさんと呼んでいるようだ。昔から姉が友達に呼ばれてたニックネームで、母もそう呼ぶ。ともかく、姉が文明座から別の劇団に移ってそういう活動もしてると聞いて、少し安心した。だけども、なんだよ林理沙子って。自分でつけたのか事務所につけられたのか知らないけど、売れそうもない名前だなあ。

「香……あのさ、トッコさんが、成人向けの映画とかに出てるのは知ってるよね」

「……うん」ボクは動揺を隠してうなずいた。

「香には言っといてって言われてたんだけど、トッコさん、裸の仕事はしても、体を売るようなことは絶対にしてないから誤解しないで信じてって」

「分かった」

「トッコさん、力試しのつもりで受けた映画のオーディションに受かっちゃって、それに無断で出演したから文明座をクビにされたんだけど、移籍した事務所が劇団百舌の巣と提携している関係で、舞台にも出てるんだよ。舞台では本名で出てるし、ちゃんと真面目に頑張ってるってことだけは両親に伝えてもいいと思う」

「うん。お姉ちゃんと親しいんだね」

「アパートに泊めてもらったもん。小田急線の経堂《きょうどう》って駅の近くだよ。いや、近くもないか。けっこう歩いたな。いいよなあ、東京。私にとっては憧れの生活だよー」

智子はカバンから昨日の演劇の台本を取り出して、ボクに差し出した。

「これ、香にもあげようと思って持ってきたの。昨日の演劇観て、なんかピンときたとこなかった？」

「ピンときたとこ？　うーん、なんだろ。分かんない」

「ヒントはカオルの役」

「……ボクの名前に似てるってこと？」

「そこじゃなくて。だれかに似てると思わなかった？」

「分っかんないよ。もう教えてよ。クイズきらいなんだから」

「もう、すぐ答え知りたがるんだからぁ。カオルって、トッコさんに似てなかった？　あの役ね、羽田先輩に最初渋られて、先輩をなんとか乗せるために当て書きしたって言ったんだけど、ホントはトッコさんがモデルなんだよ。この脚本、トッコさんから聞いた高校時代の実話をモチーフに書いたんだ。駅のホームで男子の股間蹴り上げた話とか、お姉さんに聞いたことなかった？」

「ない。年離れてるからお姉ちゃんとそういう話したことないもん。あー、ということはパンフに書いてあった親友の姉って、ボクの姉のことだったのね。お姉ちゃんがモデルだと思うとまた観方も違ってきそうだな。こうやって台本開いて読んでみると、劇の場面思い出すね」

「県大会でまた観れるよ。来月中頃だから観に来れたら来てよ。先輩に怒られてまで昨日来てくれたのに、なんか悪いけど」

「それは結果論だから。ボクは後悔してないよ」

智子にもらった脚本から一枚ページがするりと抜けた。

「あ、ごめん。それ一枚綴じ忘れちゃって挟んでおいたんだ。これね、草稿段階の持って来たんだよ」

「こうしてみると、だいぶカットした部分があったんだね。後半部分なんて丸々カットじゃん」

「そうだよー。一直線に書きあげたわけじゃないだから。あの劇にはね、この脚本に書いてあるとおり後日譚《ごじつたん》があってね――」

ボクもざっと読んだが、作者自身による要領を得たあらましをさらに要約すると、月日を経て、意外にもカオルとマキは、〝カルメンとマキ〟という名でコンビを組んで女性コメディアンになっていた。

漫才やコントでテレビ番組に出演するためのネタ見せをしてはダメ出しされて、ボケとツッコミを変えたり、アバズレと優等生キャラにしてみたりと試行錯誤するうち徐々に売れてきて、ついに母校の学園祭に呼ばれることになる。

そのころ学校では、生徒に嫌われていた小野寺は教頭になっていて、尾形がその腰ぎんちゃくのようなゴマスリ新任教師となっていた。

ラストの学園祭での漫才では、学校固有のあるあるネタや小野寺の悪口で会場は沸きあがり、そこへ打ち合わせと違うことやっているのに怒った小野寺が中止を命じて舞台に上がって来たのを、カオルがオモチャのバットでフルスイングしてカツラをふっ飛ばし、それを拾ってあげた尾形が逆に興奮した小野寺に殴られてモメだしたドタバタをあとにして、生徒たちの拍手喝采のなか、観客席中央通路を通って退場して行くというもので、はっちゃけていていいけど、これでは長すぎるしコンクール向きでないと川名先生にボツにされたという。

それで第七場を部活紹介の場面に書き直してそれが採用となったのだそうだ。

「漫才の掛け合いって実際難しいのよね。それに、書いたネタが受けるかどうか分からなくてさ。でもせっかく書いたものだから、来年の文化祭にでもこのバージョンでやってみたいんだけどな」

「掛け合いっていえば、ラストそれっぽいとこあったけど、なんかところどころギクシャクしてたっていうか」

「んだべー。香も観てて分かっちゃったかー。みんな早口だったでしょ。あれねえ、時間焦ってたのにプラスして、スベるのが怖くてセリフ走っちゃったんだ。私なんて前段のハムレットパロディーの件《くだり》が思ったより受けたから、逆にプレッシャー感じて声うわずったもん。そうなるともう分かってても立て直せないの。稽古時間足んなかったなー。うーん、県大会ではもっとうまくやるようにする」

「でも、智子のところもちゃんと受けてたよ。一緒に観てた友達も笑ってたもん」

「ホント？　自信持っていい？」

「もちろん。川名先生の判断は正解だと思う。だからこれ、続編になるカルメンとマキは言っちゃ悪いけどなんか蛇足《だそく》のような気がする。だいたいマキに関しては話の流れからしたら法律家目指すのが自然なんじゃないの？　彼女たちが芸人になるなんて突飛すぎるよ」

「香もみんなと同じこと言うのね。私はこっちがやりたいのに」

「とにかく、それは焼き捨ててほしい」

「怖っ。『ミザリー』のキャシー・ベイツみたいなこと言わないでよ」

焼き捨ててって言ったのはもちろん冗談だけど、ボクが言いながら連想してた映画が、彼女の口からポンと出てきたのは、さすが演劇少女だなと思った。

「このラストを書いたのは、小野寺への復讐が目的なんだよ。カオルの告白を邪魔した無粋な教師ね。

トッコさんの体験談で実際のモデルがいるんだ。だから私が、劇のなかで仇討ってやるつもりで書いたの」

姉は智子にそんな話をしてたのか。姉の学生時代の話なんてボクは聞かせてもらったことなかったな。

「でもよかったね、県大会に進めて。県大会で勝ったら今度は全国？」

「いや、東北のブロック大会があって、そこで最優秀賞を取った学校が翌年の八月に開かれる全国大会に行くの」

「翌年の八月？　え？　じゃあ三年生の部員はもう学校いないじゃん」

「そうなの」

「変なの。なんで？」

「知らない。そういうことになってんだもん。地区大会がこの時期だからね。だからメインキャストは一二年生がやってる学校が多いよ」

「その問題、関係者の大人たちはなんとかしてくれないの？」

「制度を変えるって難しいもんなのかねえ？　ともかく今は目の前の県大会。トッコさんの母校の名北高校も進出決めたようだけど、名北は東北大会の常連校でさ、あそこにはともかく、二校選出されるうちのもう一つの枠は勝ち取りたい」

「そんな始まる前から尻尾《しっぽ》巻かないで、名北にも勝とうよ。同じ高校生なんだから勝てないなんてことないよ」

ボクは名北高をF商業高に置き換えて自分に言い聞かせているような気持ちになって、そう語っていた。

「大会の閉会式の結果発表の前に講評というのがあってね、審査員の先生方から批評と感想をもらえるの」

「なんて言われた？」

「うちらは最優秀もらったから褒められたところが多かったけど、高校演劇でキンタマなる言葉がでてくるのはいかがなものかって言われて、他の学校の人たちにドッと笑われちゃってさ、大宮先輩なんてずっと伏し目がちだったよ」

智子は台本を持って、きっと気になっている個所であろう場面場面の感想を聞いてくる。

ここの場面は登場してからベンチに座らせた方がいいか、それとも登場した時点ですでに座っていた方がいいかとか、場面転換が変じゃなかったかとか、ここはホリゾントの色を徐々に変えて時間の経過を表してるんだけど、それに気がついたかとか、演劇に無知なボクの意見なんて参考にならないだろうに。それにちょいちょい挟まれる舞台用語とおぼしき言葉は、一般教養的なものなのか？　ボクは普通よりも知識がない方なんだろうか。

一応ボクが答えられるのは、智子の提示する何通りかの演出を、選択するだけで、あとは彼女が勝手に身振り手振りで悩んでいた。

「もうそのへんにしとこうよぉ。あとは劇部でやって。アタシ疲れた……」

セリフを読まされて動きを指示されたり、慣れないことに頭を使わされて、ついアタシと言ってしまうほど疲れた。制限された動作のうちに決められたセリフをしゃべるって、こんなに疲れるものなんだ。体力的に疲れるというより緊張で疲れるんだな。演劇ってこれを当たり前のようにこなすわけだからすごいや。

何気なく布団の上でストレッチし始めたら、智子も一緒にやりだして、演劇部がいつもやってる基礎トレのメニューを教えてくれた。柔軟に、腹筋背筋、腕立てにスクワット、それぞれ二セットやって、あとはランニングに発声練習。たまにリズムダンスやパントマイム、そのほかここ最近では入門書を参照にしてヨガを基礎トレに取り入れるようになったそうだ。

脚を伸ばしたボクの背中を、体全体を預けて背中をぐーっと押してくれたときに、智子に髪のにおいを嗅がれた気がした。そのあと、いつもやってるブリッジをやったら、おへそに指を入れられて崩された。横からなんかやってくるなあとは思ってたけど。

そんな感じで、智子自身もうろ覚えのヨガのポーズを一緒にさせられたりして、キャッキャやってるところに、母が、「智ちゃん、お風呂お先にどうぞ」と言いに来てくれた。

彼女はお礼を言ったあと、持ってきたキティちゃんの巾着にごそごそ替えの下着かなにかを入れて、

「いいのかな、お先させてもらって」

「どうぞ。歯ブラシとか持って来た？」

「うん。トラベルセット持ってきた。そうそう、トッコさんが文明座にいたころさ、研究生公演で『お気に召すまま』のロザリンドやったんだってね。そのＤＶＤが実家にあるって聞いたんだけど」

「ああ、ばあちゃんのお葬式で帰ってきたときに置いてったやつだと思う。お父さんとお母さんが前に観てたっけな。たぶん下のリビングにあると思うよ。お風呂入ってるあいだに探しとく」

「一緒に入んね？」

「え？　入んねえ。お風呂狭いし」

部活つづきの身だから、一人になるとすぐウトウトしてしまう。お尻を踏まれて起こされるまで、智子がお風呂から戻ってきたのに気づかなかった。

ボクもお風呂からあがったあと、大きいペットボトルのミネラルウォーターとグラスを二つ持って部屋に戻った。智子はメガネをかけて、姉の公演のDVDをノートパソコンで観ていた。ボクも初めて観る。

研究生公演とはいえお金を取って観せているプロの舞台は豪華で、鮮やかな衣装を着て立つ姉の姿は、ボクが知ってる普段の姉とはつながらない。そして舞台の姉は、官能映画にでている姉ともつながらない。

トッコさんかっこいいかっこいいと智子は何度も言って、まだ充分に乾いてない髪を無造作に束ねた。入団一年ほどでロザリンド役というのはすごい大抜擢だったのだそうだ。

「あのね、いいもの持ってきた」と言って、一時停止を押した智子はバックから黒い瓶を取り出した。

「家からパパのワインこっそり持ってきたぜ」

「うおー、マジかー。いいの？　いいの？　いやいやダメでしょ。まずいでしょ」

「飲んだことないの？」

「あるわけないじゃん」と叫ぶような小声で言ったけど内心ワクワクしてしまった。「智子は飲んだことあんの？」

「ほんのちょっとね。うちは親もばあちゃんもお酒好きだからさ」

「なくなったのバレたらやばいんじゃない？」

「大丈夫大丈夫。ワイン一本ぐらい。バレたらばあちゃんが飲んだことにしてもらうから。まあ、一杯やろう。ワインオープナーある？」

「缶切りにくっついてるやつが台所にあったな」

「じゃあそれと、あとなんか、チーズかなんかかない？」

「たしか冷蔵庫に、さけるチーズがあったと思う」

こっそりそれらを持ってきて、てこずりながらコルクを抜いたポンという音に、トクトクトクと注ぐ音に、いちいち、「おー」と言って気持ちを高ぶらせた。

「すげーいい香りするね」

「甘口って書いてあるから飲みやすいよ。さっきみたいに、おばさん来ないかな？」

「来ねえべ。来たら毛布で隠すから」

「じゃあ乾杯しよう」

「うん。県大会出場おめでとう」

グラスをチンと合わせて、チビリと飲んだ。

「うえ！　なにこれ。甘くねーじゃん」

「甘いんだよ、これで」

「ボクの舌の受け入れ態勢はファンタグレープみたいな味だったよ」

瓶のラベルに目を近づけて、書いてあるこのワインについての説明書きを読むと、舌をあらためて、飲んでみたい気になる。

「……山形高畠《たかはた》、まぼろしの貴婦人、だって」

「まほろば、でしょ」

「〝まほろばの貴婦人〟か。まほろばってどういう意味だろうね」

「魔法のロバじゃない？　魔法のロバに乗った貴婦人」

「ボクはアルパカがいいな」

「アルパカの貴婦人？　んじゃ私は皇帝ペンギンの赤ちゃんがいい。うふふ。とにかくこれを飲めば私たちも貴婦人の仲間入りよ。オホホホホホ」

オホホホなどと飲んでいるうちに変なテンションになって、そうだ、と思い立ってバニラアイスとコカコーラゼロを持って来た。レディーボーゲンのバニラアイスをガラスの容器にわけて、赤いワインをスプーンですくってちょっとかけてみた。

「ほら、貴婦人風バニラアイスになったよ。ポッキーも添えて」

「いいねえ」

「ワインにコーラ混ぜてみよう」

「もったいないよー」

「ちょっとだけ。ほら、どっちもうまい」

「コーラで割ると罪悪感も薄まるしね」

「……アルコール分一一・五％ってどうなの？　強いの？」

「七五〇mlを二人で飲むだけだもん。平気平気ぃ。そうだ。さっき言おうと思ってたんだけど、アルパカの唾《つば》って、おどげでねぐくさいらしいよ」

「そうなの？　あんなにモフモフかわいいのに？　部活柄、汗くさいのには慣れてるけど、唾くさいってのはやだな」

「ねえ、正露丸ってくさいと思う？」

「正露丸はいいにおいだっちゃ。ずっと嗅いでられるわ」

「んだよねえ。やっと共感してくれる人みっけた。やっぱり香とは気が合うなあ」

空瓶を腿に挟んで、なにがしたいのか、智子に腕を引っ張られた。

「なぜ引っ張る？」

伸ばした腕を持ち上げられて、Tシャツの袖からワキを覗《のぞ》かれた。

「え？　ワキの処理しないの？」

「最近しない。だってもうこの時期見られることないじゃん。練習でも長袖のアンダーシャツ着てるし」

「眉は整えてもワキはしないのね。バレー部みんなそうなの？」

「みどり先輩ぐらいじゃねえかな、やってんの。知らねえけど」

「ちょっと見して」と片方の袖をめくってまじまじ見られた。べつにいいと思ったけど、やっぱりだんだん恥ずかしくなってくる。

「生えかたきれいだね。パティ・スミスっていうアメリカのミュージシャンのアルバムのジャケットで――」

「もう腕おろしていい？　恥ずかしいわ……」

あれれ？　なんかだるい？　眉間の奥に意識が吸い込まれそう。眠気かな？　なにこれ？　お酒飲んで酔うってこういうことなのか？

「やべえ、なんかフワフワしてきた。横んなりてえ」

「顔真っ赤じゃん。ベッド入んなよ。ここ片づけとくから」

「んぅー。もっかい歯ぁ磨かなくちゃ……」

「いいから寝ちゃえ寝ちゃえ」

「いや、磨く」

「じゃあ寝てて。私が磨いてあげるよ」

仰向けでだらしなく寝てたらホントに口に歯ブラシを突っ込まれた。この歯ブラシ、智子のじゃないか？　でも拒む気が起きない。自分の体じゃないみたいで、柔らかい髪先が鼻にかかってもくすぐったさを感じず、されるままにしておいた。うがいは、ミネラルウォーターでくちゅくちゅやって空瓶のなかに出し、口の端に少しこぼれたのをティッシュで拭いてもらった。

みている夢が終わる直前を予感することがある。

父と母とボクが高速道路のサービスエリアで食事をしていて、両親は食べ終わりそうなのにボクの注文したきつねうどんだけ来なくて、店員さんに聞けばいいのに、なぜかじっと待っているという取りとめのない夢で、あ、これ夢だ、もうすぐ終わっちゃいそうだと気づいて、息苦しさに重いまぶたを開けると、智子がボクの体の上に重なって、唇を押しつけていた。さっき、つめてつめてと狭いベッドなのに隣に入ってきて、手をつないで寝てから、どれぐらいたったんだろう。オレンジ色の保安灯が点いていた。彼女は息を乱して熱心にボクの舌を吸っている。

口を離したときに、「なにしてんの？」と聞くと、「ちがう……芝居の稽古……」と理解に窮することを言い、Tシャツの裾をたくし上げられたら、ブラを付けてないから胸がそのままはだけた。胸先を強く吸われたのがちょっと痛くて肩をつぼめたら、胸のあいだに顔をくっつけたまましばらく動かなくなった。でも脚をからめて、背中にまわした腕の力を抜かない。智子の両肩を押しのけようとすると、オモチャを取り上げられそうになった子供みたいにムキになってボクの両腕を押し上げて、抵抗させないように抑えつけられた。そのままワキの毛を唇で噛んだまま軽く引っ張ったり舐められたりされて、くすぐったくて、笑いかけて冗談にしてしまおうとしたら、智子の目は笑ってない。それどころか非難するような目でにらまれた。そのまま無言でキスされて、耳元でなにかささやかれた。なんて言ったの？　なにかになりたいって聞こえた気がした。智子は今度は自分の胸にボクの頭を抱いて髪にキスしたり、髪というより頭皮のにおいをしきりと嗅いでいる。

「やめて……ごめん……ちょっと、怖くなってきた……」

それでもボクの声を無視して彼女はまた唇を近づけてくる。

「ちょっと……ホントごめん。怖いかも……」

嘆願するような声がでたのをすぐに悔いた。じっとボクの顔を見おろす女の影が、大きく息をついて脱力し、体をぐったりあずけてきた。くっつき合ったお腹で彼女の呼吸の動きを感じる。

「ごめん……トッコさんの映画のマネしただけ。マネしてて役に入り込んじゃったの」

軽く咳をしながら彼女はベッドサイドに腰かけて、拾い上げたキャミソールを着た。ボクが手を伸ばして背中に指が触れると、その姿態はするりと床に敷いた布団にもぐり込んだ。

モヤモヤした意識で天井を薄目で眺めていたら、なぜか小学校の音楽の時間に歌った『まっかな秋』が思いだされてきた。あの童謡にでてくるカラスウリってなんだろう。もみじみたいに真っ赤なの？　目をつぶっても、頭の中にこびりついたようにあのころの歌声が繰り返されてるうちに眠ってしまった。

六

目を覚ますと、カーテンを閉めたままの部屋で智子が、姉の演劇のＤＶＤを観ていた。

起きたとたんに頭が痛い。

「うー、頭ズキズキする……」

「お水飲んだら」

コップに注いでくれたミネラルウォーターを飲んで、トイレに行ってからまた寝てしまった。智子も一緒にベッドに入ってきたけど、変なことはされなかった。あれは何だったんだろうか。ボクもなんか変だった。アルコールが麻酔みたいにあんなに効くとは。ボクはお酒弱いんだな。

窓の外はおだやかに明るい。すでに起きて漫画を読んでいた智子に時間を聞くと、もう十時を過ぎたという。起き上がったとたんに脳みそだけ倍の重力がかかってるように重くて、ズキンズキンと割れては閉じるように痛む。悪いことをした罰にしては、智子の方はけろりとしていて、『鋼の錬金術師』なんか読んでる。もう二度とワインなんか飲まない。

さっき起きたときは何時だったんだろう。ボクはジェルとシェーバーをポーチに入れてシャワーを浴びに行った。今日は、智子とパルコに行って買い物して、お昼を食べる予定だったのに。智子は行く気あるのかな。日曜日で混むだろうから早めに行こうって言ってたのに起こしてくんないんだもん。

胸元がなんかぺたつく。左の乳房の先がちょっと固くなってて痛いような、過敏になってる感じがした。噛まれたのかもしれない。シャワー浴びたらしばらく家にいないとな。すぐ外に出て風邪ひいたら大変だ。出かけるのはお昼ごろになるか。

シャワーのあとリビングでバファリンを飲んでたら、母がお金を二万円もくれた。

「あんた、これから買い物行くんでしょ？　これでたまにはかわいい服でも買っといで。智ちゃんに選んでもらったらいいさ。パーカーばっか着てないで」

なにさ。パーカーのなにが悪いのさ。言いかけて、なんとなくおでこに手を当てた。

「頭痛いの？」

「ちょっと。寝すぎたのかな……」

「目が片っぽ二重《ふたえ》になってるじゃない。フフッ」

全然可笑しくないんだけど。なんか今日はいろんなとこが不調だ。

インングだとかレストローズだとか、智子お気に入りのブランドショップをまわるために、仙台駅前のパルコのエスカレーターを往復させられて、お腹が空いて、二人で牛タンにしようか、パスタにしようかで迷って、ゆうベトンカツだったしということで、パスタを食べてからまたショッピングの続き。そのあいだ、ずっと手をつないで歩いてて、荷物ができるとやっと手を解放してくれた。

しばし別行動をしようということになり、ショッピングモール内のお店を散策した。

テレビでCMをやってることで興味をひかれて入った〝アース ミュージック&エコロジー〟で、店員さんに話しかけられ試着を勧められたが、ボクはこれが苦手で、愛想笑いではぐらかし、手にしていたガウチョパンツを戻して、そそくさと店を出た。サイズのこととか流行りのコーデのこととか、いろいろ聞けばいいのにと智子は言うけど、彼女みたいに、買わなくても店員さんとお話するのが楽しいという気持ちになれない。お店の人も、服とかファッションのことが好きなお客と話をするのは嫌じゃないはずとはいえ、買わないのに話だけするなんて、そのあとどうやって話を切り上げるんだ？　たいてい私服はスポーツ用品店に行ったときついでに買うか、ユニクロやアメリカ屋でカジュアルなものをそろえてしまうボクは、久しぶりにこういう店で秋らしいトップスとかいろいろ見たけど、いいなと思ったものはやっぱり値段もいいし、サイズもなかったりで、あれこれ目移りしてるうち選ぶのが面倒になってきて、結局なんにも買えなかった。

智子は六階のインナーのお店のレジにいて、当たり前のような顔でデビットカードというのを出して支払いをした。カードを持たされてるなんて甘やかされすぎなんじゃないの、この一人っ子は。

二人でエスカレーターを降りた五階のフロアにあるガーリー系の店を横目に、「リズリサかわいいけど私にはよう着らんわ」と智子がエセ関西弁で言って通り過ぎようとすると、急になにか思いついたように下りエスカレーターに足をかけたボクの手をとって、ショップ袋を揺らして、メルヘンチックな空間のなかに強引に連れて行かれた。お客さんも店員さんもみんな小柄でかわいらしい女の子ばかりで、すごく場違いな感じだ。

空いているフィッティングルームにボクを押し込め、ピンクい花柄ワンピースを持ってきて、これ着てみいと渡された。「わしゃ着せかえ人形かい」と言いつつ、ボクにとってはコスプレみたいなそれを興味半分で着てみたら、フリーサイズでも丈が短くてパンツが見えそうで、鏡を見て自分で笑ってしまった。「こりゃダメだ」と言うと、勝手にドアを開けられ、笑いながら、「激カワだよー。めんこいめんこい」と写メを撮る智子の肩に軽くパンチを入れたら、スカートめくりで反撃された。

ロフトの化粧品売り場では、彼女にいろいろ教えてもらって、クリニークのピンクベージュのリップとチークを買った。これから映画にするかカラオケにするか、それとも変わった趣向で献血にでも行こうかとなって、献血はボクが試合を控えてるからダメで、カラオケは劇部でもよく行くそうだけど、ボクは歌うのが好きじゃないのでパス。映画にした。

『君に届け』を観終わって、漫画の原作が好きすぎて実写映画化はして欲しくなかったと言ってた智子は、絶対くさすだろうなと思ってたら、案の定、映画館のエレベーターを降りたときから、ああだこうだと文句をつけて、ドトールのテーブル席に座ってからも不満をもらしていた。ボクが観たかった『ナイト&デイ』は地雷臭がするといって即却下、『トイストーリー3』は子供が多いからってこれも却下したくせに。『君に届け』こそカップル率高くてやだったよ。

ドトールのミルクレープはきれいに食べるのが難しい。食べながら、従兄のシンちゃん先生の話をしたら、智子も会いたいという。それまでカラオケ行きたいと言ってた彼女の欲求をすり替えてやることができた。もう七時になるけど電話してみたら、若い女性がでて、七時半までの受付ですがもう予約が埋まっていましてと、別の日を勧められた。ボクが先生の従妹《いとこ》で、もろもろの旨を伝えたら、電話口の女性が先生に聞きに行ってくれて、少したって、どうぞおいでくださいと言ってくれた。

鍼灸院までは地下鉄に乗ればすぐだ。ドアを開けると受付にブラウンの髪の外人さんがいて驚いた。まったく違和感のない日本語の発音であいさつされた。さっきの電話口の女性の声はこの人だったのか。シンちゃん先生の奥さんの声じゃなかったことは分かってたけど。

受付の前に立っていた白いスーツのすごく背の高いおじいさんが、

「それではジェシカちゃん、頑張んなさいよ」といって黒いステッキをついて出て行った。

ボクたちを見て、被っていた帽子をちょっと上げて会釈したのが、絵で見るような紳士的な仕草だった。そのジェシカさんという人が、テーブルの茶碗を片付けようとしたときに、コートをソファーに置き忘れているのに気づいたのを、智子が、「私行ってきます」と代わりに受け取って急いで外へ出た。

「あ、香だ」とわざとらしい声で言ってきたのは、前にもいたあの小学生の男の子だ。キッズスペースにいたのを見て、げっ、と思っていたら、ボクの名前を聞いて覚えてたようで、こういうときは無視するのが一番だと、ぷいと横を向いてやった。

ジェシカさんと目が合って、反射的に笑顔を見せてくれるのは自然に日本人な感じだ。

「岸野先生の従妹さんなんですってね」

「はい。そうなんです。私の父の姉が先生のお母さんで。あの、どちらのご出身ですか」

「私、生まれも育ちも日本なんですよ。父親がドイツ人なんですけどね」

「あ、そうだったんですか。すみません。失礼なこと聞いちゃった」

「いいえ。そんなことないですよ」

ドアが開いて、智子がやけにニコニコしながら戻ってきた。

「ありがとう。阿部さんに追いつきました？」

「はい。白い服だったから見失わずにすみました。すごく背の高いおじいさんですね」とボクの隣に座って、

「あのおじいさん、香と同じくらい背が高かったかもよ。なんかいろいろ褒められちゃった。国分町の方に歩いて行ったけど、どこに行くんだろ」

ジェシカさんがお茶をいれてくれた。受付のレジの横にこの前はなかった小さいガネーシャ像と、仙台四郎の陶器の置物があった。なんだか目新しい情報がありすぎて処理しきれない。

「ねえねえ、香」とまた少年が馴れ馴れしく声をかけてきた。

「呼び捨てにすんな」

「だれ？　知り合いの子？」

「こないだここで会った子なんだけど、すげー生意気なの」

「きみ、何年生？」

「五年……」

「おまえ、今日は一人なのか？」

「一人で悪いか」

「悪いなんて言ってないでしょ。なんでそんな突っかかった言い方すんの」

ふっとＰＳＰに目を戻して、黙ったなと思ったらまた、

「香ってさあ、頭いいの？」

「関係ないだろ」

「じゃあバカなんだ。バカなのね。へーそうなんだ。ふーん」

「おまえよりはいいよ。おまえ、顔がバカそうじゃん」

「うるっせ！　バカ！　おまえって呼ぶな」

そこへ、シンちゃん先生が呆れた顔してやってきた。

「なに小学生とケンカしてんだよ」

「だって、この子がなんだか知らないけど絡んでくんだもん」

「海斗、お姉さんに迷惑かけちゃダメよ」という声が奥の診療ブースの方から聞こえてきた。

やべ、親いたのか。コンパクトファンデーションの鏡で、まつ毛を気にしながら巻き髪の女の人が、カーテンを開けて出てきた。

「すいませんね、先生。いつもこの子がお邪魔して。うるさくしたら追い出してやってくださいね」

「ええ。言うこと聞かないときはつまみ出しますから。ハハハ。でも海斗は、うちにくる患者さんたちにもかわいがられてるんですよ」

シンちゃん先生の発言に、ボクはちょっとおどけ半分で大げさに驚いた顔をしてみせた。

「――あんまり飲みすぎないようにほどほどに」

「分かってるんだけど仕事だからねえ」と会計をしながら会話している近くで、ボクは海斗というこの少年が母親と帰る前に、ちょっとからかってやりたくなった。

「よお、おまえ、カイトっていうのか。なんか凧揚《たこあ》げみてえな名前だな。今度からタコちゃんって呼んであげるよ。ヘイ、タコちゃーん。ヘッヘッヘ」とひそひそ声でいってやったら、海斗が本気めにボクの上腕を叩いたので、パンと大きな音がした。

「痛ってーなー。このタコアゲ小僧！」

「こら、やめな海斗！　いい加減にしなさいよ！」

海斗の母親が急に太い声になって怒ったので、ボクの方まで一瞬ビビった。

「ごめんなさいねえ、お姉さんたち」

「いいえ……」

親子が帰る間際、こっちを向いた海斗に、声を出さずに、「タコちゃーん」と口だけ動かして見せたら、ヤツも負けずに、たぶん「バーカ、バーカ」という言葉を、小さい口を大きく動かして見せつけていった。


「こんにちは。あ、もうとっくにこんばんはですね。初めまして、千葉智子と申します。香とは小学校のころからの友達なんです」

「そうなんですか。岸野心です。香が生れたころからの従兄で」

「当たり前でしょ」

「ハハハ。そんでボクちゃん、足の方はどうなの？」

「左足の方はもう大丈夫なんだけど、今度は右の膝痛めちゃって」

「また膝やったのか」

「でも昨日ぐらいからもう痛みはなくなって、ほんのちょっぴり違和感が残ってるかなってぐらい。シップしてたら自然に治っちゃったみたい」

「病院には行ったの？」

「うん。レントゲンでは異常はないって」

「骨折の治癒後も無意識に左をかばって右膝に負荷がかかったのかもな。またオーバーユースが原因だろう。スポーツ選手にとって練習量の調節って難しいもんな。もう痛くないならよかったけど、身体のバランスに偏りがあるんだろう。鍼《はり》受けてくか？」

「いいの？」

「ああ。ボクちゃんが、せっかく来てくれたからな。そのかわり時間遅いから、さらっとになっちゃうが」

「そのボクちゃんってのやめてよ。でも今日は友達もいるし、ただ遊びに来ようと思っただけだから」

「じゃあ、かくれんぼでもして遊ぼうか。それともママゴト？」

「ママゴトがいいです。じゃあ、私、お母さんやるーぅ。岸野先生はお父さんね。香は、屋根裏部屋の使用人」

「なんでボクが使用人なのよ。シンちゃん先生も智子連れてきたからって浮かれないで」

「浮かれてねえよ。変なこと言うな。いつも真顔のユーモアナッシング娘めが」

「いえ、香はこれでもユーモアあるんですよ」

「そうかい？　智子ちゃんはやさしいね。友達想いなんだね」

「なんかボクと智子の扱いが違う気がするんですけど」

「ほれ、使用人。問診票、書け」

「その紙書きたくないんだけど」

「じゃあ、マルつけるとこだけでもいいから」と言われてしぶしぶ問診票を受け取った。

ボールペンの尻を小刻みに振りながら、

「――今朝からちょっと頭痛くてさ……智子、退屈じゃない？」

「私、鍼治療なんて初めてだから楽しみ。見てもいいですか？」

「香がいいって言うならいいよ。よかったらあとで智ちゃんも受けてみるかい？」

「ホントですか。やった。私、肩こりがひどいんですよ。遺伝かなあ。ママもばあちゃんも肩こり持ちだから」

「私も見学させてもらっていいですか？」と、ボクたち三人に同時に聞くような形で、ジェシカさんが診療ブースの所から戻ってきた。

「ジェシーは鍼灸の専門学校に通ってる学生でね、いま勉強中なんだ。ジェシー、この子をベッド連れて行ってバイタル計っといて」

なんだよ、この子って。子供扱いかよ……まあいいけど。


カーテンで仕切られた施術室の中で、渡された患者衣に着替えるのを、智子が脱いだ服をたたんでくれるでもなく、イスに座ってベッドに頬杖《ほおづえ》をついてじーっと見ていた。

頭が少し重かったけど、熱はないし血圧も脈拍も正常とカルテに記入しながら教えてくれたジェシカさんは、ターコイズブルーのスクラブを着てると、見た目は海外の医療ドラマで見かけるナースのようだ。彼女は鍼治療の効果について、人体に流れている〝気《き》〟、言い換えれば活力とかエネルギーといったものの通り道である〝経絡《けいらく》〟というのに働きかけて、自律神経を調整して自然治癒力を高めたり、体のいろんな場所の痛みや不快感を緩和したり、美容にも活かされているとか、質問した智子が美容というのに食いつくと、シンちゃん先生が来るまでに口早《くちばや》に答えてくれた。

ボクの直立した姿勢とベッドサイドに座った姿勢とを後ろから見て、シンちゃんはジェシカさんに体の観察の仕方を説明している。

「背中見て分かるの？」

「おおよそ分かる。左右どちらに重心が偏っているか、左右偏差の姿勢傾向によって、どこの関節部分に負荷がかかりやすいか、どこの筋肉に過緊張があってどこが弛緩しているか、などね」

シンちゃんとジェシカさんが交互に背中を触る。

「背部兪穴《はいぶゆけつ》と呼ばれる背中の経穴《けいけつ》、いわゆるツボは気の反応のよく表れるところで、特にほら、軽く触診してみると左に比べて右の〝厥陰兪《けついんゆ》〟が陥凹《かんおう》してるでしょ。こういうのを〝虚《きょ》〟といって、気の不足を示してる。不足した気は補ってあげる必要があるのね。一見、虚とみられる経穴も、〝外虚《がいきょ》内実《ないじつ》〟といって外面的には皮膚の組織がフワフワしてたりベコベコしていたりと気の不足が感じられるけど、内側の深いところではコリコリ固くなってる〝実《じつ》〟という場合も多い。適切な治療をすれば、奥にある硬結《こうけつ》、つまりは筋肉の局所的な過緊張も取れるし、皮膚の表層の弾力も充実してくる。治療後、こうした経穴の変化を再確認すれば、治療方針の良否の目安にもなるわけ。では今度は仰向けに寝て」

仰向けでもいろんな身体の見方があるようで、ボクの場合は右に比べて左の脚がほんの少しだけ短くなっているのだそうだ。智子もそれをはたで見ていて、ホントだーと言っていた。でもホントは分かってなさそう。

「舌見して」

舌の先をちょっと出したら、

「もっと、べーって」

「えーやだ」

「なんで？」

「なんか恥ずかしい」

「舌診《ぜっしん》っていって舌を診て身体の状態を把握するんだよ」

「やだやだやだ」

「しゃあねえなあ」

智子が今のやりとりに笑っていた。

ボクの両手をとってシンちゃんが脈を診たあと、ジェシカさんの手をとって、

「脈診《みゃくしん》はね、まず祖脈《そみゃく》といって基本的な状態を診るの。浮いてるか沈んでるか、速いか遅いか、力があるかないか。それで鍼を刺す時間や深さの目安にしたり、その他も様々な脈状で、身体の状態を探るのね。脈だけで証《しょう》を立てる、つまり患者の体質とか臓腑経絡《ぞうふけいらく》のどこに病証《びょうしょう》があるかが分かる熟達の技術を持ってる先生もいるけど、診断する手段は脈のほかにもいろいろあるから、望《ぼう》・聞《ぶん》・問《もん》・切《せつ》の四診《ししん》を丁寧にやればジェシーにも証立《しょうだ》てはできるよ。実をいうと俺も脈診は苦手な方でね、だから診察には時間をかけてる。実質、特に初診の場合は施術時間より長いくらいだ。東洋医学は患者ひとりひとりのオーダーメイドの治療だから、問診にはじっくり話を聞く時間が必要なんだ。ジェシー、少し手が冷たいからさ、むこう行ってお湯で温めておいで」

ん？　デレついてる？　この場で二人しか分からない会話を聞かされてたせいかな。ていうか、教えるのにかこつけてなんか必要以上にジェシカさんの手触ってない？　しかも今日のシンちゃんペラペラとよくしゃべるわ。

「鍼灸治療もいろんなアプローチの仕方があってな、日本独自の古典の文献に基づいたやり方の他に、

通電とか現代医学的な観点で行う方法や、中医学《ちゅういがく》といって中国の伝統的な考え方に則《のっと》ってやるものもあって、たいていはどういう先生に師事したかによって方向性やスタイルが決まる。人から人に伝えられるものでね」

「え？　いまボクに言ったの？」

「そうだよ」

「シンちゃん先生の師匠って、奥さんのお父さんなんでしょ？」

「ああ」

「奥さんとおかよ坊は？」

「実家にいるよ」

「もしかしてさあ、おめでたとか？」

「そういうんじゃないんだ」


ジェシカさんの温かくなった手とシンちゃんの手がボクの脚を触る。

「足の三陰三陽《さんいんさんよう》の原穴《げんけつ》によく触れて、経絡の流れをたどって観察してみな。皮膚や肌をよく見て。治療の舞台となるのが皮膚だからね。経絡上の陥凹や膨隆《ぼうりゅう》の左右差、色やシワ、触った感触。特に三陰《さんいん》経《けい》。そして治療の要《かなめ》となる病経《びょうけい》はどれかなって見きわめて、治療穴を考える」

シンちゃんの仕事は技能職なんだね。いつからこの道を目指したんだろう。たしか高校出てすぐってわけじゃなかったはずだ。あとで聞いてみようか。

肩のところをつままれて、まだちょいと緊張してんなと言われて頭のてっぺんに鍼を刺された。一瞬、脳天を通過して体の芯にゾワッとするなにかが貫いた。痛みというか氷に亀裂が走るような鋭い響きとズーンとした圧迫感が、触覚点よりももっと離れたところからやってくるようで、響きの波が引くと頭のモヤモヤが消え去っていくような感じがした。

「頭痛いって言ってたけど、風邪ではないようだし、婦人科系も特に異常はないんだよな……なんでそうなったか心当たりあるか？」

「うーん。べつにない……」

まさか昨日初めてお酒飲んだとも言えない。

「便秘してたりしない？」

「さあ？」

「過食で気の流れが滞ると頭が重だるくなるケースがあるんだけど、おまえは体質的に飲食による影響を受けやすいから気をつけてな。水分の摂りすぎにも注意。今は部活で運動してるからいいけど、将来バレーを引退したあともなんらかの運動は続けたほうがいい。あと、食べたあとに眠くなっても、すぐに寝ちゃわないように。特に糖質の摂取は――」

「それ前にも聞いたって。甘いの食べ過ぎるなってんでしょ」

「何回でも言ってあげるのが仕事なの。ジェシー、〝関元《かんげん》〟のあたりを切診《せっしん》してみて」

「はい。佐藤さん、ちょっとおへその下の方まで下げますがいいですか」

失礼しますと、遠慮がちに短パンを下ろされた。おっとっと、そんなに前を下げるのか。

「圧《お》して、はね返ってくる力が少し弱いというか。それとちょっと冷えもあるようです」

「ふんふん。経絡は複層的につながってるから、『十四経発揮《じゅうしけいはっき》』とか読んでしっかり覚えること。経絡をマスターすれば患者さんの病経によって反応を示してる経穴を予測することができる。学校の仲間と研究してみるといいよ」などと、話しながら手際よく鍼を刺していく。痛みはなく、気づいたら鍼がついていたという感じだ。

「東洋医学というのはね、人間は自然と一体の存在だっていう思想を根幹に成り立ってるんだよ。そういう東洋の自然哲学から、陰陽五行説《いんようごぎょうせつ》とか、臓腑経絡説とかが生まれて、その哲学を人体に投影して病《やまい》に挑むのが東洋医学なんだ。そのなかで鍼灸治療は、自然と人間……というか、外界と人体との境界である皮膚に、接触と温感を伝える鍼や灸というシンプルな道具を使って行う治療法で、自然との調和が乱れて病気になった人間を、自然に還《かえ》す知恵といってもいい」

薄目を開けたら、ジェシカさんは時折うなずいて真剣な表情で聞いていた。真面目な人なんだ。専門用語の洪水をちゃんと受け止めてる。当然か、目指す職業がかかってるんだもんな。

「もういっぺん、関元を確認してみて」

「はい。佐藤さん、すみません、また下腹部の方を触らせてくださいね。……さっきより、きゅっと締まったというか、弾力を感じる気がします」

「変化を感じなかったとしたら、そこに直接置鍼《ちしん》か施灸《せきゅう》をしてもいいんだけど、いい変化があったならやるまでもないので、よろしいです。では鍼を抜いて、もう一度、脈を診てみよう。左右の脚の長さも比べて……鍼で身体のバランスが整うって不思議でしょ。下腿部の張りもだいぶ緩んだ。次はうつ伏せ。……おーい、うつ伏せだよー」

え？　ああ、うとうとしちゃった。うつ伏せになった。鍼灸治療用の患者衣はマジックテープをはがすと背面がはらりと開くようになっている。

「背中きれい」と智子が言った。そうか、ボクの背中はきれいなのか。見えないところがきれいと言われるとうれしいな。背中に触ったシンちゃん先生の手がふわーっと温かい。鍼を打たれるキューっとした感覚も熱いようで気持ちいい。例えるなら蚊に刺されたところを爪でキューーっと跡をつけたときみたいな、それに近いかな。いや、微妙に違うか。

「まず本治法《ほんちほう》といって、虚実を補瀉《ほしゃ》して陰陽のバランスを整える全身調整の治療をするんだ。すると身体の歪《ゆが》みも整う。それから患者さんの主訴《しゅそ》に対する対症療法としての標治法《ひょうちほう》に移る。鍼灸に適応の病なら、本治法の治療を続ければたいていは良くなるもんだけどね。患者さんによっては、あっちもこっちもと悪いところを訴えてくる人もいるけど、どうしても限られた時間でやることだし、治療の方向性がブレないように、主訴は一つに絞って取り組んだ方がいい」

ジェシカさんがなんか質問して、それに答えるシンちゃん先生の対話を聞いててもボクにはさっぱり分からない。分からないことを聞いてるうちに、授業中みたいに眠くなる。

「先生。ちょっと変な質問かもしれませんが、治療してると患者さんの、〝邪気《じゃき》〟を受けるとか、気を吸い取られるとか、だから治療家は短命が多いとか、学生のあいだでもよく耳にするんですけど、そんなことってやっぱりあるんでしょうか？」

「ふむ、お答えしましょう。結論から言うと、そんなこと気にしなくて大丈夫です。昭和の大家でいえば、澤田健《さわだけん》先生や柳谷素霊《やなぎやそれい》先生のように五十代半ばで亡くなった人もいれば、小野文恵《おのぶんけい》先生や仙台で活躍した橋本敬三先生みたいに九十半ばまで生きた人もいるから、治療家に限らず、人の寿命は人それぞれよ。よくそういうことを聞かれることがあるんだけど、俺はいつも、治療は患者と施術者との気のやりとりではないと答えています。気をめぐる観念の話だけどね、たしかに、治療にどういう心がけで臨むかは大事なことなんだ。だけど、相手に気をやろうとか、悪いものをもらうとか、そういう思考に心身がとらわれてしまうのはよくない。結局、病気やケガを治すのはあくまで患者さん自身なんだから、治療家は、その持ってる知識と技術と経験で、治癒にいたる指揮を執《と》ってあげるのが役目なんだよ。自分を頼って来てくれる患者さんとなると、他人様とはいえ縁を持った人になるからね。この仕事を通して出会う患者さんとの小さな縁というものを大事して、自分にできる範囲のことをしてあげる、それが治療家として無理のないあり方だと思うね。俺の場合は、施術で患者を楽しませてやろうぐらいに思ってやってるけど、考えてみると鍼灸によって自分を表現しようとしてんのかもしんないな。それで情熱を維持し続けていいるんならそれもいいよね。……おーい、ボクちゃーん」

「んぅ……」返事するのかったるい。お灸の煙がほのかに香ってきた。腰が温かい。

おなかが不快にゴロゴロしだしてはっと目を覚ました。気づくと厚手の毛布をかけてもらっている。やだ、ヨダレ垂らして寝ていたよ。誰もいない？　みんなどこ行っちゃったんだろ。とりあえず着替えて、携帯をみたら智子からメールがきてた。もう十時過ぎてんじゃん。

〈指圧やべえハマりそう〉って題がついてる。〈寝てるから先に帰ってるね。あのあとシンちゃん先生が指圧してくれたよ。指圧初めてだったけど溶けるほど気持ちよかったー。てか、溶けた。受けて覚えたから今度私が香にやったげる。香を溶かしてやんよエへ〉

〈うん溶かして。てか、溶けるってよりも、とろけるの方が表現正しくない？　今起きたんだけど誰もいないの〉と返信したらすぐにその返事がきた。

〈溶けるでいいんだい。実は私は帰ったんじゃないのだ。溶けてそこにいるのだ。足元を見よ。床に体液の残痕がテラテラ残ってるだろ。おっと、ナメクジか、なんてベタなツッコミ返すなよ。シンちゃん先生さんはたぶん下に行ってるんじゃない？〉

そんなメールのやりとりのあと、トイレを借りた。トイレに入ってるあいだはシンちゃん戻って来なければいいなと思ってたら、来なかったのでよかった。

下の階のマッサージ店に行ってみると、シンちゃん先生がいて、店のスタッフたちに施術のレクチャーのようなことをしていた。ジェシカさんはそこにはいなかった。

「よお、起きたか」

「うん」扉を背にあいさつしたら、三人のスタッフで一番年輩の女性が、あらぁと言ってニコニコして近づいてきた。

「あなたが佐藤さんとこのお嬢さんなの？　まあ、背ぇ高いことぉ。私ね、あなたのおばあちゃんの訪問マッサージで岩沼のお宅に伺《うかが》ってたことあるのよぉ。鈴乃さんにお話は聞いてたんだけど、たしかお姉さんか妹さんがいるのよね。よくお孫さんのこと話してたわ」

「そうだったんですか。私は妹の方です。その節は祖母が大変お世話になりました」

「いえこちらこそ。立派な娘さんだことぉ。おばあちゃんは小柄だったのにねえ。あら、おっぱいも立派だこと。おばあちゃんも大きかったからねえ」

おいおい、なに言いだすんだこのおばちゃんは。背がちょうどボクの胸元にくるからか、思ったことをすぐ口に出す人なんだな。

「うちの母方の家系の女はみんな巨乳でデカケツなんですよ。僕のお袋もそうで、骨太でずんぐりしてんの。こいつはたまたま背が高いからちょうどよくなってる」

シンちゃんよ、おまえもか。この人もいらんこと言いやがる。スタッフみんな女性だからって、そんなこと言葉にしなくていいだろ、デリカシーナッシング男めが。

「――では佐々木さん、あと頼みますね。僕、お先してこの子を家に送って行きますんで。みなさん、お疲れさまでした」

この職場は、なんとなく部活みたいな雰囲気があるな。ボクはうちの店の手伝いもほとんどしないし、アルバイトとかもしたことないから分からないけど、どこも職場ってこういうものなんだろうか。

シンちゃんがやってるからか。小さな職場ほど経営者の人柄が反映するものなのだろう。

帰りはこのガサツなセクハラ大将の車で送ってもらった。大将には聞きたいことがいろいろあった。

「スタッフって女性しかいないの？」

「男性もいるよ」

「あの外人さんって、ジェシカなの？　ジェシーなの？」

「ジェシカだよ」

「じゃあなんでジェシーって呼ぶの？　やらし」

「やらしってなんだよ。親しい人はみんなそう呼んでんだって。それに外人じゃなくてハーフの日本人だよ」

「シンちゃんさあ、ジェシカさんの前だからってさっきカッコつけてたでしょ。やけに饒舌《じょうぜつ》でさあ。寝てても聞いてたんだから。ながーいお説教してたよぉ」

「カッコなんかつけてないよ。カッコつけてない。俺は生まれてからいっぺんもカッコつけたことない」

「ウソつけ。男の人ってさ、モテようと思ってお説教したがるけど、勘違いだよ。お説教する人モテないよー」

「俺は生まれてからいっぺんもモテようと思ったことない」

「ホントかなあ？」

「おまえさん近ごろ生意気だよ。そっちの方こそどうなんだ、バレーは？」

「頑張ってますよ。もうすぐ春高予選だから」

「でもＦ商には勝てないだろ。あそこ強いらしいな」

「勝つよ。今度は勝つ」

「ホントかなあ？　勝てるかなあ？」

北四番丁の地下鉄の入り口を降りて行く、さっきのステッキのおじいさんを見かけた。

「あ！　さっきの白スーツのおじいさんだ」

「ああ、阿部さんね」

「あの人って何者なの？　お年寄りがこんな時間に歩いて」

「この界隈じゃ、お散歩先生って言われてて有名人だよ。昔は東北大の文学部の教授だったとかで、仙台の永井荷風とも呼ばれてる。あれでも九十越えてんだぞ。いつもかくしゃくとして、背すじなんて、おまえよりピンとしてるよ。いつも出歩いて人前にいるからだって本人も言ってたが」

「うっそー。九十歳越えてるの？」

「こないだ一番町でばったり会ったらね、鰻ご一緒にどうです？　って言われて、大観楼で鰻重ごちそうになっちゃったよ。遠慮して小さいの頼んだら、こっちの大きいのにしなさいよって、松の高いのにされてさ。自分でも言ってたけど、食い道楽でおいしい店たくさん知ってるんだって。松美庵のあんかけそばとカレーうどんが絶品だとか、お寿司なら塩釜の亀喜寿司がうまいとか、うちにしょっちゅう鍼受けに来てくれるけど、食べ物の話ばっかしてるよ」

「いーな、いーな、お寿司。ボクも食べたい。お散歩先生ってお金持ちなんだね。家も豪邸だったりして。どこに住んでるの？」

「患者さんのそういうことはしゃべっちゃダメなんだよ。医療従事者には守秘義務っていうのがあって」

「いままでべらべらしゃべってたくせに」

「個人情報にも常識や社会通念に照らした線引きってもんがあって――」

「はい、いいわけいいわけ」

「いいわけって大事な場合も多いぞ」

赤信号で車の前にバイクが停まった。

「バイクはもう乗らないの？」

「もう何年も乗ってねえ」

「シンちゃん、奥さんとケンカでもしてんの？　別れたりしないよね？」

「………」

「え？　そうなの？」

「うるさいな」

「うるさくないよ。危機なんじゃん。危機なんじゃんよお」

「関係ないだろ」

「関係あるだろ。おかよ坊はどうなるの？　子供がいるのに離婚とか絶対ダメだかんね」

「まだそうと決まったわけじゃないから。勝手に危機にするなよ」

「ただの夫婦ゲンカじゃないわけ？　そこまでいっちゃってるの？　なにがあったの？」

「なんでもかんでも知ろうとするんじゃないよ。うっとうしいな」

「離婚だなんて最低！　もう一回言わせて。最っ低！」

「二回も言うんじゃないよ」

「離婚するならなぜ結婚したのさ。ボクは結婚したら絶対離婚なんかしないね」

「俺だってそう思ってたよ。とにかく、家帰って叔父さんたちに余計なこと言うなよな」

シンちゃんは二十代のころに、バイクで友達と二人で日本一周の旅に出て、その道中に出会ったのが今の奥さんで、そんな馴《な》れそめで結ばれた二人をボクはうらやましいと思って憧れてた。それなのにこんなことになっちゃうだなんて、すごくがっかりした。

シンちゃんの奥さんは物静かだけど、芯が強そうで割と冷淡な印象もあってちょっと取っつきにくい。ああいう人は本気で怒らせたら、ちょっとやそっとじゃ許してもらえなさそう。もっともこれはボクの私的な印象だけど。調子に乗って、あんまり夫婦のことに首を突っ込むようなこと聞くべきじゃなかったな。けど原因はなんだろう。本当に離婚しちゃうのかな。そうなったら、おかよ坊がかわいそうだ。

それからは急に途切れた会話をつくろうような世間話に、あいまいな相づちを打っているうちに家に着いた。

「バレー頑張れ。もしも全国に行けたら、寿司でもなんでもおごってやるよ」

「本当？　よし、ぜってー勝つ！　家に寄って行く？」

「もう遅いから。叔父さんと叔母さんによろしく言っといてくれな」

なんかうまく言えないけど、親戚とか、姉妹もそうだけど、小さいころからの自分の近しい人が、時とともにどんどん変わってく気がするのが寂しい。あ、お礼言ってないや。それと他にもなんか言い忘れたことがあったな。お金払わなくてよかったんだろうか。ま、いいか。どうせ受け取らないだろうし。

部屋に戻って、ワインの空瓶を見つからないように捨てなきゃと気にしながら、かたわらにたたんである布団に背をもたせて、智子に短文のメールをした。すぐ返信がきて、家に置いてった自転車そのうち取りに行く云々の文章の終わりに、

〈——今度はうちに遊びにきて。私の部屋はちゃんとカギがかかるから〉とドキドキ動くハートの絵文字がついていた。昨日のことはお互いお酒を飲んだせいだよね？　あとになって苦笑いすることになるただの年ごろの好奇心というか、子供のほんの他愛ない遊びと同じで、本気じゃないよね？　小学校のころからの友達なんだもん、まさかそんなわけない。

そのあと深夜になって、お腹をこわしてそれどころじゃなくなった。何度もトイレにこもって、お祭り状態だよ、などと一人で皮肉をもらしてため息をついた。なんかお腹が周期的にムカムカすると思ってたんだよなあ。シンちゃんの車で急に無口になったのはこのせいなんだ。なんでこわしちゃったんだろう。いつゆっくり寝れるんだ？　トイレにこもりきりで肩から体が冷えてきた。何気なく頭を掻いたら頭頂部にかさぶたのようなものができていて、爪で引っ掻くと黒いざらざらしたかたまりが取れた。固まった血だった。鍼を刺したとこに血がでてたんだ。そのうちに母が心配して起きてきて、お風呂を追い焚きしてくれたので、もう一度湯に浸かって体を温めてからやっと布団に入れた。月曜日は朝練がなくてよかった。

七

翌朝はお腹の調子が心配で、朝食はとらずに登校した。いつもより寝起きが悪く、午前中はずっと体がだるかった。お昼近くになると授業中に空腹で何度もグーグー鳴るのを、周りは聞こえないふりをしてくれているようだったけど、恥ずかしくてしょうがない。この日はお弁当だけじゃ足りなくて、購買部でカツサンドを買って食べた。

昼食で空腹を満たすと、徐々に元気がでてきた。午後の体育の授業でやったバスケがいいウォーミングアップになって、部活時には体の調子はすっかり元に戻っていた。

県大会を十一日後に控えた紅白戦は、朝の体調の悪さとは打って変わって、すこぶる調子がよく、目もクリアで、ボールも人の動きもよく見えた。みどり先輩とのクイックの呼吸もぴったりで、クロスとターンの打ち分けも冴えて、広美先輩に仕事をさせなかった。

ブロックも、相手スパイクはとにかく手に当てて、ジャンプの高いみどり先輩とそろえて二枚で跳べば、まず一本も抜かれることはなかった。

最後のマッチポイントは、ジャンプサーブを思いきり打って、リベロのところにいっちゃったけど、絵里先輩のレシーブを大きく弾き、直接返ってきたボールを、期待の一年生、一七三センチの志保が直《ちょく》で押しこんでゲームセット。ボクら側のチームが勝った。

休憩時間に、胡坐をかいて水分補給している広美先輩に、こないだの病院の領収書を渡して見せた。それをぞんざいに受け取って、一瞥するとこっちも見ずに無言で返してきた。なんでこう感じ悪いんだろう、この人は。

「これでいいですか？　失礼します」と言って、領収書を手帳に挟んで行こうとすると、「おまえの手帳、見してみ」と言われた。

この部活手帳は、日々の練習メニューに、その日の調子や感じたこと、試合後の反省点、今後の目標、食事や間食、体重の増減、睡眠時間等を、日記でも箇条書きでもいいから自分なりに手帳かノートに書いておくようにとのコーチの言いつけで部員各自が個人的に所持しているもので、誰かに見せる義務はない。

ボクはいい気持ちはしなかったが、べつに変なことを書いてるわけではないので、素直に差し出した。

「字ぃ汚えなあ。でもけっこう小まめに書いてんじゃん。……スパイクレシーブ、重心低く正面じゃなくてもとにかく上げてくれる、左側でとると少しパスが短い傾向、ブロックはピロミ先輩の守備範囲のコースならある程度打たせてもオッケー、誘導もアリって、アタシを分析してんじゃないよ。なんだよ、ピロミ先輩って、おい」

「すみません。読まれると思ってなかったんで」

「おまえ、先週の金曜ケーキ三つも食ってんじゃねえか」

「そんなに食べてませんよ。(⅓)って書いてるでしょ。三つのケーキを、友達と三人で回しっこしながら食べたんです」

「だから、三種類食ってんじゃねえかよ」

チッ、うっせえな、意地クソ悪い小姑みてえだ。あやうく舌打ちがホントに出そうになった。ゴリ美の隣に座る菊池先輩も薄ら笑みを浮かべていた。この先輩は仲がいい人以外にはあまりしゃべらず、自分ではほとんど怒らないけど、練習熱心なだけに後輩のチェックも厳しく、練習中ふざけすぎたり、先輩への言葉づかいや態度が悪かったり、なにかあるとすぐゴリ美たちに伝わるので、笑顔でいても油断できない。去年の三年生の陰口を引くほど言ってたのを聞いてしまったことがあり、ゴリ美は脅しで口止めするが、菊池先輩は、「あんたたちもそう思うでしょ」と同調させて牽制するタイプだ。でも、真面目に練習してうまくなった後輩はちゃんとほめてくれるし、クールな笑い上戸といった感じで、監督のオヤジギャグにもよく笑う人なので苦手意識はべつにない。

部室では、今日絶不調だった麻美と二年生セッターの奈央が、例によってゴリ美にくどくどやられた。

「おまえら何回コンビミスった？　サイン確認できてる？　もしかしてふたり仲良くないの？　お互

い変に気ぃばっかつかって同じミス繰り返してるじゃん。クロスばっか打ってたらブロックにつかまんのあたりめーだろ、麻美。もっと落ち着いて頭使えよ。なあ、お行儀のいい奈央ちゃんよお。平行トスはセッターのお前がコントロールしなきゃだろ。それなのにカリカリして打ち急いでるヤツにお前が付き合ってどーすんだバカ！　次期司令塔がそんなこっちゃ困んだよ。奈央なんてみどりよりタッパあんだから平行も有利にあげられるのに、つーか、なにこれ？　麻美の手帳スカスカじゃん。前の方だけでほとんどなんにも書いてねえじゃねえかよ。テキトーにやってんじゃねぞ、オメーはよお！」

手帳を手裏剣みたいに投げつけて、後ろ手に組んで直立している麻美の胸にぶつけた。小言がだんだん沸点に達してきてキレるから怖い。

すると、菊池先輩の含み笑いの声がもれて収まらないので、ゴリ美がイラついて、「なに？」と険のある聞き方をした。手帳が麻美の胸に当たったときに、ポヨンと微妙に弾んだのがツボにはまったそうである。これには広美先輩も怒る気をなくして、つられてちょっと笑い、説教が長引く前にお開きとなった。

帰り際、先輩たちが部室を出るたびに、「お疲れさまでしたー」と後輩たちは次々挨拶をする。広美先輩が出しなに振り向いた。

「香は今日調子よかったな。ただブロック、アゴ上げんな。こないだの件は許してやっからよぉ、アタシらを絶対春高連れてけ」

ボクは、ハイと答えるしかなかった。

代表決定戦は仙台市体育館で三日間の日程で行われた。ボクら仙台S学園は、順調に勝ち進んで、実力的には均衡《きんこう》しているR高との準決勝では一セット目を先取されたものの、続く第二セット、ボクのブロックでの連続得点を境に流れが変わり、スロースターターのきらいのあるレフトの麻美も、二セット目以降は最後までリズムを崩さず、残りのセットポイントを連取して逆転勝ちした。

Ｆ商はすでに決勝に進出している。女子決勝戦の試合開始時刻は翌日の十一時である。

十月三十日。気持ちのいい秋晴れで、ボクらは二時間前に試合会場に入った。西側玄関を入ると、麻美が、「めっちゃ緊張してきた。武者震い止まんねえ」と言うのを、広美先輩が無言で背中を平手で強打した。

「痛っ！　先輩！」

「緊張解けたべ？」

ボクも緊張していた。決勝は五セットマッチ。ケガで納得いく調整ができてなかったのが不安だった。Ｆ商の連中が来る前に更衣室でさっさと着替えて、二階の南側スタンド席へ荷物を置いて、広い空間に早く目を慣らすため、天井からコートまで、上からじっくり体育館全体を眺めて深呼吸などしていたら、「お久しぶりです！」と、広美先輩の声が高いトーンで聞こえたので振り向いた。

去年の卒業生のキャプテンと貴美先輩が応援に来てくれていた。二人とも伸ばした髪を明るくしてオシャレになってる。

「ご苦労さん。なんか、あんたたち髪長くない？　おう、少年。耳出せよ、耳」

「はあ、すみませーん」

うちの部の上下関係は、先輩が卒業したあとも変わらず、広美先輩も〝少年〟と、以前のようにからかい半分の呼び方をされても、表面上にやけてかしこまるしかない。

「みんな集まって。一年生も。去年のキャプテンの小林智恵先輩と、鈴木貴美先輩です。今日はわざわざ応援に駆けつけてくれました」

ありがとうございますと、こんにちはと、よろしくお願いしますが一斉にごっちゃになった。

「まずはここまでよく頑張ったね。厳しい試合になるだろうけど、むしろピンチ当然、ピンチ歓迎の精神でやっといで。とにかく気持ちで負けんな。応援してるかんね」

智恵先輩の激励に去年の大会を思いだした。あれからもう一年たつんだ。あ、ピアス……しかし先輩、マツエク派手だな。パンプスもラメ入りだし、柄物のレギンスも派手だ。みどり先輩がいない。こういうときにすっといなくなる回避力すごい。この先輩には散々いびられてたからな。一方の貴美先輩はコンサバ系のロングスカート、謙虚で性格も穏やかだ。〝たかみっちゃん〟の愛称で、後輩にも威張ったところがなかった。高校からバレーを始めた人で、今も仙台福祉大でバレーを続けている。

「貴美先輩、大学はどうですか？　福祉大の女バレって、全国的にも強豪ですもんね」

「うん。まあ、ぼちぼちやってる。香は、もう進学とか考えてるの？　うちの大学に来てくれたらうれしいんだけどなあ。また一緒にバレーしたいね」

「そうっすね。できれば推薦希望してみようと思ってます」

「AO入試の線も考えたら？　公式戦のスコアブックと記録シートのコピーとっといて、自分の個人データを抜き出して面接に備えておくといいよ」

「なるほど」

「今後の成績次第だから、そういう意味でも今日は頑張ってよ。今度うちの大学にも練習試合においでよ。監督に話してみるから」

「ホントですか。でも相手になるかなあ」

「県予選で決勝来れるようなチームなら充分」

大学生との練習試合は何度かやってるけど、福祉大とは過去にない。申し込んでも断られると聞いている。でもやれるものならぜひやってみたい。できればこのチームで。そのためにも絶対勝たなきゃ。

ボクの手の甲には、油性マジックの太い字で、右に〝闘志〟左に〝声出し〟と書いてある。うちのチームでは、試合前に三年生が後輩たちへ思い思いの言葉をそれぞれ書いてくれることになっている。ボクのは昨日みどり先輩が書いた。消えかかったら自分でなぞって濃くする。麻美の右には達筆な字で〝平常心〟左は〝蛮勇〟。広美先輩の字だ。

公式練習後、川嶋監督と長田コーチに言葉をいただき、選手だけで円陣を組んだとき、キャプテンが言った。

「テレビが来てる。昨日の夕方のニュースでF商のこと放送されたの知ってっか？　むこうは取材したのに、うちには来ねえ。どうせむこうが勝つと思ってやがる。F商のヤツらも自分たちの相手じゃねえって思ってる。観客もそうだろ。いっちょ、会場じゅうの鼻あかしてやろうぜ」

オレンジのユニフォーム、仙台S学園高校のスターティングメンバーは、1番 青野広美 三年生 キャプテン ウイングスパイカー、3番 齋藤みどり 三年生 セッター、4番 武田麻美 二年生 ウイングスパイカー、5番 菊池葵 三年生 ライト、10番 佐藤香 二年生 ミドルブロッカー、15番 阪口志保 一年生 ミドルブロッカー、リベロが7番 小松絵里 三年生と、8番 大友夏美 二年生。

対するF商業高校は、白と赤のユニフォーム、これまですべてストレート勝ち、うちとは平均身長で約七センチ差。

攻撃の主力選手は三年生の横山愛梨朱と一年生の横山愛依美の長身姉妹で、夏のインターハイでもその活躍に注目が集まった。昨日のローカルニュースでもこの姉妹が注目選手として紹介されていたけど、こういう子たちの育った家庭環境ってどんななんだろ。

今大会では、夏まで交代要員だった西田良子ちゃんがセッターとしてスターティングオーダーに起用されている。正セッターの故障か温存か、それともレギュラー争いで獲得したのか、経験値を上げるための出場か分からないが、むこうのセッターが変わってもボクの果たすべき役割は変わらない。ただ良子ちゃんは虚を突くような鋭いツーも打つから気をつけないと。彼女とはネット越しに微《かす》かに目が合っても、お互いに笑顔を交わすことはしなかった。

S学園のサービスから試合が始まり、バックライトにいる良子ちゃんを狙った志保のジャンプフローターサーブは、ネットすれすれに越したが、すかさずフォローに入ったリベロにオーバーハンドで難なく処理されて、横山姉のCクイック。高っけ、速っえぇ。ブロック全然遅かった。いまのはしゃあないと言ってみどり先輩が肩をタッチした。対戦するつどそうなんだけど、横山姉のあのドヤ顔。高さは速さでもあるんだよとでも言いたげだ。

続くF商のジャンプサーブはエンドラインを大きく越えた。初っ端から強気だ。

お互いサイドアウトをとって始まった第一セットは、カタさのある序盤は丁寧に慎重に、レシーブは高めに上げることを心掛けた。

オポジットの横山妹はレシーブが免除らしい。ボクはジャンプサーブで彼女に的を絞った。今日はサーブがキレてる。速いサーブでフォローの間を与えず、ピンポイントで狙いどころにいった。二連続エースで、先にタイムアウトを取ったのはむこうだった。その後もサーブで崩してさらになんと六ポイントも連続ポイントを奪い、リードを守りきって第一セットを先取し、会場が沸いた。

第二セットも序盤は流れが変わらないままF商にもミスが目立ち、一進一退の展開でセットポイントの競り合いが続いた。リベロの絵里先輩は、途中差し歯が抜けて前歯のないままボールに喰らいついて何度もピンチをはねのけてくれたが、30—28で、相手に奪い返される。やはりこういった場面では、経験の差が勝ち負けの確率に大きく関わってくる。大歓声の応援席からは落胆の声が多くあがった。

振り出しに戻った第三セット、ここからが大事なところというのはみんな百も承知だったが、ヒリヒリするような緊張が、悪い結果になって途切れたあと、全員の集中力を元に戻すのは容易ではなかった。立て続けの凡ミスでいたずらに点差を広げてしまう。

第二セットで九得点をあげた麻美も高いブロックに再三阻まれる。ボクもサーブの調子はいいがブロックはダメで、横山姉妹に何本も抜かれた。テンポが速い。むこうはセットアップ前から助走に入ってくる。あれでよくタイミングを合わせられるものだ。どんな練習してるんだろう。まるでうちらが目指しているセッターとスパイカーの速い連携の手本を見せつけられてるようだった。

良子ちゃんのトスワークもうまい。ボールをきっちり頭上でとらえて読みにくい。オープンは最も高い打点で横山妹が打てるように上げる。クロスを守るとストレート、コースが読めずに迷うと両手のあいだを抜かれた。ちっきしょう。どうしていいか分かんなくなってきた。とにかく一本、早く一本止めないと。相手よく見て、ボールよく見て——

横山妹が得点を決めて走って味方にタッチして回ると、さっきからボクの方に目配せしながら姉と耳打ちしているのが気に障《さわ》る。なんなのよ、あのガキ……

キャプテンが監督に合図してタイムアウトを取った。ベンチに戻るとき、背中を思いきり叩かれた。息が止まるかと思った。

「相手レフトに当面三枚そろえよう。それから香、焦るな。思ってるよりブロックいい線いってるよ。相手、余裕かましてっけどおまえの高さ嫌がってんだ。横山シスターズにいちいちへこまされてんじやねえ」

「へこんでません」

「ホントか？　へこんでねえならラジオ体操第二の恥ずかしいとこやってみろ」

「え？　はい。麻美も付き合って」

背中叩かれた者同士、麻美は文句を言わず、1・2・モリモリと力こぶを作って、腕と脚の曲げ伸ばし体操に付き合ってくれた。キャプテンは味方の様子もよく観察してる。そういうところは見習わなきゃ。体操を見てからまだニヤニヤしてる菊池先輩が手渡してくれたポカリを一口飲んで、コートに戻る。

「さっき二階から写メ撮られた」

「いいよ、ピロミ先輩にイジメられた証拠になるから」

「ざけんな」

第四セットは序盤、麻美ではなく、トスが乱れてきたみどり先輩が奈央と交代された。ボクは後衛でリベロと交代せずにバックアタックを狙いにいく。とたんにサーブがボクのカバーエリアに集中する。レシーブヘタッピでごめんなさい。

四点差が開き、タイムアウトで監督が言った。

「どうだ？　苦しくっても楽しいべ？　観客はみんなこっちの味方してるぞ。弱気になるな。成功のイメージだけ持ってやってこい」

そうだ。苦しいよりも楽しいんだ。円陣を組んだとき、ボクは早口に言った。

「みんな聞いて。自分に、いきなり金持ちの従兄がいるんすけど、その人が、勝ったらバレー部全員に好きなだけお寿司おごってくれるって約束してるんすよ。しかも塩釜の高級店で。どうせ勝てないと思ってそんな約束したんでしょうけど、どうですか、そいつをぎゃふんと言わせてやりませんか。めちゃくちゃおごらせてやりましょうよ」

勝ったら寿司！　みんなのテンションが上がった。自分にできるテコ入れは済んだ。苦し紛れで試合直前のキャプテンの檄《げき》を真似たのだけど、なり振りかまってられない。シンちゃんには事後交渉だ。

ポイントを取るたびにガッツポーズで吠える。バックアタックも決めて、しだいにリズムに乗ってきた。流れが変わり始め、一点差まで詰め寄るが、あの姉妹が前衛にあがるとじわじわ離されて、コーチがたまらずタイムアウトを取った。

「この試合、香のサーブからのブレイクが目立つ。今日のラッキーガールは香だから、次の切って、おまえのサーブで流れ変えてこい。それとむこうはラインギリギリのところ攻めてくるから、ジャッジ微妙なとこは迷わず上げてけ」

ここで、再びコートに戻ったみどり先輩が、落ち着いた表情で手を叩いた。

「ハイハイ、こっからこっからー！」

しかし、みんな充分冷静だけど、ブレイクができない。15―10でボクにサーブが回ってきた。ここから一気にまくってやると力みすぎたジャンプサーブはネットへ。トスが前に流れた。長田コーチは無表情だが、二回目のテクニカルタイムアウト気まずい。爪剝がした痛みの方がマシだと思う。ラッキーガール返上します。

ラリーが続けばチャンスも見えてきそうだが、タイムアウトを何度とっても流れを引き戻すことができないまま、麻美のスパイクがブロックにかかってF商のマッチポイント。

序盤でミスったリリーフサーバーがまた出てきた。あの子一年生か？　あっちはスタメン以外も大きい選手が多い。彼女のサーブは長いかに見えたが、広美先輩はレシーブして、やや後ろに高くそれたボールを、麻美が必死で追って上げた。返すのが精いっぱいでむこうのチャンスボール。横山姉にくると予測しブロックにつくが、彼女はジャンプをためた——一人時間差？　汗の玉が落下するのを見た気がした。完全にタイミングを外されて、軟打でコート中央に落とされた。キャプテンのダイブも届かない。25—16、完敗だと思った。試合終了後は感傷に浸るヒマもなく、すぐさまエンドラインに整列しなきゃならない。観客席からはいままで聞いたことがないくらいの大きな拍手が起こった。この拍手を勝って聞きたかった。

第二セットを取っていたらと、きっとみんな考えていたと思う。その後追いつかれたとしても、第五セットは15ポイント制だから、実力的にはむこうが優位でも、もしかしたらがあったかもしれない。でもそうだとしても、勝てなかったろうとボクは思った。そんな弱気になるぐらい最後のポイントがこたえたのかもしれないが、高さだけでなく全体的なスキルが一枚、いや、もっと違ってた。

F商の選手たちはうちに負けることなぞ微塵《みじん》も思ってなかったろう。泣き足りない顔をしたボクらに比べて、表彰式での彼女たちの淡々とした態度と涼しい顔つきを見れば分かる。悔しいけど、ボクは良子ちゃんに駆け寄って、おめでとうを言いに行った。

昨日は決勝戦を控えてのミーティングと軽いコンディション調整をするためマイクロバスで学校へ帰ったが、この日はその場で解散となった。ボクは広美先輩に呼び止められて、体育館出入り口近くの通路の片隅に連れて行かれた。

「明後日発表されることだけどよ、次の主将おまえに決まったから」

「自分がですか？　でも、麻美が納得するかどうか……」

「は？　麻美が納得しようがしまいが関係ねえだろ。もうずいぶん前から次の主将はおまえがいいって三年の意見一致してたんだよ。おまえはコーチともウマが合ってんし。麻美は副キャプにしたから。奈央にしようかとも考えたんだけど、おまえたち二人ともおとなしいだろ。だから一人は活《い》きのいいのにしとこうってことでな。麻美は闘志だけは人一倍あっからや。逆におまえはそれに欠けてるよ。それに筋トレやってもっとパワーつけろ。ただしバレーに必要な筋肉だけつけろよ。いらないとこにつけると跳ぶの重くなるから。コーチと相談しながらやるといいべ」

「自分、自信ないです」

「アタシだって自信なかったよ。ともかくもう決まったことだから腹くくってやれ。しっかり頼んだぞ」

「はあ、はい……」

「ねえ、聞こえたの？　しっかり頼んだぞって言ってんだよ！　ちゃんと返事しろよ！」

「ハイ！」ビクリとして後ろ手に組んだ姿勢を思わず正した。唇を強く結んで固唾《かたず》に喉が上下した。また涙目になりそうなのをグッとこらえた。ボクと帰途の電車が同じな志保が離れたところで気にして見てる。

「クタクタなのにイラつかせんな、ボゲ！」プイと背中をひるがえして行ってしまったキャプテンが、ボクよりずっと大きく見えた。

深々とお辞儀をする志保の横を通るとき、キャプテンは斜め掛けしていたショルダーバッグを外して志保の首に掛けた。頭を起した志保はまごついてこちらを見たが、いいから行きなとボクはすばやく手振りで合図し、カバン持ちにさせられた後輩がバッグをおしりにバウンドさせてゴリ美を追うのを見送った。あの女、智恵先輩にはキョドってペコペコだったくせに。それにさっき一緒に悔し涙を流したのはなんだったの？　にじんだインクがついた手の甲で顔をこすった志保を見て、「毎回いるんだ、羽子板で負けたみたいになるヤツが」って笑い合ったじゃん。つい気のない返事をしちゃったのは、落ち込んでたんだよ。まだ全然跳べたのに負かされて。あんただってそうでしょ？　キャプテンなら分かってよ。なにもこんなときにこんなとこで怒鳴ることないじゃない。

ボクがキャプテンになるんなら、もっと楽しくて、もっと強いチームに変えてやる。そして来年、F商破って全国行って、ムキィーって悔しがらせてやるからな。


日曜は完全オフで一日中寝まくった。

ろくろくご飯も食べずに眠っていたから、月曜の朝から納豆ご飯がうまい。

女子バレー部では引継ぎのミーティングが行われ、ボクが正式に主将に任命された。大会直後の部活は、息抜き日として学年ごとに気ままな練習をしていいことになっているので、今日が最後の三年生は一年生の指導、二年生は三対三のミニゲームをすることにした。そのあと、麻美がランニングの新しいコースを開拓したというので、走りがてら下見に行った。K高校の近くを通るコースで、カッコイイ人に会えるかもと言うが、カッコイイ人より、ここの学校ヤンキーっぽい人多くてなんか怖いし、下校するカップルばっかでむしろ避けて通りたい。麻美の色ボケコースはチームメイトに大不評だった。

気を抜いてダラダラやっていると時間があっという間に過ぎる。今日は早めにあがる予定が、クジ引きで決めたチームでのポジションフリーのゲームを終えたころは、屋外はすっかり暗くなっていた。

広美先輩は、部室の入口の真向かいのイスにいつものようにどかりと座る。

「あー、がおったー。おい、麻美。そこの壁に色紙《しきし》貼ったの誰？」

「夏美っす」

「あいつどこ行った？」

「トイレじゃないすか？」

「それ誰のサイン？　なんて書いてあるかさっぱり読めねえんだけど」

「土曜日の試合で解説やってた元全日本女子の監督の、えーと、すいません、自分も名前覚えてないっす」

「あー、あいつね。深夜に放送されたな、試合。テレビ見た？」

「録画とってあります」

「アタシは寝ないで見てたよ。したらあの解説者、Ｆ商の方ばっか持ち上げやがってよお。横山姉妹はバレーの申し子のような姉妹ですねえ、とか言いやがって。マジムカついた。そんなもん外して捨てちまえよ。解説、大林さんに来てほしかったわ」

「広美さん、せっかく夏美がもらってきて飾ったのに、そんなこと言っちゃダメよ。もう私らの代じゃないんだから」と、みどり先輩がちょっと芝居めいた口調でたしなめた。

「みどり、アタシたちの青春はこれで終わり？」

「そうよ。明日から私たちは大人の階段をのぼるのよ」

「いやよ、いやよ。アタシはいつまでも青春していたいの。大人になんかなりたくないわ」

「わがまま言っちゃダメ」

「……ねえ、その茶番劇いつまで続くの？」

菊池先輩がそう言って止めてくれなかったら、作り笑顔をこじらせて顔が引きつるところだった。いままで後輩にさんざんニラミをきかせてきた先輩が、今日で最後だからといって、たまさかおどけられても笑うに笑えない。

「おまえら先に帰っていいよ。アタシらあとから閉めて行くから」と広美先輩に言われ、三年生を残して、後輩たちは学校を出た。

ボクら二年は、学校の正門前の外灯の明かりの下で先輩たちを待った。もう一度あらためて、お疲れさまでしたと、ありがとうございましたを言うためだ。

八

舞台監督の新野先輩に言われるままに、舞台の天井からサスペンションライトに照らされた床の場ミリの上に立った瞬間、ドキンとした。客電を落とした観客席が無限に広く感じられる。

ふと、小学校のころの学芸会を思いだした。『森は生きている』の、たしか妖精みたいな役の一人で、お話の内容をよく分かってないなか、一回きりのセリフを頭のなかでくり返し唱えてた子供心の記憶だった。作り物の焚き火を囲んで座っている妖精たちのなかで、白い布をまとったボクが一人だけ立って、なにか手振りして口を大きく開けている写真が家にある。何年生のころだったかな。たしかあれも秋のことだったと思う。

十一月十二日の金曜日、高校演劇の宮城県中央大会開催を明日に控えて、会場となる泉区文化センターのホールでは、午前中から上演校順に一時間五十分のリハーサルが行われたのだった。

智子に請われて、舞台装置の搬入や裏方の手伝いに来たのだが、勝手を知らないボクはまごついてだれかの指示を待つばかりだった。言われればなんでもやるつもりだったのだけれど、舞監は立ち合いのホールスタッフの大人と話して忙しそうだし、智子は顧問に付きっきりだし、ほかの部員もあんまり声をかけてくれず、邪魔にならないようにするだけで、持参した軍手もほとんど汚れないまま、かいた汗に比べて全然お役に立てなかった。

するとこの日、こんにちはと挨拶してお茶を出すだけだからと、智子が兼ね役していた第二場の法律事務所の事務員役を頼まれて、リハの緊密な時間の一端に加わり、そのまま本番にも出演することになってしまった。

在校生ならば出演可とのことで、部員が少ない場合、エキストラやチョイ役を部外の生徒に依頼するのはままあることという。安請け合いをしたのはいいが、のちのち大会規約上問題が起こっても困るので、一応演劇部の入部届を書いて川名先生に受理してもらうようにした。これで懸念はなくなり、欠席した科目も公休扱いになるようにしてもらえた。

もっとも、明後日の上演までの臨時入部だから、バレー部には内緒にしておくつもりでいたが、入部届を提出する前に智子がボクを借り受けるのに言葉をつくして女バレの顧問を説得し、二年の仲間にはボクが事の次第を伝えて、今回限りのことだし親友との友情のためならということで了承を得ることができた。こういうワガママがわりかしすんなり通ってみると、上の者がいなくなった自由度をあらためて実感する。

遅くまで詰めの稽古に励んでいる視聴覚室におずおず顔を出すなり、「ようこそ!」と大宮先輩から劇部お揃《そろ》いのま新しい黒Tシャツを進呈されて、みんなに「おめでとう」と拍手されたのがやたらと長くてまいった。

仙台市北部の泉区は北西に山地を擁《よう》し、寒さの訪れが市の中心部よりもいくぶん早く、黄色と朱に染まった街路樹も、ぼんやりした薄曇りを下地にして色づきを増し、あるものは大部分の葉を落してすがれている。お昼休憩後に出番を控え、落ち着いて昼食をとっている余裕はなく、二階のホワイエにいったん集合し、舞台監督の新野先輩に上演十五分前の装置の仕込みについて説明を受けていた際、厚ガラス越しに見下ろした外の景色は、黄色い落葉が風になびいて、日曜日の街の日常をはかなくしていた。

舞台袖の暗がりは、緊張と安堵と励ましと控えめな歓喜が混在している独特の空間。

でもさすがにみんな正規の演劇部員だけあって、ボクみたいにステージの明かりの方ばかり目をやって、あからさまにそわそわしてる人はいない。緊張すると膝が固くなるからと川名先生に言われて、本番前に生徒みんなで輪になって膝をぐるぐる回す体操をやったのを、ボクだけまたやり始めた。

さっきまで舞台に出てた智子が、お茶のペットボトルをボクの頰に当てた。

「あ、ごめん。チーク塗ってたんだったね。ブラウスきついんじゃない？　胸なんてパッツンパッツンじゃん。エロいなあ」

「そういうこと言わないでよ」

緊張で喉が渇いていたことも忘れていた。着ているスーツは昨日、貴美先輩に借りたものだ。たかみっちゃん、客席に来てるかな。

「あのさ、いまさらだけど、この役いなくてもよくない？」

「いるよー。いるの。弁護士一人じゃ箔《はく》つかないじゃない。いいから、自信持って出なさいってば。ちなみに、裏設定ではこの秘書と弁護士はデキてるってことになってるから」

「それこそいらないでしょ」

ボクの役は、場転とともにオフィスとなった舞台で、デスクワークをしているところへ、内線の電話で指示を受けたのをきっかけに、パーテーションのむこうで待っているカオルとマキを面談ブースに招き入れ、お茶を出し、給湯室がある設定の舞台袖へ戻るというだけだ。観客席を見ないようにして、リハーサルどおりにやったが、お茶を置く手が震えた。

「どうぞ。いま堀がまいりますので」と、セリフを終えて離れようとすると、

「あの、お姉さんも弁護士なんですか？」

「え？」

突如、カオル役の羽田先輩に台本にないアドリブを仕掛けられた。

「いいえ。私は、事務の者です……」

「地元の人ですか？」

「ええ……」

「じゃあ高校どこですか？」

「あの、仙台S学園です」

「えー、ならアタシらの先輩じゃん。部活とかやってました？」

「あー、はい。バレー部で……」

「やっぱなー。背ぇ高いですもんねえ」

——もう勘弁してよお。役柄が意地悪だからって、ボクにまでそのとおりにすることないでしょよ。

「やあ、こんにちは。ごめんなさいね、お待たせして」と、そこへやっと堀弁護士役の高橋先輩が入ってきて、ボクはそそくさと盆を抱えて退場した。

役目を終えると、智子がグッジョブと親指を立ててねぎらってくれた。気づいたらワキが汗で冷たく濡れてた。

「焦ったー。冗談じゃないよ、もお。リハでもやんないこと本番で。あれ、智子がやらせたんでしょ」

「私じゃない私じゃない。羽田先輩ノリでよくやんのよ、ああいう遊び」

第二場が終わって高橋先輩が急いで着替える。第四場の最後に出てくるプラットホームの酔っぱらいのはずが、まっ白いタキシードを着て、顔にシワを描いて、丸メガネに黒い中折れ帽と赤い蝶ネクタイにステッキを手にしたおじいさんになった。シンちゃんの治療院で会ったお散歩先生みたいだ。こういう衣装はどこから用意してくるんだろう。そのあと小学生男子に扮した一年生部員のアズちゃんが、股間をおさえながら悶えてうずくまる尾形を大笑いではやし立てる。あれは同じくシンちゃんとこにいたカイトか？　智子もキャストで遊んでいるらしい。


すべての上演が終わり、それぞれの講評のあと、審査結果の発表がある。上演十二校のうち二校が、十二月に福島で開催される東北ブロック大会へ行けることになっている。最優秀賞が選ばれたあと、二つの優秀賞、優良賞の順に発表となる。

県予選ともなると水準はどれも高い。なかでも、うちのほかに際立っていたと思われるのは、名北高等学校『つねに大人が敵だった』、M農業高等学校『ラスコ／りにこふ（ドストエフスキー『罪と罰』翻案）』、宮城第三高等学校『マイマイマザー（久板謙二郎 作）』で、次の舞台へのチケットは、うちとこの三校との争いになるかと目された。

三人の審査員による講評は、おおむねこのようなものだ。

『つねに大人が敵だった』は、名門進学校出身ながらドロップアウトした若い介護職員の男性と、学徒動員で戦争に行った経験を持つ老人との交流、そして若者の父、老人の息子とのそれぞれの対立をえがいた作品で、学歴離脱者のリカバリーの困難さや、世代間格差にワーキングプアといった社会問題も加味されている。

自身の現状や労働環境に不満をいだきながら介護の現場で働く若者が、出会ったときから傲慢な老人に辟易しながらもしだいに本音を言い合える仲となり、「俺たちの世代は年寄りの世話するために生れてきたわけじゃねえ」という若者の叫びと、「僕たちはあなた方のようなろくでもない大人たちのために死にに行くわけではありません」と叫んだかつての若者との二つの暗い青春がオーバーラップする。

脚本には戦時中の場面に現代の価値観を持ち込まないよう心を砕いているのが読みとれる。しかし、老人役が若い演者にとって難しいのは当然だが、お年寄りが立場や生い立ちによってどんなしゃべり方をするか、戦時中の若者のリアルなたたずまいとはどのようなものか、取材や映像資料などを通して研究し、演技に説得力をもたせる努力をしてもらいたい。と、審査員が評する形式は上演校ごとに進行役を分担して行われた。パンフレットには地区大会からの複数の審査員の名が載っているが、その肩書は劇団の演出家や俳優とか演劇評論家とか他県の高校演劇連盟の関係者など様々である。かける時間は各校平等に取ると言ってはいたが、実際はまちまちで、名北の講評は明らかに長かった。

勇ましく純粋だった昔の若者は老人となり自殺を志願していたが結局かなわず、認知症でわれを失い人生の終焉の悲しい姿をさらし、主人公は交際していた同僚の女性職員の懐妊の知らせに、仕事を辞められなくなった動揺と充分な貯えのない経済状態の不安とを抱えながらも結婚を決意する。

生まれた赤ちゃんを連れて夫婦で同じ職場で働き、施設のお年寄りたちにも育児を助けられ、幼い息子の成長を見守るうちに、これまで熱意なく携《たずさ》わってきた介護職も、若い人生の時間を老人に費やされるという図式ではなく、同じ時代のなか生きている人間同士が共に人生を過ごし、お互いの人生に触れて、自分を成長させてくれる価値ある仕事だと気づく主人公。

終幕、認知症となった老人に赤ん坊を抱かせると一時的にわれに返った老人は息子の思い出話を語り、主人公とかみ合わない話をするなか、この子は自分と同じ名門校に入れ、決して脱落はさせませんよと、彼もまた彼の父と同じ自分本位な父親になりそうな予感をほのめかすという、皮肉をかもしているが割と意外性のない形に収まり、結局ストーリーが最後までテーマの閉塞感に引きずられてしまったのが惜しい。ネガティブにとらえていた子供の誕生が、人を介護するという職業観に光明を見出すきっかけとなり主人公が変わってゆく過程も、終盤ではなくもっと早くから描いていれば、強く希望を印象づけるものになっていたと思われる。複層的な構造の前半部も、脚本を読んで感じる時代の差異のイメージと内容とを舞台に映しきれていなかった。それと構成がやや散漫。

ラストでの老人とのかみ合わない会話には、笑いを誘うところがあったが、全体的にシリアスなトーンが続くので観客の気持ちを和ませる場面がほしい、もう少しユーモアを入れられる余地があったはずと女性審査員が言うのに対して、男性陣は、なまじセオリーにとらわれず、シリアスなものをとことんシリアスに演じる劇があってもいいのではと審査員のあいだで意見が割れた。

『ラスコ／りにこふ』は、ロシアの文豪、ドストエフスキーの『罪と罰』の要旨《ようし》をまとめて、現代の日本に置き換えた翻案もので、読書家の貧しい主人公が、アルバイト先のイチゴ農園でとある女性と出会い、恋をする。その彼女が借金で性風俗業に身を投じようとするのを食い止めるため、風俗店のオーナーである資産家の老婆を殺害して金を奪い、逃走後逮捕され、裁判所において自分の行いの理由と正当性を滔々《とうとう》とまくし立てる。

普通の家庭に育った女性が進学のために借りた奨学金を就職後も低賃金のため返せず、ここ数年の不況で返済能力がなくなった連帯保証人の親や親戚にも迷惑はかけられないと思いつめた事情を代弁し、身勝手な思想ながら、顕在化《けんざいか》されにくい貧困世代が看過されている現実を、富の分配の不合理や社会の階級構造の不条理に照らして語られる長広舌に、観客もこうした不幸が誰にでも起こりうる世情に不安をおぼえて共感を強いられるところが確かにあり、「金銭とは有益なところに使われてこそ価値を発揮するのであって、今まさに損なわれようとしているうら若き女性の魂を生かすのに、忘八婆ぁには過剰な貯蓄金の一部を、いわば富の是正のため本来あるべき方へ移動させていたわけで、殺人は折悪しくそこに老婆が帰宅したための事故であり、事故とは運の悪さである」などと、アジテーションのように気勢が横溢してくる法廷での演説の口調と高揚感、そして脚本の文面を演技に落とし込む巧みさに感心させられた。演者が相当うまくないとこうはいかない。

職場のビニールハウス内で刑事に逮捕されたときの演技、握り潰した真っ赤なイチゴを見て殺人の記憶がフラッシュバックし、激してビニールの壁に体をぶつけ、もがくように懊悩する姿も真に迫っていた。

前半のクライマックス、老婆殺害を実行する直前の緊迫したシーンで、友川カズキの『生きてるって言ってみろ』が流れる。あの選曲はよかった。とはいえ少々残念なのは、しばしば挿入されるSEやBGMが劇全体を通して過剰ぎみで、セリフを妨げる耳障りなノイズになってしまっていたところ。エモーションを伝えたいのは分かるが、観客に不快感を与えてしまっては逆効果。演出に緩急をつけることを意識されたい。

巷間《こうかん》よく知られている古典の名作だけに、脚色作は観る人によっては評価が分かれるところだろうが、原作の宗教性を換骨奪胎《かんこつだったい》して、今日的なテーマで語り直し、これは非常にうまくいっていると思うと、特に審査員で派手なマフラーを巻いている最も年輩の男性には激賞されていた。

ただ、このストーリーでは誰も救われる者がない。考えがあってのことかもしれないが、もっと希望のあるものにしてもよかったのではないか。二人にはっきりと恋愛関係が成り立っていたとはいえず、青年は恋情を募らせるほど孤独を深める。法廷で弄《ろう》した詭弁は当然まともに受け入れられるものではなく、判決は無期懲役。抗《あらが》いきれない罪の意識にも苛まれ、自身を破滅させてまで差し出した金は受け取られることなく、彼女も結局は春をひさぐ職種に就いてしまう悲しい示唆《しさ》がなされるが、現実的な手段で彼女を救う方法はなかったか、青年の孤独に光がさすことはないのか、劇中で希望を探るのも有意義な演劇的学習経験となることだろう。

高校演劇には、複雑な事情を抱えたナイーブな人物がしばしば登場する。『マイマイマザー』もそうした少女、マイが主人公。幼いころ幸せだった家庭から突然母がいなくなった。母の記憶をずっと抱えているマイは高校生になり、父の再婚した家庭に暮らすも、ずいぶん前から父親と義母、義弟とも折り合いが悪い。

マイは学校でも近所でも評判の優等生で、周りの期待どおりに振舞おうとしがち。友人たちとも如才なく付き合えるが、そのくせ親友と呼べるまでの人はいない。社交的にみえて本当は人づきあいが苦手で、臆病で寂しがり屋なのに、これまで自分が作ってきた環境やイメージが崩れるのをおそれて、はからずもつい強がって大人ぶってみせたがる。彼女はそんな自分が嫌いだった。その性格のせいで誤解や反発を受けることもあり、最近も些細なことから友人関係でつまずき、あげく他人を巻き込む恋愛トラブルまで招いて、学校で孤立してしまっていた。

そういうつらいことがあるとき、マイはいつも心のなかの母に語りかける。古くなって薄汚れているが、小さいころ母にねだって買ってもらったウサギのぬいぐるみを、理想の母に見立てて抱きしめながら。

それまで父に気がねして気持ちを抑えていたマイだったが、学校でも家庭でも居心地の悪い心細さのあまり、実母に会ってみることを決意する。父に訴えるも怒られて反対され、すでに別の家庭を持っている母の所に押しかけて波風を立てるなと諭されるが、なぜまだ幼かった自分を置いて出て行ったのか、いまどうしてもそのことを知りたいと思ったのだった。

父が頑なに教えてくれない離婚の理由を問いただすために、自力で探した母の居場所を訪ねると、実際に対面した母は表向き柔和に接してはくれても、長年想っていた心のなかの母とは全然違っていた。そして、マイは母の不貞により産まれた子で、父が実の親でなかったことを知らされる。

事実を知った当時の父の苦悩と決断、母の後悔と女のズルさ、両親の過去の顛末《てんまつ》を聞いて、それを腹立たしく責めるものの、コンプレックスに敏感で自尊心ばかり強く、見栄っ張りで欲張りで優柔不断、娘の辛辣《しんらつ》な問いにもこの際と包まず身の上を語る母を知るにつれ、その姿が自分の内面にひそむ卑しさを鏡に映したようで、しだいにマイは自分自身をなじっているような錯覚におちいって口をつぐんだ。

現実の母との人格的な共通点に血のつながりの濃さを自覚し、嫌悪と複雑な愛情とが相対するマイの葛藤《かっとう》が痛切に描かれ、母であるというより血のつながった生身の女を目の前にして、傷つきながらも自分自身を問い直し、父に頼んでぬいぐるみを焚《た》き火で燃やす。

色彩に強くこだわった演出は、ホリ幕の変化を多用しすぎた面はあるが、きっちりと構成の整っている既成作品に対し独創性を企図し、要所に流れる大江光の音楽とも調和して幻想的で美しいものに仕上げた。少女の黒のモノトーンな衣装が舞台風景の鮮やかさに対比し、心象の闇として印象的であり、シンプルな道具立てに、スタッフワークも連携がとれていてよく練られている。セリフをしっかり伝えることを大事にしているのが分かり、この演目に取り組む部員たちの実直な姿勢がうかがえ好感が持てるが、抑揚《よくよう》や間の取り方などエロキューションを研究し、もっと演じるという行為に欲をだしてもよいと思う、とは女性審査員の弁。

この劇は大会初日に上演したためボクは観てないけど、大宮先輩がすごく感激したと内容を詳しく語ってくれた。他校の上演作ながら部内では一様に高い評価を得ていて、川名先生と新野先輩は地区大会で同劇を観たときとの比較、特に場転の流れについて、大宮先輩と一年生たちは、星球《ほしきゅう》をたくさんちりばめた藍色の夜空を主人公と実母がつかのま眺めるシーンが素敵で、せつなくて胸がつまるほどだったと感想を述べていた。

加えて、口さがない新野先輩が、宮城三高のヒロインが目を見張る美人で、上演日が違ってよかった、同じ日に順番並んであれに出てこられたら、うちの美形のエースなんかひとたまりもなく霞《かす》むわと羽田先輩本人を前に言って、「言い方!」と丸めたパンフレットを至近距離から投げつけられた。

智子はというと、講評中、対抗馬がほめられるのを表情なくつまらなそうに聞いていた。

そして、上演10『いじめられっ子の膝枕』は、よく見受けられる学校での人間関係のドラマであるが、高校生らしい活気あふれるラストがよかった。ただ、いじめられっ子といじめっ子の集団とが、すぐにあんなに仲良しになる過程はいささか安易なのではないか。それに少し詰め込みすぎの感があって、規定時間内にやりきることに神経を使いすぎて、それが全体の演技にも影響してはいなかったか。ほかの出場校にもいえることだが、大会では時間にあるていど余裕を残して幕とするのが理想的である。セリフやシーンの余剰部分を見きわめるのも演出力を高めるコツだと知ってほしい。

ただし、脚本の熱量は今大会随一で、言いたいことやりたいことを限界まで舞台の上に乗せちゃおうという旺盛《おうせい》な意気込みには爽快さを感じた。キャストみながそれぞれの役を楽しんで演じているのが伝わってきて、普段の部活内の良好さが見て取れるようである。

弁護士事務所内での対話劇に関しては、セリフが聞き取りにくい部分があり、やや冗長《じょうちょう》な印象を受けた。それと特にマキ役の人は役柄のせいもあるが、うつむきかげんで前半顔がよく見えないのがもったいなかった。舞台の役者はなるべく早い段階で観客に顔をはっきり見せることを意識するとよい。舞台装置はみごとで臨場感があったが、場面転換にもっと工夫を。

とはいえ、宮城三高を除く三つのなかでは、贔屓目《ひいきめ》でなく、うちの学校が上演中一番観客に受けていたと思う。講評後のお礼の挨拶もきびきびと起立し、声には自信が溢れていた。

結果は、最優秀賞がM農、せめて優秀賞一席に――と祈りを込めるも、先に学校名を発表されたのは名北高等学校で、きゃーと思わずもらした名北の女生徒の歓声が、こちらの部員の嘆声と交錯した。

「なんだよ……」高橋先輩が前の座席でぼそっと一言つぶやいた。安斎先輩はボクの隣でぐでーっと気絶したふりして口を開けて白目をむいている。

惜しくも仙台S学園は、去年と同じ優秀賞二席となったものの、創作脚本賞が千葉智子に授与され、表彰式で大宮先輩と智子が賞状と記念品の楯を受け取ってきたが、二人とも表情は冴えなかった。

閉会式が終わって、智子はますます不満が募ってきたようである。

「なんで脚本賞くれといて三位なのよ。わけ分かんない」

今大会は上位三校のみならず非常にハイレベルで、選考がとても難しかったと若い方の男性審査員が総評として述べていたが、たしかにうちの学校が一位でもおかしくなかったとボクも思う。

「うちか宮三が順当だべなや。ふざけやがって」

自信があっただけに、やりきった感だけでは悔しさは解消されない。これで先輩たちの高校演劇が終わるのだ。新野先輩の言葉が多少乱暴になるのは仕方ない。

羽田先輩と高橋先輩も同様に納得いってない様子で、

「M農の主役の人ってさあ、声も大きいし滑舌もよかったけど、ああいう絶叫系の演技って、既視感があるっていうか、なんかうんざりしない？　逆にしらけるよね。てか、聞いた？　あのセリフ。『僕には君を好きになった責任があるんだ』とか、イタいストーカーの心理じゃん。ドン引きするかと思いきや相手もすんなり受け入れてっからさ、まんざらでもないみたいな。あれを良しとしてんだ、演出キッモと思って。名北はそもそもストーリー自体つまんねーし説明ゼリフ多いしさ。心情をやたらと言葉にして語るし。あれをいいって言ってた人なんなの？」

「二つとも話暗いしテーマも似通ってんのにな。M農が最優秀とはなあ……」

「オシャレマフラーのおじいちゃん推しなんじゃね？　ベタ褒めしてたし。胸がキュンキュンしちゃったんだよ。嗚呼《ああ》、わが青春のドストエフスキーじゃー。キュンキュンって」

少し泣いてた大宮先輩も、安斎先輩のキュンキュンにクフッと笑わされた。


その夜、智子のお宅に招かれて、まるでお誕生日会のようなごちそうをいただくことになった。智子のママが良い結果を待って準備していたのが、「残念会になっちゃったわね」と、それでも明るい口調でお皿を並べた。こうして千葉家の家族と夜の食卓をともにするのは最近になって二度目だ。ママさんはマメにレシピを調べて料理を作るそうだから出されるものがみんなおいしい。天ぷらもうちのとは違ってカラッと揚がっている。

パパさんが帰ってくるのを待つあいだ、智子は、『志村けんのバカ殿様』を見ていたおばあちゃんに、「ばあちゃん、アニメ観ていーい？」と断わって、おばあちゃんの返事も待たず、テレビ放映を録画したアニメ版の『時をかける少女』をかけた。

「これ、智子。ばあちゃんがバカ殿見てたんだから」

「いいがら見さいん」

その物語では、主人公の高校生の女の子と、仲良しの男子二人が放課後、野球をして遊ぶのが日課になっているようで、智子はそういうのをいちいち批判するのが目的で観ているような感じで、ママさんも呆れて娘をたしなめた。

「高校生にもなってこんな気色悪い男女関係あるかっての」

「アニメ観てごちゃごちゃ文句言うのやめなさいよー。香ちゃんどうぞ、遠慮しないで取って食べて。うちのひと今日は遅いみたいだから先に食べてましょう」

「あ、はい。でも、もうちょっと待ってあげたほうがいいかと……」

「だいたい世間ではこれがまかり通ってんのに、なんで私のが安易だなんて言われなきゃなんないの？　時間だってピッタリにおさめたのに。おかしいよ。羽田先輩の言うとおり、まともな批評できる人なんて一人もいないね。全然あてんなんない。へんてこなマフラーしちゃってさ」

安易だとか詰め込みすぎで演者に余裕がないとか否定的な意見が多かったのは女の審査員で、マフラーの人じゃなかったんだけどな。むしろあの人はいろいろ評価してくれてたんだけど。

パパさんが帰って来て、結果を聞いて残念がったが、食事中もぶつくさ語る娘に同情しながらも創作脚本賞を褒め、時々出身地の広島弁を交えながら、記念の写真を撮ってくれたりして楽しそうに会話していた。

その夜はそのまま智子の家に泊めてもらうことにした。

ここの家のお風呂は広いので二人で一緒に入って頭を洗った。智子は髪が長いから乾かすのに時間がかかるので、先に二階の智子の部屋でベッドに腰かけていたら、彼女はドアに鍵をかけて、メガネを机に置くと顔を近づけてきた。相変わらず左の目が少しだけ内に寄っていて、近くにくるほど吸い寄せられるようにそれに目がいってしまう。どうやらボクはこの目に弱いらしいのだ。額にうっすら湿った汗を彼女は手で拭ってくれた。ボクは目を閉じた。シャンプーの甘い匂いとともに子犬が鼻面を突き合わすようにつんつんキスされたあと、体をあびせかけるようにしていくぶん乱暴に押し倒された。

「んっ。そんな乱暴にするならやめて」

「じゃ力抜けって」

「ん……ねえ、あの、あのさ、今日ボクが出たから負けたとか、みんなに疫病神扱いされてないかなあ」

「そんなこと気にしてたの？　まさか。うちの部にそんなせこい発想する人いないよ」

「でもさ……」

「いいから、ほらぁ。そうやって照れ隠ししてごまかそうとしないの。もうしゃべんないで」

彼女はボクが応じるまで唇をはがそうとしない。身体中の神経が口唇に寄り集められるように力が抜けて逆らえない。脳が酸欠を起こしたみたいになって、喉の奥でかすれた声がもれた。絡《から》ませた指をぎゅっと握られたらぎゅっと返す。吐息が触れ合う。みどり先輩……先輩も男の人とこういうことしてるんだろうか——

早朝、智子に起こされて近くの海に散歩に出た。曇天《どんてん》の浜辺は人気がなくて怖い。あたりは朝霧が立ちこめて、繰り返す無機質な波音にそわそわさせられる。まばたきすると湿ったまつ毛に目元がぺたぺたして冷たく感じた。

海を見るのも潮騒をこんなに近くで聞くのもずいぶん久しぶりのことだった。

智子はしばらく黙りこんでいてから、大きなため息をつき、波打ち際に行って少しのあいだたたずんだあと、引き返してきてボクをそこまで引っ張った。ボクは寒いからイヤと言ったのに、言うこと聞かないと酷いことするよと脅かされ、なにをされるのか分からないけどしぶしぶ裸足になって、素足を二人で波に浸した。肩が縮まる冷たさに、眠気の残滓もすっかり覚めた。

こののち、ボクは智子のこうした強引さに、しばしば振り回されるようになった。

うちのバレー部では毎年クリスマス会だけは、全員参加で行うことになっている。コーチが在学していたころもそうだったというから、伝統的なものといっていい。恋愛禁止の者同士がみんなで集まろうということか、色恋防止のためか知らないが、多分に後者だろうとコーチは笑って言っていた。

去年は、みどり先輩のお母さんが経営しているスナックで開かれたが、三年生の追いコンも同所でやったばかりなので、今年は仙台駅前のカラオケボックスを予約して行われることになった。

智子とは、クリスマスイブをともに過ごせなかったことをいつまでも根にもつ駄々っ子みたいにぐずられ、クリスマスがあった週明けの早朝から埋め合わせを強要されて、雪景色になった街を見に連れだされたり、年が明けて竹駒神社に一緒にお詣りしたあと、大崎八幡宮と塩竈神社をハシゴして宮城三大初詣混雑神社をコンプリートさせられたりして、のちのバレンタインの日なんかでも、友チョコを交換したはいいが同時に一年生の女子に渡されたチョコを見つけられて、私というものがありながらとか微妙に冗談めかした発言でくどくど責められたあげく没収された。

三月一日、卒業式。広美先輩とみどり先輩が皆勤賞を受けた数名のなかに入っていた。謹慎させられた日を除いて、部活動も一日も休まなかったと思う。二人ともホントにバレーボールが好きで、頼れる先輩方だった。広美先輩は宮城県警に採用され、みどり先輩は進学を選択せず、大手の百貨店に就職が決まっているそうだ。

空模様は、お祝いの日にあまり相応《ふさわ》しくない灰色だったが、雨が降る気づかいはないようで、式後、校庭でみどり先輩とちょっとでも長く話をしたくて、たてまえに今後の部のことなどを相談したら、夕方の謝恩会まで時間があるから家においでと言われ、その場にいた智子も、よかったら一緒にどうぞと招かれてついて来た。

学校から歩いて数分の距離と聞いていたが、実際に先輩のお宅にうかがうのは初めてだった。おっきな邸宅に住んでるようなお嬢さんなのかなとずっと思っていたが、古い木造アパートの一階に、お母さんと中学生の弟との家族三人暮らしで、父親がいなかったことも初めて知った。

智子は、テーブルに置いてあったサクマ式ドロップスの缶を見て、「あれ、もらってもいいのかな」とボクにこそこそささやいた。食べていいよと先輩に言われ、固い蓋をボクに開けさせて、出てきたアメを掌で受けて舐めた。ボクはパイン味に当たったが、しばらく舐めてた智子は、「やっぱハッカ苦手だ」と指でつまんで口から出して、ボクの口に押し込んできた。急に口元にもってこられて、最初顔を引いて拒んだが、唇にベタベタしたのをくっつけられそうで、しょうがないから口を開けた。こいつ、さっきは歩きながら手をつないでこようとするし、みどり先輩の前で……

みどり先輩は、にっこりに汗をかいた顔文字みたいな表情をしていた。なんか微妙な空気になっちゃって、こういうのにきっとさとい先輩の目色をうかがいながら、あまり中身のない会話ばかりしてしまい、せっかく先輩の家に来て紅茶と支倉焼《はせくらやき》まで出していただいたのに、智子はもしゃもしゃ食いながら無遠慮に彼氏のことばかり聞こうとするし、肝心の部活の相談はおざなりになってしまった。

帰りは口をきかずにいた。

「あの先輩、近寄りがたかったけど話してみるとそうでもないね」

バス停にむかう途中、智子はそう切り出したが、ボクは足を止めず振り返りもしなかった。前のバスは行ったばかりだった。

「そうだ、買い物あったんだ」

「あっそう」

少しだけ首を横にむけて無表情で返した。

「怒ってんの？」

「べつに」

「怒ってるよね？」

「そう見えるならそうなんじゃない？」

表情を固くして決して崩さない。たまに怒ってみせないと、この子は図に乗る。

「明日は機嫌直るといいね」

むっかつく。いままでずっと口やかましい指導者や先輩たちにしつけられてきたボクには、こういう言い方はちょっとできない。このときばかりは智子が憎らしかった。

九

期末試験の答案が返されて、一番心配していた英語Ⅱがぎりぎり赤点を免《まぬが》れたのにほっとしていた授業中のことだった。

二〇一一年三月十一日の午後、のちに聞く正確な時刻では二時四十六分にそれは起こった。

ちょうどこのときは担任の下地《しもち》先生の授業で、試験の答え合わせをしていると、なにか外の空気が震えてゴゴーッという音が鳴った気がして、そのあと突然ガタガタとした床の振動に始まり、ギョーッギョーッギョーッと聞き慣れないブザー音が複数の生徒の携帯電話から鳴って、天井の吊り照明を見上げて収まるのを待っていた途端に、ものすごい横揺れが来て、同時に全員の体が机とイスとともに同じ方向にズレた。

女子生徒の甲高い叫び声が校舎のあちこちから響いて、生徒たちは慌てて机の下に隠れた。避難訓練でやってたことをホントにやるのは初めてだった。後ろの掃除用具入れのロッカーがけたたましい音をたてて前に倒れ、避難誘導を叫ぶ先生に窓際から離れるよう指示されても、机の下ではそんな余裕はなかった。——長い。揺れの振り幅が大きくて体が左右に振られる。これホントに地震なの？と思うほど揺れが異様に長く続き、終息にむかうかと思いきや、爆発的な激震が再び襲ってきた。

怖い怖いと叫ぶ女子に、慌てちゃダメだ大丈夫落ち着けと言う先生の言葉に反して、なかなか地震が収まる気配がない。なっげえ、と男子生徒たちの息を飲むような声。どれぐらい続いたのか、実際は三分強の時間だったらしいが、体感的にはもっとずっと長く感じた。

ようやく揺れが収まると、全校生徒は上履きのまま校庭に避難した。ケガをした人がいる様子もなく、みんなおおむね冷静さを取り戻していたが、女子のなかには半泣きの子がいたり、男子には内心の無邪気な興奮を抑えきれない顔をしているのも見受けられた。彼らのようにニヤニヤしたりはしないけど、こういうときに後先《あとさき》のことを度外視して、非日常の到来に気分が高ぶってしまう心理は正直自分のなかにもあって、ボクも彼らとあまり変わらないかもしれない。

校庭ではめいめいが小さい集まりをつくって、ボクの周りではお昼を一緒に食べてるクラスのグループと部活の仲間が数名かたまって話をし合っていた。

「震度どれぐらいあったんだろう？　一昨日の地震もきっとこの前触れだったんだね」とか「前々か

ら宮城県沖のおっきい地震が来るってニュースとかで言ってたのはきっとこれでしょ。ついに来たねー。怖かったー」とか、そんなようなことを話していたと思う。

そのうち遠くで救急車のサイレンが聞こえてきた。あたりを見回してみるが智子がいない。どこにいるのか、いればボクのところに来るはずなのに。

断続的な大小の余震は何度も繰り返しやってきている。そのたびにざわざわするが、大きな悲鳴は聞かれなくなった。

上着を持たずに外に出た人が多かったので、寒い寒いという声もあちこちから聞こえた。三月のこの時期にしては気温が低く、徐々に寒さが増してきたように感じられた。

しばらく時間がたってから、先生たちにクラスごとに整列するよう命じられ、点呼をとられた。道路では信号が停電していて交通がマヒしているという。電話もつながらず、電車も停止しているから、家に歩いて帰れる距離の者は帰宅し、そのほかは荷物を取りに戻って体育館に集まり待機、携帯電話やメールなどで身内に連絡がとれるものはなるべく迎えに来てもらうようにと指示された。

ボクの携帯電話には一件のメールが入っていて、父からかと思ったら、智子だった。

〈ものすごい地震だったね。そっち大丈夫？　いまメディアテークの前にいる。道路に人がたくさんでてる。まだ揺れてるこわい。どうしよう？〉

電話は何度かけてみてもつながらない。メールもダメだわ。友達が何回か繰り返し送信したら成功したと言うので、何回か目でメールはなんとか送ることができたが、いつも早い智子の返信がこない。ちゃんと届いたのかな？　両親にメールをしたら、五分ぐらいして父から返信があった。家も店もしっちゃかめっちゃかになってる模様で、店の業務用のパソコンが床に落っこちたということだけ知らせてきた。母は病院できっとメールどころじゃないんだろう。

「下地先生、私、家が心配なので帰ります」

「ダメダメ。佐藤の家はたしか岩沼だろ。とても歩いて帰れる距離じゃないぞ。なにかあったら大変だから、学校の指示に従ってくれ」

「大丈夫です。帰れますよ。バレー部の先輩の家が近いので、自転車借ります。それでもダメですか？」

「うーん……今、交通が回復したら学校のマイクロバスで各地域ごとに生徒を送ることも検討してるから、ちょっと待っててくれ」

みどり先輩に電話したがやはり不通。やばい、充電が少なくなってきた。とりあえず先輩の家に行ってみるか。

「先生、やっぱ私帰ります」

「だから。落ち着いて待てって。こういうときに事故に遭ったりしたら大変だぞ。火災が起きてるかもしれないし、暗くなったら治安だって悪くなるかもしれない。一人で帰るわけだろ？」

「いいえ、実は友達から連絡があって、同じ学年の千葉智子なんですけど、いまメディアテークにいて、街なかも混乱してるみたいなんで、迎えに行ってやろうと思うんです。智子も岩沼なので、そのまま一緒に帰ります」

「そうなのか。心配だが……そんなら原則連れて戻ってこい。車に気をつけてな。なるべく人のいるところ通れ。なにか危険だと感じたら引き返せよ」

「はい。分かってます」

分かってますじゃなくて、分かりましたって言えばよかった。

スカートの下にジャージをはいて、みどり先輩のアパートにむかった。

学校裏の校門を出て陸橋の下の短いトンネルを抜けて、角を右に曲がると、その道の先に、先輩が彼氏さんとおぼしき人と立っているのが見えた。近所の住民も外に出て不安そうな顔を見合わせているのが何人かいた。

アパートの外壁のモルタルが一部剥がれている。屋内の先輩の部屋の壁も大きな亀裂が入ったという。考えてみると、こんなときは先輩の方だって自転車を使うだろうと気がついてためらったが、事情を話したら快く貸してくれた。

「いいの、いいの。私とお母さんの二台あるから。お母さんはスクーターも持ってるし」

ボクはスクールバッグを抱えているので、カゴと荷台の付いてる先輩のお母さんのママチャリを借りることにした。彼氏さんが親切な人で、せかせかと動いて、タイヤの空気を入れ直してくれて、チェーンに油をスプレーして、サドルやハンドルを雑巾で拭いてくれた。その間ボクは恐縮して、自分で拭きますと言ったが、いいからいいからと、サドルの高さを調節するぐらいしかさせてもらえなかった。もうすぐ会社の寮に入る彼女の荷作りの手伝いに来ていたのだという。

みどり先輩はこの人と結婚するのかな。こういう状況に居合わせた恋人たちだ、おそらくするんだろうな。でも思ってたのと違って、まあまあ感じのいい人でよかった。

仙台駅方面にむかって西へ、待ってて今行くからと、智子が一人でうずくまって震えてる姿を勝手に想像しながら、陸橋の歩道を立ちこぎで駆けのぼった。

煙があがってる様子も見えないし、道路はすごい渋滞してるけど大きな騒音はない。街全体が地震に怯え、肩をすくめているような、息をひそめているような、そんな感じだった。

えっと、メディアテークってどこだっけ……ああ、『三人姉妹』を観た市民会館のすぐそばだ。あそこは定禅寺《じょうぜんじ》通りか。けっこう遠いな。

市街の中心部に行くほど歩道に人が増えて、なかなかスムーズに進めない。他の自転車の人ともかすめるように交差する。ゆるい勾配が続き、アスファルトが所々ボコボコしていて、新寺小路では屋根の瓦が崩れているお寺があった。このあたりは名前のとおり寺院が多い。

自転車に乗ったり降りたりで、五十分近くかかってようやく仙台メディアテークの近くに着き、人が集まっている定禅寺通りの中央歩道を自転車を押して歩いた。

大勢の人のなか、こりゃ見つからねえぞと思っていたら、演劇部の知ってる女子が二人、ちょっと先にいるのにお互い同時に気づいて、わーわー言ってよろこんだ。ちっちゃこい方が大村梓だから〝アズちん〟で、もうひとりの子は〝バンビ〟ってニックネームで呼ばれてる。バンビちゃん、劇で世を嘆く鳶職の役をやった子だが、泥棒髭を描けというのを断固拒んだ強情っぱりだ。たしか名字を〝鹿内〟と書いてシカナイと読むのだと思ったが、シカウチかもしれずはっきりしない。むこうは佐藤先輩と言ってくれてるのに。

「すごい人の数だね」

「さっきはもっとすごかったですよ。むこうの西公園にも行ってみたんですけど、そっちも人でいっぱいでした」

「智子も一緒？」

「はい。ついさっきまで一緒だったんですけど。なんか太平洋沖に津波が来てるみたいで。智子先輩ひとりで歩いて帰るって言って」

「津波？」

「さっき周りから津波の話が聞こえてきて。佐藤先輩の携帯、ワンセグとか付いてないですか？」

「付いてない。ごくシンプルな機能しか」

「私らもです。智子先輩のも私と同じやつだからなんも情報分かんなくて。ドコモ全然つながんないし。バンビのａｕもまったくで」

「ソフトバンクもだよ。みんなそうなんじゃないかな。じゃあ、私、智子探しながら行くわ。どっちに行ったの？」

「あ、ちょっと待ってください。佐藤先輩と会うほんのちょっと前に別れたばっかだから、呼べば聞こえるかも」と言って、この人混みのなか、アズちゃんが、「智子センパーイ！」と、小さい体に思いがけない大声で叫んだ。周りの人の耳目を集めるくらいよく通る。おとなしいバンビちゃんも声を合わせて呼んでくれた。演劇部員ってみんなこんなに度胸があるもんなのか？

智子の行った方角に歩きながら、先輩も一緒にと言われて、彼女らの智子センパーイに合わせて、ボクもヤケッパチ気味に、「トモコー！」と部活でやってるような大声を出した。

何度かやってると、慣れてきて周りも気にならなくなってくる。すると、「ハーイ！」の返事が間をおいてから聞こえてきた。そのあと手を挙げて、「智子いまーす！」の声とともに小走りに駆けてきたのは、ボクが想像してたのとは違い、元気ないつもの智子だった。

「おー私のロミオ！　来てくれると思ってたよー。急に名前呼ばれてんの聞こえてきたからびっくりした。そのボロっちい自転車どうしたの？」

「みどり先輩に借りた。なんでこんなとこにいんの？」

「メディアテークの図書館で、アズちゃんとバンビと演劇のビデオ観に来てたの。観終わって演劇の本棚のとこに立ってたら、突然あんな地震来てさあ、三人して本の集団に襲われたよ」

「いきなり頭に本が直撃しましたからね。死ぬかと思いました」

「ヤバかったよね」

「建物から出るまでおっかなかったねー。アズちん、たんこぶ作って泣きそうになってたよ。バンビは震えてキョトンとしてて」

「キョトンとしてないですよ。冷静にしてましたよ。超ビビりましたけど。先輩こそ手とかぎっちりつかんでくるから、めちゃめちゃ爪痕ついちゃいましたよ、こことこことこと」

「どれ？　それ私？　アズちんがやったんじゃないの？」

「先輩ですよ。痛かったのガマンしてたんですからね」

「じゃあごめん」

「三人とも学校は？」

「午前中に仮病こいて早退したわ。だってもうテスト終わったら春休みまでたいした授業ないじゃん」

「アズちゃんたちも？　けっこうワルだなおまえら」

「天井桟敷の話してたら、メディアテークに『身毒丸』あっから観に行くべってなって」

「なんだよ天井桟敷って」

「寺山修司の昔の劇団だよ。やっぱオリジナルはすげえや、毒気が違う。みんなと話してたんだ、あの時代に生まれたかったたって」

「そんなこと言ってる場合かっての。津波来てるんでしょ？」

「らしいけど、まあ堤防越えるってことはないっしょ。でも一応心配だから、歩いてでもなんとか帰ろうと思って。ここにいても仕方ないし」

「メールでも送ったけど、学校ではみんな体育館に避難してるよ。それにスクールバスで送ってくれる話もでてるって。どうする？　下地先生には原則連れて戻るようにいわれてんだけど」

「家に帰るに決まってんじゃん。こっちには無敵の二つ名を持つチャリンコ様があんだから。下《しも》ちゃんの言うことなんか聞いてらんね」と、智子はリュックを両肩に掛けて荷台にまたがった。

「アズちゃんとバンビちゃんは？」

「私たちも帰ります。私は中山でバンビは北山の方なので、途中まで一緒に帰ろうとしてたとこだったんです」

「中山って、でっかい観音様のあるとこだよね。坂の上だし、けっこう遠いね。下地先生が言ってたけど、こういう災害時は治安悪くなるおそれがあるから、特に女子は人気のないところは歩かずに悪い人に注意しろって」

「はい。分かりました」

「アズちゃん、ちっちぇーからすぐレイプされちゃうから。すぐ」

「ちょっとやめてくださいよー」

「バンビは大丈夫だろうけど」

「それどーゆー意味すか」

「私、小学校のころ空手習ってたからそう簡単にやられませんよ」

「じゃあアズちゃん強いんだね。でもとにかく二人とも気をつけてね」

「はい。先輩たちも」

うん、じゃあね、気をつけて、はい、と念押しして別れて、ボクと智子はママチャリに二人乗りして車道を南に向かった。

「重い……」

「重いってゆーな」とお尻をパシッと叩かれた。

振り返ると、アズちゃんたちはまだボクらを見送っている。手を振ってくれるアズちゃんかわいいなあ。バンビちゃんも口数は少ないけどユーモアがあって愛想がいい。智子があの後輩たちをかわいがるの分かるわ。


街の上空にはヘリコプターが飛んでいた。

「返信くれてたのね。新着メール受信してみたら届いてたよ」

「携帯つながんないってすごく不安になるよね。ストレスだよ、もう。しかもこんな日にかぎって充電切れそうでさ」

「私は知ってたよ、こいつがストレスをまき散らす害毒のかたまりだってこと。みんなケータイ教に洗脳されてんだ、私を含めて」

「ちょっとなに言ってるか分かんない」

「なんでだよ。あ、パパからもメールきてた。会社の出張先から心配してる」

「パパさんなんて？」

「いわきもすごい揺れたって」

「いわきって、福島のいわき市？　小さかったころハワイアンセンターに家族で行ったことある」

晩翠《ばんすい》通りから青葉通りにさしかかるときに、強い揺れを感じて自転車を止めて、周りのビルを見上げて息をつめた。あたりの人たちも同様に立ち止まっていた。後ろの智子はボクの腰に手をまわしてしがみついた。

「怖いですよねえ、余震いつまで続くんでしょうねえ」と、すぐ近くにいた若い女の人が不安な表情でボクにつぶやいた。ボクも同意してうなずいた。

ペダルの踏み始めがもっとも重い。サドルが固いのでお尻が痛くなってきた。

高いビルからガラスでも降ってきやしないかと首をすくめながら、裁判所近くを通って市立病院の前の横断歩道を渡り、愛宕《あたご》大橋方向を眺めると、車道は見渡すかぎり上り下りとも渋滞がひどく、歩道も大勢の歩行者が絶えず行き交っている。少し引き返して、荒町商店街の道路を、渋滞のクルマのあいだを縫《ぬ》うようにして走った。コートを着てても寒い。

そのうちに風が吹いて雪まで降ってきた。ウソでしょ、なんでこんな時期のこんなときにと二人で天気に文句をわめいてからは、耳と手が冷たくてしばらく黙って先を急いだ。

智子もおしりが痛いと言い出したので、時々自転車を降りては雪を払いながら背中を丸めて歩いた。そのあいだにも智子はポケットから携帯電話をひんぱんに取り出しては通信を試していた。

雪がやんだころ、彼女がオシッコしたいと言いだして、それを聞いたらなんだかボクもしたくなってきた。ほどなく、民家やアパートの建ち並ぶ屋根越しにファミリーマートの看板が見える場所を通りかかった。道路ふちの段差に自転車の前タイヤをとられてあやうく転倒しそうになり、一瞬フラフラしながらも足をついて立て直したが、智子だけひょいと後ろの荷台から降りて先に走り、コンビニの駐車場にたどり着いた。

ドアに手書きで臨時休店の張り紙が貼ってある。

「閉まってんね……」

ボクは手が冷たくて片手に息を吹きかけていて返事をしなかった。

高校生の女子二人が、寒そうに店前に立っているのを目にして気の毒に思ったものか、店の男性が自動ドアを手動で開けてくれて、事情を話したら親切に中に招き入れてくれた。

レジ前に石油ストーブがあって、店内の半分が大雑把に片づけられていたが、奥の方の床には商品が散らかってまだ手がつけられていない。ドリンクコーナーはジュースやアルコールが周囲にこぼれて甘ったるい匂いがする。

男性は小坂さんというこの店のオーナーで、停電でレジも使えず、商品も陳列棚からバラバラに落下して収拾がつかなくなったため、やむを得ず一時休店にすることに決め、アルバイト店員を帰して、連絡した実家の奥さんらがヘルプに来てくれるまで一人で片づけをしていたのだそうだ。智子はトイレに急いだ。

このあたりの地域は断水しているけど下水道はなんでもないようで、タンクの中に水が入っている分はたぶん流せるからと小坂さんが言うのを聞いて、「私、流してないからあとお願い」と出てきた智子と入れ替わりに、ボクもトイレを使わせてもらった。散乱した商品を踏まないようにしながらストーブの前に戻ってくると、親切にパイプ椅子を二脚用意してくれていて、智子が座っていた。

小坂さんが、鮭のおにぎりとコロッケパンと温かい缶ココアを手渡してくれた。ココアはぬるくなっていたが、猫舌のボクにはかえってその方がよかった。

「変な天気だねえ。晴れてたのが急に雪降ってきたり。今度はまた晴れてきた。地震と関係あんのかねえ」

「震度どれくらいだったんでしょうか?」

「このへんはたしか震度六弱だかっていってなかったかな。地域によって差があるんだろうけども」

智子はココアの缶を両手で握ったまますずっと黙りこんでいる。話しかけてくれる小坂さんの声よりも、レジ奥の事務室の方から微かに聞こえていたラジオに耳を奪われた。もらった物をのん気に食べていられなくなった。

「あの、すみませんが、ラジオ聴かせてもらってもいいでしょうか？」

「ああ、んだねえ」と、ボリュームを上げながら持って来てくれたラジオからは、各地の地震と津波の被害を繰り返し伝えていた。

「――仙台市消防局によりますと、仙台市若林区の沿岸部では高さ五メートル以上の津波が押し寄せ、多数の民家が流されているとのことです。繰り返しお伝えします――」

アナウンサーの言っていることがすぐには理解できなかった。ここだって若林区だよ？　ここからまっすぐ海の方に行けばそんな光景になってるってこと？　いったいなにが起こってるんだ？　思っていたよりもずっと事態が深刻であることをこのとき初めて認識した。でも実感がわかなかった。なにしろ聴かされている状況がまるでピンとこない。

ラジオは物々しい口調で石巻市《いしのまき》の被害の状況を伝えている。各地の津波の高さやマグニチュードが刻々と修正され、情報が錯綜《さくそう》していることがうかがわれた。

「ウソでしょ……」とずっと肩をこわばらせて声を立てずに聞いていた智子がつぶやいた。

「岩沼のことはなんにも言ってないもん、きっと大したことないってことだよ」

ボクは智子を慰めようとすると同時に、自分自身にもそう言い聞かせて、「とにかく行こう」と智子を促した。小坂さんが持たせてくれたなにかいろいろ入ったレジ袋をバッグに詰めて、お礼を言ってそのコンビニをあとにした。


風がやんで空もさっきとは一転して明るくなっている。本当に変な天候だ。

なるべく広い歩道のある道路を選んで進み、ようやく国道四号線仙台バイパスに出た。

ここから一直線に南下すれば、名取市から岩沼市へと至る。

「うわっ！　すごい、火事だ」

広瀬川にかかる千代大橋《せんだい》を通ったとき、遠く港の方面に大きな黒煙が上がっているのが二ヵ所見えた。それが石油コンビナートの火災だったことをあとで知った。川面は濁って流れが少し急なように見えるが、さっきまでの天候を考えると、特別様子が変わっているとも思えない。その先の四叉路交差点では、停電した信号の影響で大渋滞を起こしているのを複数の警察官が赤色灯を振って交通整理に追われていた。標識に鹿《か》の又《また》交差点とある。普段からラジオの渋滞情報でよく聞く交差点の名だ。

ここを通過してからは、自転車を走らせながら、他愛もないことを考えていた。ここから岩沼市に入るまでの距離はどのぐらいあるだろう。部活でロードワークやるときの六キロ走の感覚で計算すると、あと十キロってとこか。いやもっとあるかな。

すでに薄暗くなっていた。ライトを点けるとペダルの負荷がきつい。

「ねえ、大丈夫？」と、智子がコンビニをでて以来初めて口をきいてくれた。

「うん。トレーニングと思えば。でも、ちょっと休もうかな」

今朝家を出たときは、こんなに自転車をこぐ日になるとは思わなかった。ボクは自転車を降りて、片足立ちで大腿四頭筋のストレッチをした。

自転車を斜めにして支えている智子は、微かに歯をカチカチさせて震えている。寒かったんだ。ボクはなにも言わずにスカートの下にはいていたジャージを脱いで智子に渡してやった。最初、遠慮して拒んだ智子も、すでに脱いでしまったジャージを突きつけられたので、「もう、お姉さんぶらないでよね」とぶつぶつ言いながらも、裾をまくってはいてしまうと、「あったけ」と笑顔になった。

「そろそろ代わってよ」今度はボクが自転車の後ろに陣取る。

「えー、無理だよぉ」と嫌がる智子を強引に前に乗せて、しばらく走らせてやった。

「ほらー遅えぞー。毎日基礎トレやってんだろうがー。全然距離稼げてねーぞー。ほらほら前から人来たぞー、歩行者の邪魔すんなー」

「教官、重いですう。もう歩こうよお」

たまらず智子は自転車を降りた。

「さっきは人のケツ叩いといて、重い重い言いやがって」

彼女がもにゃもにゃなにか言った。

「なに？」

「なんでもない。ねえ、二ノ倉にさあ、津波が来てたとしたって逃げてるよねえ。車あるし」

「そりゃあ逃げてるよ」

「そうだよねえ」

かわりばんこに自転車を押してしばらく歩いた。あちこちから大小のサイレンが聞こえる。名取市に入って、自動車販売店のショーウィンドーのガラスが大きく割れているのが見られた。周りの街灯や店々の明かりがないためか、午後六時を前に急速に暗くなっていった。

車のライトが各々道を照らしてくれているが、アスファルトの凹凸《おうとつ》が暗くて見えず、自転車で走っていると時々突然上下にバウンドさせられる。

ボクらは、より沿岸部の方向に近づこうと、名取市役所への案内標示板がある交差点を左に曲がった。県道亘理塩釜《わたりしおがま》線、地元では浜街道《はまかいどう》と呼ばれている道路を行けば二ノ倉への近道である。市役所近くの道の路肩には路上駐車している車が何台も並び、歩道でタバコを吸っている野球帽をかぶったおじさんの横をすり抜けて通ろうとすると、しわがれ声に呼び止められた。

「あんだらどごさ行ぐの？　東部道路よりむごうさ行ってダメだど。さっきの余震で津波警報ででから」

「浜街道って通れますか？」

「んだがら。東部道路でさえダメなのに浜街道行がれるわげねえべっちゃ。行がれるごったら行ってみさい。浜街道なんて海ん中だぁ」

なにこのずんつぁん。イライラしてんなら話しかけてこなきゃいいのに。

そのおじさんの車の開けた窓からはラジオの声が聞こえている。

「ほいや、若林の荒浜で溺れ死んだ人、二百人がら三百人も見つかったどや。そごだけでねえ、閖上《ゆりあげ》も全滅だ」

「…………」

「ここの道路まっすぐ行げば閖上さ。おらいも閖上だがらっしゃあ。うっつぁがどばんつぁんいんだげっと、はっぱり連絡つかねくて、どごさ行ったんだが分がんねえんだ。すぐほごの文化会館が臨時の避難所になってんだげんとも、なんぼ探すてもいねえす、市役所さ聞いだってどうぬもなんねくて、うろらうろらすてでもすかだねえがら、ここさ車停めでラジオ聴いったのっしゃ。どうすようもねえおんなや。あんだらはどこさ行ぐの？」

「岩沼の方ですけど、ラジオで岩沼のこと、なにか言ってませんでした？」

「岩沼はどうだべなあ。閖上のごどばり気にしったがら。岩沼のどごっしゃ？　車で乗せでんか？」

「いえ、いいですいいです」

「遠慮すっこだねえ、こいなどぎだがら。自転車、市役所さでも置いでこ」

「いいえ。なんとか、行ってみますから。どうも」

さっきから智子に背中をぐいと押されて急かされていた。話を切り上げて、暗い脇道を行くよりも四号線に戻ることにし、国道に沿う館腰《たてこし》駅を通り過ぎたあたりで左折して仙台空港方面に陸橋の坂をのぼると、石油コンビナートの炎がここからも見えた。

坂を下ったまっすぐ先には消防車が停まっていた。情報を聞こうと近づくと、消防署の人が、冠水して水田になった田んぼの用水路に懐中電灯を照らしていた。こんなところまで流された人がいて探しているんだろうか？　そう思うとぞっとした。

この辺りでは、津波が仙台東部道路まで押し寄せたらしい。仙台圏の平野を南北に走るその高速道路が、この一帯の地域では防潮堤の役割を果たした。今は海水もだいぶ引いたが、この先の住宅地はかなり深い浸水で、とても立ち入れず、二ノ倉地区も津波を受けたことは確かだが、詳しいことは分からないと消防の人が言う。

東部道路の横断トンネルを通り過ぎたあたりからが市の境となり、岩沼市に入る。近辺の道路には流木やゴミが残されているが、大部分の漂流物は脇に寄せられて、東へ進むほどその集積は増えてくる。

住宅地は広大な範囲で水に浸かっている様子だ。浸水の前線に立って警備している消防団員らしき人に聞いても、二ノ倉あたりの状況は見えてこない。ただこの辺の地区の住民は、各集会所などに無事に避難しているはずとのことだった。

浸水を免れた高台の道路脇には避難した車がずらっと並んで置かれている。その道を二ノ倉方面へ向かおうとするが、しばらく行くと浸水域に進行を阻まれた。暗くておっかない。数台の車が田んぼの真ん中まで押し流されて水に浸かっている影がぼんやり見えた。人が乗っているとは思えないが気味が悪い。やむを得ずいったん農道を西へ行き、田園地帯を大きく迂回して、やっと二ノ倉への直線道路にでた。

「香、自転車貸して。ここから私ひとりで行くわ」と智子が言うので自転車を渡し、もしあれだったらボクの家に来てねと言って、彼女の後ろ姿がしんとした闇にすい込まれてゆくのを見送った。

夜になるにつれさらに冷え込んできた。ここからボクの家まで、三キロは優にある。ボクは、肩にかけたスクールバッグを右に左にと替えながら、走ったり歩いたりして、帰路の途中にある岩沼ビッグアリーナという市の総合体育館へ寄ってみることにした。

岩沼で避難所になりそうな場所を考えていたうちの一つで、市の沿岸部の人が避難するとすれば、規模と距離的にここがもっとも多くなるんじゃないかと思われた。


ビッグアリーナは思った通り避難所になっていたが、まだ急な対応に追われている状態で、外に立っている人や、車の中にいる家族なども多かった。

入口の内外は発電機の照明で明るく、受付があり、そこで聞いてみても、名簿ノートに二ノ倉の千葉さんの名はないという。しかし、まだ名前を記入してもらってない人が大多数なので、施設の中を探してみるよう言われたが、見つけられない。

体育館のなかは、ぼんやりした明るさの非常用照明が点いていて、広い間隔に点々と置かれたストーブの火が明々としている。大勢の避難者は体育館の床に毛布を敷いて座っていたり、パイプ椅子に腰かけたりして、寒そうに暗い夜の不安に耐えていた。

玄関ホールに設置されてあるホワイトボードや壁の掲示板には、安否を知らせる伝言の紙が張られ、ラジオの声が流れているなか、その手書きの字を探している人の表情は一様に険しかった。外では犬の鳴く声も聞こえた。

新しく買ったばかりのローファーで走ったから、片方のくるぶしが擦れて痛い。

竹駒神社の駐車場前の歩道で、近所の酒屋のおばさんに会った。

「仙台からよくまあ帰って来れたことぉー」と感嘆され、地震のときの状況をお互いに話して聞かせた。

家に着いたら、懐中電灯を持った父に、こういうときは学校にいろと事の経緯を話す前に叱られた。学校に避難してると思っていたようで、夜が明けてから迎えに行くつもりだったという。時計を見たら八時四十分を過ぎたところだった。

固定電話も携帯電話も通じず、地震直後はなんとか送れたメールも今ではまったく送信できないようになっていた。母も勤務先の病院から帰って来ていない。

居間のこたつテーブルに、キャンプ用のLEDランタン二個とラジオを置いて、石油ストーブ上のヤカンのお湯が沸いていた。停電してるから冷蔵庫の物をなるべく早めに食べてしまおうと、父は冷凍食品をお湯で温めて食べたといい、レトルトの中華丼を勧められたが、食べる気がしなかった。なにかパンでもお腹に入れとこうかと思い、ランタンを持って台所に行ったら食パンしかなかったので、「お店の菓子パンもらうよー」と店の仕切り口を降りたら、ガランとしていたので驚いた。

父の話では、地震後しばらくすると、店の前を通る帰宅者が増え、近所の人たちも買い物に押し寄せたので、あらかた商品が売れてしまったのだという。電卓で計算したため大変だったらしい。アイスは溶けるから欲しい人に無料であげたら、子供のいる家の人などは寒くてもよろこんで持って行ったという。

「うちの分も取っておいてよぉ」と言った直後、こんなことで不満をぶつけちゃうなんてと普段と違う自分に気づいた。

「ちゃんと取ってある」父は段ボール箱に懐中電灯の光を当てた。

桃缶一個に大きめのオレンジ三つ、五〇〇mlペットボトルのお茶とコーラが三本ずつ。パンは、ランチパックのピーナッツと、バターロール、つぶあんとマーガリンのコッペパン、ミニスナックゴールド。山崎パンの甘こい菓子パンばっかじゃん。まあ、うちはごく小さい小売店で、野菜と果物以外の食品は多く仕入れてないのでしょうがないけど。

「あとは台所になんかかしらあっぺや。水もあるし、パックのごはんも食パンもあるし、レトルトカレーもカップ麺もあるし――」

会話を中断させる強めの余震がまたきて去った。

さっきあんなに自転車こいで、走ったり歩いたりしたのになぜかお腹は空いてなくて、パンの袋を破りかけてやめた。

二階に上がって自分の部屋をランタンで照らすと、本棚は倒れて、ベッドとタンスと机が斜めにずれて、畳の床に本や置き物などが散乱していた。もともと物が多い部屋じゃないけど、思わずうわーと言葉がもれた。部屋着に着替えて片付け始めてみたが、暗いし寒いのでやめて、居間に戻ってラジオを聴きながら温めた牛乳を飲んで智子を待っていた。

ずっとラジオを傾聴していても、岩沼市の津波の被害の情報はなかなか入ってこなかった。

名取市の沿岸地にある仙台空港は、津波で一階部分が水没、上の階には数百名が避難し孤立しているという。

地震と津波の被害のほかには、福島第一原子力発電所に対して原子力緊急事態宣言が政府から発表され、半径三キロメートル以内の住民に対して避難指示がだされたとも伝えていた。

「女川《おながわ》の原発も大丈夫がや？」と不安をもらしつつ、「んでも、ああいう所は何重にもあれされでっから大丈夫なんだ」と、父はラジオの情報に応じてしゃべっていた。ボクに言ったのか、ひとり言なのか、あいまいな口調で話すことが父にはよくあるが、このときもそんな感じだった。あれされでっからってなんだよ……

「寒いがらお母さんのどんぶぐ着ろ、ほれ」

「うん」……智子来ないのかな。いまさらだが、あんなとこで別れたのは考えが足りなかった。彼女の身になにかあったらどうしよう。まったくの判断ミスだ。それとも避難所でママたちに会えて、そのまま一緒にいるのか。そうだったらいいんだけど。

九時半が過ぎて、玄関のチャイムが鳴った。ピンポンの音を聞いた瞬間、ドキンとした。

ボクを見上げて目をそらした智子の表情は硬かった。二ノ倉どころか、そのずっと手前にある小、中学校にさえ、浸水していて近づけなかったという。

「親戚のところは？」

「近くに親戚いないんです」

「んで、小学校か中学校さ避難してんだっちゃ。学校から出らんねえでいんだべ」

「そうだよ。明日の朝、水が引いたら行ってみようよ」

父もそう言ってるし、ボクも自分が添えた言葉を疑ってはいなかった。

パンとオレンジとお茶をテーブルにだしたが、智子は手を伸ばそうとしないので、温かい牛乳で入れたミロを作ってあげて一緒に飲んで、ボクだけバターロールをちぎって食べた。

「智子もやっぱりビッグアリーナ行ったんだ。ボクとすれ違いになっちゃったんだね。でも暗くて探せなかったでしょ」

「ビッグアリーナにはいない。呼んだけど返事なかった。伝言書いて貼ってきた。市役所にも寄ってきたんだけど……」

「うちのお母さんもまだ帰ってきてないんだよ。心配だけど連絡とりようがないしねえ。病院にいるだろうけど。あ、そうだ。すっかり忘れてた」

バッグの中にコンビニの小坂さんにもらったレジ袋を思いだした。袋にはパンとおにぎりとパック牛乳とキャラメルが、二人分ずつ入っていた。このときのおにぎりはありがたかった。おにぎりを一口かじったら少しずつ食欲がわいてきた。智子もおにぎりを一個食べた。ボクはおにぎりを両手で持って、智子に首を傾げて見せた。

「いぢめる?」

「……いじめないよォ」と、小さいのころ二人で合言葉のようによくやった『ぼのぼの』というマンガにでてくるシマリスくんのマネをしたら反射的にほんの少しだけ笑った。

「……なんか、キャンプみたい」ランタンの灯りに智子がつぶやいた。「家族でよくキャンプに行くんです。それに去年は舟形山《ふながたやま》に登ったんですよ」

「いいなあ。ボクも登山してみたい」

「じゃあ今度一緒に山に行こう」

「うん。連れてってね」

「登山靴だのなんだの揃《そろ》えねげなんねえんだど」

「そんぐらい買ってよ」

智子もお腹に少し食べ物を入れたら、落ち着きを取り戻したようだった。

「とにかく今夜は休んで、明日、車で避難所さ連れでってけっから」と父が言ってくれた。

ランタンと懐中電灯の光をあわせて、散らかったままのボクの部屋に上がり、智子に着替えを渡してベッドで一緒に横になった。ランタンの灯りは机の上でつけたままにしておいた。停電で部屋にあるファンヒーターが使えず寒くて、もう一枚毛布を出そうかなどと考えているうち、背中合わせの二人の体温で布団のなかは暖まって、しばらくすると背中ごしに、スンスン泣く声が聞こえてきた。

「明日になれば会えるよ」……なんだかボクまで不安になってきた。お母さん大丈夫だろうか。地震のときに、なにか重たい医療機器が落ちてきて頭にぶつかって大ケガしてるなんてないよね。一度不安を覚えると悪いことばかり想像してしまう。

結局一睡もできないうちに鳥の鳴き声がしじまを破り、カーテンのすき間から青みを帯びた外の光が差しこんできた。

十

父は居間のソファーで寝ている。車を出してくれると言っていたけど智子はやっぱり自転車で行くというので、父を起こさずメモ書きを置いて外へ出た。ボクは自分の自転車で同行した。二人してスウェットにパーカーとウインドブレーカーを重ね着し、ぶくぶくな恰好で髪もろくに梳《と》かしてないけど、そんなことかまってられない。

ビッグアリーナで二手に分かれた。智子は沿岸部の学校へ急ぎ、ボクは一旦そこの大きい避難所へ再度寄ってみることにした。

掲示板に貼られた安否確認の伝言は昨日よりも増えている。受付に聞いても、やはり名前は見当たらず、あらためて体育館を探し歩いた。高齢者の多さが目立った。みないろいろ工夫して自分たちのスペースを作り、横になったり、背中を丸めて座っていたり、子供が親と寄り添って眠っていたり、家にいられない状況になっているこれだけの人たちを、家の被害の軽微だった者が顔を見てまわるのは、なんだか気がとがめた。早朝でも眠っている人の数は少なく、気のせいだけど視線がいたい。でも、早く智子をママたちに会わせてやりたかった。そうしたらどんなによろこぶことだろう。早くまた彼女のいつもの笑顔が見たい。

ボクは伝言板をつぶさに見て、智子へのメッセージがないか探した。

赤いマジックの大きい字で、智子自身の伝言を見つけた。『カオリの家にいっからね』と書いてある。横書きのメッセージが多い中、縦書きだから目につく。彼女は頭いいから考えて書いたんだろう。

ボクも遅れて小、中学校の方へ行ってみた。近づくにつれ海のにおいがしてくる。

学校のある住宅地の大部分はまだ水浸しで、潮が引いた部分は汚泥に覆われ、被災したコンビニの駐車場に、消防車と自衛隊の車両が一台ずつ停め置かれていた。海で見かける色あせたブイや小型の舟がこんなところまで流されていて、様々なガレキやゴミがいたるところに積み重なっていた。

家の様子を見に行くのか、年輩の男性がスネまで茶色い水につかって海の方角へ歩を進めていた。犬を抱えてこちらへ来る人もいる。

電信柱の横にみどり先輩の自転車が置いてあった。ソックスだけ脱いでカゴのなかに置いてある。智子もここから歩いて学校へむかったらしい。ベトベトした黒い泥の上を歩くと滑る。靴底を地面に水平につけるようにして慎重に歩くが、スニーカーはすぐに汚れた。ビーサンかクロックスでも持ってくればよかった。

水際で迷っていたら、消防署の人が声をかけてきて、行くのを止められた。濁った海水の下は何があるか見えないので危険だという。別の消防士さんは、学校の避難所には急病人などはいないことが確認されており、徐々に水が引いているのでもうしばらく待機して様子をみる判断をしてもらいたいということを、男性二人に丁寧に説明していた。

そういうさなかにも、二百メートルほど先のT中学校の校門からは、水が引くのを待たずに出てくる避難者が続けて現れた。

しばらくここにとどまっていたが、寒いし、じっと待っているのがしんどくなってきた。ママたちに会えて、むこうでも水が引くのを待っているのかもしれないと思い、津波の被害の状況を見に、南の亘理町方面へ通じる道路を行ってみることにした。

磯のにおいに下水と油臭が混じり合ったような嫌な臭気が風に乗って鼻をつき、場所を移るたびに臭味が変わり咳をさそう。一キロほど行くと、アスファルトが大きく割れ、陥没した箇所に水がたまって道は寸断され、そこからの光景は感情を停止させた。海水に浸かった田畑に見はるかす電柱は、電線が垂れ下がって軒並み西側へ傾き、曲がったガードレールに引っかかっている流木や木材、大きな松の木が根っこごと打ち流され、ヘドロにまみれた大量の枯れた雑草の藁のようなものと家庭ゴミ、プロパンガスのボンベ、どれもこれもベコベコになった車があちこちに転がって、地平のむこうで鳴いていたカラスの群れが、ヘリコプターの音に追われるように瓦礫《がれき》の集散物の山からまばらに飛び立っていった。

家に帰ろうかと思った。引き返すと、さっきの電柱の所に、智子が白い足を泥で汚して立っていた。自転車を支えにして片足をタオルで拭いている。

「智子……」

「いなかった」

「小学校の方にも?」

「むこうには行ってないけど、小学校に避難してた町内会長のおじさんが中学校の方に来たっていうんで聞いたら、ママもばあちゃんも見なかったって」

鼻をすすった拍子に、涙の粒がほろりと落ちた。

「なにやってんのよ。どこにいんのよ、もう」

ローファーのなかを丹念にぬぐって雑巾のように黒くなったタオルが無造作にカゴに投げ込まれた。

「そのタオル、どうしたの」

「知り合いのおばさんにもらった……」

「あの、ビッグアリーナで聞いたんだけど、他にも避難所になってるとこたくさんあるって。市内の学校全部そうだし、地区ごとの集会所も。それに車で遠くの方に逃げてるのかもしれない。ほら、ちょうどどっかに出かけてて、外出先で避難してるってこともあるんだし。仙台空港も辺りが水没して孤立してるけど、避難してる人がたくさんいるって」

時折髪を乱す風と春空の下、二人で避難所を巡った。

行く先々で探したあとに、伝言を貼って、他の避難所になっている場所を聞き、大きい所も小さい所も順々にまわっては道を引き返したり、岩沼市内だけでなく、名取市にも足をのばして、名取市役所とその周辺の学校、それに名取市文化会館では大勢の避難者の誘導や受け入れで慌《あわただ》しいなかを分け入るようにして、真っ青な顔で誰かを探しているボクらと同じような人たちの姿を見た。

建物を出てすぐのところで、友人同士と見受けられる中年女性が手を取り合って歓喜していた。そういえばあの野球帽をかぶった閖上のおじさんは奥さんらと無事に会えたろうか。

そこから仙台空港へ行ってみるために、昨夜通ったのとほぼ同じルートをまたたどることになった。

あのとき浸水していたエリアの路面が見えるようになっている。あんなにたまっていた海水が一晩でよくこれだけ引いたものだ。漂流物が道の端へ寄って堆積《たいせき》していて、すでに道路は車がすれ違えるほどの幅が開いている。遠くに重機が見えるが、あそこから先へは行けるだろうか。

流された自動車が数えきれないほど無惨に重なり合っているのを横目に、泥土にぬかるんだ道路を行きかけると、正面から来たパトカーから再び余震による津波警報の呼びかけがあって、沿岸部の空港への道路は通行止めとなり、ボクらも津波の恐怖に駆り立てられてあたふたと内陸の方向へとUターンした。カンカーンとサイレンを鳴らして巡回していた小型消防ポンプ車が横を追い抜いて行った。

「パパも帰ってこないし、私一人ぼっちになったらどうしよう……」

「そんなわけねえべ。パパさんからはメールあったんだし」

腕時計の針は二時を過ぎていた。自宅前に着くと、車庫に母のプリウスがあった。

「あ、お母さん帰ってきてる」

「そうだ。病院」と智子が言った。「もしかしたら病院にいるかもしれない。ばあちゃん血圧高いし」

「そうだね。ビッグアリーナのそばに総合病院あんのに、なんでいままで気づかなかったんだろう。んで行ってみっか」

「うん。でも香いいよ、私一人で行ってくるから」

きっと病院にいる。そう聞いたらそうとしか思えなかった。玄関は鍵がかかっていた。チャイムを押すと母がでた。心配ないと思ってはいたけど、会えて杞憂《きゆう》と知ったらホッとした。母の勤務する病院では、職員総出で救急の対応をしていたそうだ。一時帰宅して、明日早くまた出勤しなければならないという。

「あんた、鍵持ってるからってお父さんにメモしておいて、下駄箱の上に忘れていったでしょ」

「あら、そう」

「智ちゃんのお母さんたち、いたの?」

「ううん。まだ連絡とれなくて、避難所あちこち探しまわったんだけどいないんだあ。もしかしたら病院にいるかもって、いま智子が探しに行ってる」

「そう。心配ねえ……」

「それか仙台空港かもしんない。あそこまだ行ってないから」

「あんた、海の方に行っちゃだめよ。また津波が来ないともかぎらないんだから」

「行ってないよ。お父さんは？」

「お得意さんのところまわって、ご様子うかがってくるって」

「そういやお母さん、ガソリンスタンドすごい車並んでたよ」

「ガソリンは満タンじゃないけどけっこう入ってる。それよりあんた、ご飯は食べたの？」

「まだ。避難所でもらった水しか飲んでない。いいよボク作るよ。お母さんも寝てないんでしょ。豚汁でも作ろっか。冷蔵庫にあるものなるべく早く食べちゃわないと」

「じゃあお願い。お母さんさっきまで少し横になってたんだ」

「寝たほうがいいよ。えーと、ごはんはパックのやつがあるし、水もあるね……ガスはどうだろ」

「プロパンだから使えるよ。ガス漏れとかしてないから」

「なんだ、使えたのか。お父さんが危ないから点けんなって言ってたからさ」と恐る恐るコンロのつまみを回してみたら平常通り火が点いた。

「いろんなもの割れたりなんだりしてたけども、家はほとんどなんでもなかったようね。どうなってるかなーと思ってたけど」

「お風呂場のタイルにヒビ入ってる。あと、お父さんがパソコン落っこちたって騒いでた」

「壊れたの？」

「分かんないけど」

お腹がペコペコで魚肉ソーセージをかじりながら、ピーラーでニンジンの皮を剝き、そういや豚汁は水をかなり使うぞと考え直し、牛乳もあることだし、それにパンにも合うからクリームシチューに変更することにした。途中で、ずいぶん作ったねえと母が起きてきてキッチンに立った。なんだか眠れなくなったという。

「お隣にも分けて持って行こうか」

「いいけど、だったらもっと気合い入れて作るんだったな」

そこへ智子が戻ってきた。総合病院にも、おばあちゃんのかかりつけの安井内科にもいなかったと、母との話越しに聞いた。

とにかくまず食べましょうと、中途半端な時間だけど三人で食事をとった。智子は、そんなにいらないと小さいお皿に半分ほどしか口をつけなかったけど、ボクが即席で作ったシチューをおいしいと言ってくれた。

「やっぱり、津波に遭っちゃったのかなあ……」

「空港にいるんだと思うよ。近くの老人ホームの人たちもあそこに避難してるって、ラジオでも繰り返し言ってたから。二ノ倉から空港まで車ですぐの距離だもの」

「そうだよ。明日また行ってみようよ」

「それとも、車で他の病院もまわってみる?」

「いいえ、そんな、おばさんも疲れてるのに。大丈夫です。たぶん空港にいますから」

三人ともほとんど寝てないので、少し休みましょうとなって、ボクと智子は部屋に戻って、ウェットティッシュで体を拭いたら少し気分がすっきりした。ベッドに横になるだけで眠れない。思い出したようにまた余震が連続する。

暗くなる前に父が帰ってきて、見てきた町の様子をラジオの情報と交えながら語った。浜沿いの町は、水はだいぶ引いたようだが、どこも瓦礫が邪魔して車が進入できない、泥に混ざった夾雑物でゴロゴロした道路を通ってパンクしやしないかと焦った、海水に浸かった地区の田んぼを元どおりにするには相当時間がかかるだろう、それから、仙台空港には千人以上の人が避難していて、そのなかに必ず智子ちゃんの家族もいる、ともかく今は焦ってもしょうがない、明日おんちゃんが車で連れてってやるからと励ましを添えた。

励ましを添えたはいいが、あまり津波の被害を詳しく言わないでほしい。父の話が大げさじゃないことは分かるけど、智子をさらに不安がらせるようなことを言ったら、ボクはその言葉をやんわり遮らなきゃならないと構えて聞いていたのだが、むしろ智子は父の情報を聞きたがった。ボクの方が神経質になりすぎてるのだろうか。

母はよほど疲れているらしく寝室から出てこなかった。

翌朝、出勤前に母がボクの部屋をのぞいたのに気づいて、玄関の外まで見送ってあげた。たぶん泊まり込みになるからと荷物を多く車に積み込んだ母は、昨日から体調がすぐれない様子で心配だったが、交代で仮眠とるからと言い、なんでもない顔して行ってしまってから、なにかあったら電話してねと言ってた方も聞いてた方も電話がつながらないのを忘れてたことに半分呆れた。

智子は昨夜もなかなか寝付かれずにいたようだったが、頰にうっすら涙の線を引いて眠っている。するとと、断続的にうなされてるような息づかいをするのに気づいた。寝顔が険しく、額を触るとどうも熱い。智子を起こして体温計で計らせると、三八度近い熱がある。智子は、頭痛いとかはないけど寒気がするかもといい、ついさっきまでお母さんがいたのにと思いながら、市販の解熱薬を飲ませて、父が下のリビングから運んでくれた石油ストーブを焚いて部屋を暖めた。

　午後遅くなって、まだ熱が下がりきってないのに起きだした智子が、昨日行けなかったT小学校の避難所と仙台空港へ行ってみるという。ボクらが代わりに行ってくるから寝てなと言っても、自転車で行くと言ってきかないので、父の軽トラでまずは市役所でいろいろ情報収集してからT小へ向かう。自衛隊の車両が行き来するなか、進めるところまで行って、泥道を歩いてたどり着いた先にはおらず、仙台空港もまだ敷地内に入ることができなかった。

　戻り際、智子は吐き気をもよおして、急に停めてくださいというと車から降りて道の端で吐こうとするが、昨日の夜もほとんど食べなかったせいか、何度もえずくだけで、うまく吐くことができない。

　空はこれまでの大惨事を知りもしないような快晴である。

白湯《さゆ》を飲んで少し落ち着いた智子が寝てるあいだ、部屋が地震のあとのまんまなので、少し片づけをすることにした。

「智子いいよ、休んでて」

　言っても聞こえてないふりをして手伝うのをやめない。

「……小さい方の体育館、あそこたぶん遺体安置所になってる」

　聞いて片づけの手が止まった。

「行ってみなくちゃいけないかなあ」

「まだ空港に行ってないんだから」

「うん。でも……」

「行くの？」

「そんなわけないと思うけど、とにかく……」

「いま？　いいよ。ボクも一緒に行ってあげる」

智子の気持ちは分かる。絶対信じたくないけど、言葉にも出したくないけど、もしそこにいるんだとしたら、早く見つけてあげないとかわいそうだ、そう思ってる。ボクらはさっき脱いだ汚れたズボンと服をまた着て、町内会の会合に出かけた父にまたメモを一筆書き残して家を出た。竹駒神社で無事を祈ってから行こうと言い出しかけたが、言えなかった。


遺体安置所に指定された市民体育センターは、古い小規模な体育館で、智子とともに地域のバレーボールクラブに入ってた小学生のとき週二回通っていた場所だった。警察と自衛隊の車両が停車していて、建物わきに大きいテントが張ってある。どうやらここが安置所になっているらしいことはさっき市役所でちらっと聞いたし、このそばの道路を通ったときも認識してはいたが、まさかここに来るようになるとは思ってなかった。思ったらホントになりそうで意識しないようにしてたのかもしれない。

自転車を駐輪場に停めて、建物の正面入口に向かうと智子が足を止めて動かなくなった。肩で息をして過呼吸のようになったので、入口前の低い階段の端に座らせて落ち着くまで寄り添ってあげた。ボクに肩をもたせて、目をつぶってた彼女が、急にビクッとした。

「智子、顔色悪いよ。やっぱ帰ろうか」

「でも、行って確認してこなくちゃ」

「じゃあここにいて。ボクが行ってくるから」

入口ロビー右に身元確認の受付があり、智子のママとおばあちゃんの名前と住んでる地域と、二人の特徴を話すと、聞き取りのメモを取ってくれていたグレーのスーツの男性が、「ちょっとお待ちください」となにかを承知したように椅子を立った。そう言われた瞬間、視界がかすんで周囲の輪郭線がくらりとブレた。受付の男性に連絡を受けた警察官が来て、「どうぞこちらへ」と体育館のなかに案内された。足がすくむ。ボクの体が小刻みに震えていたのは、体育館も寒かったが、それだけのせいじゃなかった。

体育館のなかは、ボクにとっては馴染みの場所であるはずが、重い空気の張りつめた、異質な空間に変わっていた。

入ってすぐの左の壁の隅からすでに白木の棺が四つ並べられていて、3と4の番号の紙が乗せてある棺は隣同士になるよう寄せ合って置かれている。南側面の出入口からは、受付の人と同じスーツを着た葬祭業者とおぼしき人たちが、粛々《しゅくしゅく》と新たな棺を運び入れていた。

津波で亡くなった人たちの遺体がそこらじゅう無造作に置かれているのかと想像していたが、ここはそうではなかった。しかし、遺体安置所は開設されたばかりであり、これは今だけのことかもしれない。建物の内と外にいる人々の失意と焦燥とその顔色には、いやな想像が現実味を帯びる予感をはらんでいる。事実、目の端に映る対角線の向こう側の一帯はざわざわしていて、警察と医療関係者とみられる人たちの行き交う足のあいだから白い肌の色が見えた。あれ人だ、と思った。写真を撮っている様子などから、どうやら検死のようなことが行われていると推察された。

「えー、あなたのご友人のお母さんとおばあさんということでしたね。お母さんの名前は、千葉聡子さんで間違いないですね？　おばあさんの名前は分かりますか？」

「分からないです」

「そうですか。こちらのお棺は女性二人のご遺体ですが、所持品に千葉聡子さんの免許証がありまして、身元が確認されています。お話をうかがった内容からも間違いはないと思われますが、一応、お顔を確認してもらえますか」

「……あ、はい」

警察官は太い指で棺の小窓を開けた。心臓がトクンと強く胸の内部を打った。棺の中に納められた遺体は襟元まで白布に被われている。

智子のママがそこにいた。目をつむって口を少しだけ開けて、顔色は青白くくすんでいたけど、ただ眠っているだけのようで、眉の濃い、普段とほとんど変わらない顔だった。声をかけることも、両手を合わせるのも忘れて、ボクは膝をついてただ見ていた。

隣の棺のおばあちゃんは、傷《いた》んだところは目に付かなかったが、パーマをかけていた髪が額にはりついたようになっていて、顔も浅黒く膨らんでいるようで、元の顔がよく思いだせなかった。

「ご遺体があった場所は、貞山堀《ていざんぼり》に架かる二ノ倉橋のたもとで、二人一緒に車中で、今朝の七時四十分ちょうどに、陸上自衛隊により発見されました。車種は白のスズキワゴンR。二ノ倉ではもっとも早い段階で見つかったほうで、検視・検案をおこなったものが、泥の汚れもあまりなかったと申しておりました。それと、火葬の件なんですが、市の火葬場も停電などにより現在のところいつ稼働できるか分からない状態です。しかしながら身元を確認できた方から順次、火葬の手続きに移ってもらうことになっていますので」

「はい。じゃあ……外に、友達が……聡子さんの娘さんがいるので、連れて、きます……」

どうしよう。智子にどう伝えよう？　遺体を見たあとでもまるで現実感がない。行きかけて、引き返して、トイレの手洗い場の蛇口を震える手でひねったが、水はでない。

ロビーの自販機の横に立って所在なく逡巡《しゅんじゅん》したあと、外に座っている智子の背後に無言でそっと近づいた。彼女は膝のあいだに顔を突っ伏してじっとしたままだ。

ガラス張りの壁に右肩をもたせて、ボクはなにも言えずただ黙って突っ立っていた。

建物のなかよりも外の方が暖かい気がする。警察の人に智子を連れてくるって言っちゃったけど、どうしたらいいか分からない。いたたまれず、息をするのも苦しくて、いっそその場からいなくなってしまいたかった。竹駒さんが近くにあるのに、なんであのときお参りしてから行こうって言わなかったんだ。そしたらこんなことにはならなかった別バージョンの世界になってたかもしれないのに、などと幼稚な考えだけど、そんな後悔が頭のなかに浮かんでいた。

西日が眩《まぶ》しかった。薄目を開けた瞳の内に魚鱗のような光のにじむのをとどめて、ぼっとしていた。すると、男の人の声に呼ばれ、智子がふと顔をあげた。水色の作業服の上にジャケットを着て、歩いてこちらに近寄って来たのは、智子のパパだった。

「遅いよお。全然連絡つかないし、なにしてたのよ」とベソをかき、智子は父親に抱きついて泣きだした。

「あっちの体育館で伝言板見てな、ちょうど香ちゃんの家に行こうとして車でそこ通りかかったら二人の姿見かけたけえ……ママたちは？」

「どこ行ったか分かんないの。探したけどいないの」

「なんじゃ、みんなで香ちゃんの家におると思うとった……ここんなかは見たんか？」

「まだ。ずっと待ってたのにパパなかなか来ないんだもん」

「工場もすぐに帰ってくることできんでの。高速は通行止めじゃし、原発の事故であっちこっち交通規制かかっとって、福島の内陸をぐるっと迂回してやっと着いたんじゃ」

「原発ってなによお」

「福島の原発事故知らんか？　ラジオ聴いとらんかったか」

「聴いてたけどなんのことだかよく分かんない」
「まさかここにはおらんじゃろが、一応、パパ行ってくるけえ、ここで待っときんさい」
そう言われたけど智子は袖で涙を拭きつつ、父親の後ろをついて行った。彼女は安置所のなかから戻ってきたボクにはなにも聞かず、ガラス扉のむこうへ後ろ姿の陰影を残して、やがてその先の体育館入口へと消えていった。こんなとき、ボクはどうするべきなんだろう。どうするのが智子のためによいのだろう。いすくまって、地面にさした棒のように立っていたボクは、その場から離れた。ボクだけこのまま家族のもとに帰るのがすまない気がして、家とは逆の方向に自転車を走らせた。

道が泥をはねるようになってしばらくして二ノ倉橋の前に着いた。少しく目が眩《くら》んだ。橋を渡ってすぐの少し離れた農地に、瓦礫にまぎれた自動車を数台見つけた。どれもタイヤを水に沈めて、側面が歪んでいたり、車体が潰れていたりする。足もとには大きめの魚がかわいて死んでいた。

この先は、これまで見てきた情景の比ではない。流された家々がぶつかり、重なり合ってせり上がり、一階部分の柱だけを残して瓦礫に埋もれているような家や倒壊した建物が見える限り続く。横倒しになった小型船舶の赤い船底越しに遠目にのぞけるお寺は、お堂の壁の四方に穴があき、周囲の墓石もバラバラに倒れて水に浸かっていた。

道沿いの大きな日本家屋には、様々な生活用品や折り重なる多量の木材、ゴミと倒木がうず高く寄せ集まってからみつき、家の壁がなくなって松の大木が貫通している。コンクリートの塀は鉄筋が剝き出しになっていて、見上げると二階屋の外に垂れ下がったレースカーテンが海風にそよぎ、白壁についている乾いた泥が、屋根に届きそうな位置にまっすぐな線を引いていた。ここが海の底になってたってこと？　ここは智子が家族と普通に生活をしていた場所なんだよ？　ボクもつい最近まで遊びに来ていたのに。どうして。こんなの、酷すぎるよ。

少し手前に自衛隊の車両が見えていた。若い自衛隊員が駆け足で近づいてきて、ここに来るのはいけなかったのかなと思ったが、逃げるのも変なのでその場で声をかけられるのを待った。

「身内の方か誰かを探しに来られたんですか」と眉根を寄せてそう聞いてきた隊員の顔には、眉にまで泥がついて固まっていて、ヘルメットとマスクのあいだからのぞかれる彼の表情をいっそう険しいものにしていた。

とりあえずボクは、こくんとほんの小さくうなずいた。

「ここから先は地盤沈下していてまだ水が引いていません。瓦礫も片付いていない状態で危険なので戻ってください。いま我々が懸命に捜索していますので。必ず探しますので」

引き返す自転車もスニーカーもズボンの裾も泥だらけだった。途中で自転車から降りて歩いた。今頃になって急に涙がはらはら溢れてきて、顔がくしゃくしゃになって両目を片手で覆った。なんでなんだ？　なんで智子のママとおばあちゃんなんだ？　あんな善良な人たちが。あんな幸福そうだった人たちが。二人はどんな気持ちで亡くなっていったんだろう。怖かったろうな。家族に会いたかったろうな。智子は今どうしているだろう。つらいだろうな。泣いてるだろうな。

ふと、津波で冠水した田園を見はらすと、一面湖のようで、夕日に映える水面は濃い橙《だいだい》に桃色が融《と》けたように輝いていて、思わず目をとらわれて涙が引いた。微風がつくるさざ波が、重なった彩色の層となってゆらめき漂っている。まばたきを忘れるほど美しいけど白々しい。なにかになぶられているかのようで、奥歯を強く噛みしめていたボクは、溜息をひとつもらして、鼻をすすりながら、またとぼとぼ歩きだした。

十一

震災の日から四日が経った。市街の様子は駅前さえほとんど人が出歩いてなくて、静けさがかえって不穏で落ち着かなくさせる。そのあいだ、母は連日病院勤務で、父は、市場が地震の被害を受けたにもかかわらずストップせずに開いていたので、青果物だけでなく菓子類にカップ麺、飲料水、またどうやって仕入れてきたのか、乾電池やろうそく、トイレットペーパーなどの日用品まで店内に並べて、近くの大型スーパーやコンビニが臨時休業するなか、こういうときは個人商店は強いぞと張りきって休まずに営業をした。深刻なガソリン不足が続いていたなか、中央卸売市場内にはガソリンスタンドがあり、登録業者はガス欠のおそれのある配送車に限り、適量の給油をしてもらえるのだという。開店すると毎日陳列棚がすぐ空になるような状態で、慣れないけどボクも店を手伝わされるはめになった。特に手伝い初日は商品の値段も把握してなくて、いちいち料金表のメモを見て電卓で会計するからテンパっちゃってヘトヘトにさせられた。

また、福島第一原子力発電所の事故は、一号機に次いで三号機が爆発したというニュースで、両親をすごく動揺させた。母は、本当に大丈夫なのかしらと何度も言って、放射能は若い人ほど影響が強いから、なるべく外へ出ないで、特に雨には当たらないようにしなさいと、うるさいくらい注意された。

この日の夜になって、智子のパパが訪ねて来た。震災当夜から娘がお世話になりましてと、お礼を言いに来たのと、家族の火葬が済んだことを伝えに来たのだった。同じような境遇に遭った人に比べれば、遺体を早く見つけてもらえて火葬も行うことができたのがせめてもの慰めだと、うつろだがむしろこちらを気づかうような口調でそう言っていた。

パパさんの背中のかげに智子がいた。メガネをかけていた。これまで、ふたき旅館という避難所に指定された旅館の方に身を寄せていたのだという。そこも避難所になっているとは知らなかった。智子を探してビックアリーナや公民館やグリーンピアなどに行ってみたのにいなかったわけだ。

明日、パパさんの実家がある広島の福山市に帰って、むこうで葬儀をするのだという。親子は家のなかに入るのを遠慮して、玄関先で帰って行った。ボクは憔悴《しょうすい》した彼女の姿を前にかける言葉もなくただただ泣くしかできなかった。

そののち、携帯電話もアンテナの表示が圏外からときどき一二本立つようになって、それを見計らって智子に電話したがまだつながらず、それでもメールは何度か試せば送れるようになった。ボクのところにもいろんな人からメールが届いた。知り合いはみんな無事のようで安心したが、智子からは、無題で〈心配しないで。落ち着いたら私の方から連絡するから〉とだけあった。

ライフラインは岩沼市も地域ごとにしだいに復旧してきた。ただし、沿岸部ではまだまだ見通しのつかない状況が続いている。

ボクの家では電気に次いで、三月二十日になってやっと水が出るようになり、震災以降九日ぶりにお風呂に入ることができた。お風呂好きのボクにとってこんなに長い期間入らなかったのは初めてだ。自主トレは欠かさなかったから汗はかくし、髪もジトジトしたけどそれほど気にならなくなってて、慣れると入らなくても案外平気でいられるものだなと思ったが、やっぱりその日のお風呂は格別に爽快だった。もう給水車に並ばなくていいし、溜まった洗濯物も一気に洗えて、母も何回も言ってたように、日常のありがたさをつくづく感じさせられた。

ところが、店の手伝いも慣れてきたなと思った矢先、メインの青果物の売れ行きがぱたりと鈍ってきた。近くの大型スーパーが営業を再開し始めたこともあったが、それよりも福島の原発事故による風評被害が、隣県産の生鮮食料品へも及んでいるとのかすかな懸念も耳にする。

そのころは原発事故に関する情報について、政府や東京電力の発表もマスコミの報道にも、みな疑心暗鬼になっていたように思う。ボクの携帯のメールにも、メルトダウンとか、セシウムが、ヨウ素がどうのとか耳慣れない言葉とともに、母に注意されたのと似たような放射能汚染についての定かでない情報がクラスメートから回ってきて、どうしたものか困惑させられた。

子を持つ親はなおさら神経質にならざるを得なくて、地図で調べたらいままで存在も意識してなかった福島第一原発が思いのほか近かったのを知って、もし移住することになったら母方の親戚を頼って八戸に行こうかと家族で話し合ったりもした。それに加えて、大口の得意先で、支店をいくつか持つレストランが大きな被害を受けていて、その他数件の取引先もいつ再開できるか分からない状態にあり、父は眉根を寄せて、「まいったなや、まいったなや」を口癖のように繰り返し、目に見えて日毎苛立ちを募らせていた。


震災後の見えない不安感が、うちの家計にも暗い影を落としているなか、四月に入り庭のモクレンものどかに咲き始めて、新学期が始まった。

始業式では校長先生が、本校には震災で命を落とした生徒はいないものの、身内の人を亡くしたり、家が被災した人が数名いるということをお話しされた。智子の他にもそういう生徒がいたんだ……

智子は始業式にもオリエンテーションにも出席していなかった。

バレー部では、待望のマネージャーを含む新入部員八名が加わり、ボクがキャプテンの新体制となってスタートを切った。

副キャプテンの麻美が髪を伸ばしかけていたのを、さっそくコーチに見とがめられて、みんなの前で注意を受ける。麻美は、震災で行きつけの美容室がずっと休業になっていて、試合前には切りますからと言い訳したが、どこでもいいからさっさと切ってこいとコーチに被シャットされた。

部活は、震災の影響で学校が始まるまで再開できなかったので、初日は縄跳びやダッシュ等の基礎トレーニングから始まった。

六キロの持久走では、家で自主トレをしてた者とそうでない者の差が明らかになった。

スタミナはトレーニングを怠《おこた》るとすぐ落ちる。ボクはコースをずっと一番で独走して、学校の近くまで来ると、ふと足の運びが鈍った。またた。自主トレで自宅から朝日山公園へ走り込みをしていたときもそうだった。激しい運動をしていると、ときどき頭のなかに、遺体安置所で見た智子のママの顔が浮かんでくる。死んでる人の顔とは思えないくらいきれいな顔だったけど、やはりそこには厳然とした〝死〟が確かにあった。ただそれはママさんの若々しい顔には、見覚えのない記号のようで、符合しない生と死が、どちらもそらごとのように感じて混乱した。人間はなぜ死ぬんだろう。なぜ生きる。どうせ死ぬまでのことなのに。

汗をかいて息をきらせて苦しさに耐えて運動しているときほど、突然あの死顔の残像が浮かんできて、〝あの人は死んでるボクは生きてる〟と、くり返される想念のようものをかき消すことができなくて、体を動かしていられなくなる。そして、時々のうちの時々、涙がでてくる。

人の死に出会ったのは初めてじゃない。祖母が死んだとき、涙の奥で、ばあちゃんの顔をしっかりと見てお別れをした。そのときにはこんなようにはならなかったのに。

後続の部員は不思議そうにボクを横目に追い抜いていく。

地上はそんなに強い風じゃないのに、雲の動きは速くて、厚い綿菓子みたいなかたまりもすぐに形を崩し、流れて溶け去ってしまう。

「どうした？　どっか痛くした？」と麻美が心配してボクに並んで歩いた。

「いや、ちょっと。なんかちょっとね。平気だから先行ってて」

「なんで泣いてんの？」

「泣いてないよ。あれ、あのー、花粉症」

「香って花粉症だったっけ？　目ぇいづいの？　体のわりにデリケートなのな。でもそれぐらいで足止めんなよ、キャプテンくん」

なんだかあいつ、このごろゴリ美に似てきたな。

ボクはまた気を取り直して走り始めた。そうだ、ボクはこれでもキャプテンなんだ。こんなことじゃダメだ。やらなきゃ。頑張らなきゃ。

十二

震災で住宅の被害が甚大な被災者のための仮設住宅が市内に数ヵ所建設され、智子ら親子も、ビッグアリーナにほど近い区画の一戸に入居した。

ある日の午後に、両親と一緒に訪問させてもらって、智子のママとおばあちゃんの仏前にお花とお線香をあげさせてもらった。二人の遺影の他に、家族の写真がいっぱい飾られてある。もうとっくに制服も夏服に衣替えになっているというのに、智子はまだ広島の親戚の家にいて、帰って来ていない。むこうでは家事を手伝ったりして元気でいるという。ただこっちへ来るとママたちのことをより思いだしてつらいだろうと推しはかって、パパさんとしては、娘の気持ちの整理がつくまで、もう少し時間をかけてあげてもいいと思っていると話していた。

学校でボクは、校庭を眺めているか、机に突っ伏していることが多くなった。ため息も多く、体がだるくて仕方ない。部活では、集中力が持続しなくてミスばかりして、練習にまるで身が入ってない、声が出てないとコーチに何度も注意され、「帰れ、ふぬけ!」とついに怒鳴られてコートの外れに立たされたときには泣きそうになって唇を噛んだ。分かってるけど踏ん張れない。自分の体が自分のじゃないようで、なぜか思うように動かない。それでも声出しとモッパーやって反省アピールするけど、監督も機嫌悪いわコーチにはガン無視されるわでますますしんどくなる。

家では自主トレもせずに食べてばかりいるから、ここ二ヵ月で体重が二キロ弱も増えてしまった。去年骨折したときでさえこんなに増えなかったのに。おでこには目立つニキビができて、前髪をひっぱって隠した。

この間、高校総体の県大会ではなんとか準決勝まで進めたが、R高にストレートで敗退。消極的なプレーとミスばかりの不甲斐ない内容で、悔しささえわいてこなかった。

ボクがキャプテンになってから、明らかにチームの志気が下がってる。大会中ずっと精彩を欠いたボクのプレーをみんな不審がっていた。スランプだと思われて、逆に励ましてくれるチームメイトに対してすまなくて、自分が情けなかった。

他の運動部の三年生が夏の大会で最後になるなか、十一月に予定されている春高県大会に今年もシード校となる女子バレー部では、その大会にむけて部活を継続するかどうかの選択をすることになる。スポーツ推薦で入っているボクと奈央はかねてから継続が決まっているが、前々から続ける意向を示していた麻美と、意志を保留していたリベロの夏美も加わり、レギュラーメンバー四人が部に残ることになった。

部活を続けることにはなったが、つらい。バレーが大好きであんなに楽しかったのに。部屋にあるマイボールはいじられることなく机の下の片隅に置きっぱなし。なぜかやたらと眠くて、何をしても物憂い。そのうち顔を洗うのも億劫《おっくう》になった。

朝練もなんやかやと理由をつけて休みがちになり、放課後の部活の時間が近づくと、キャプテンどころか一プレーヤーとしての自信もなくて、行くのが毎日怖くなった。練習内容もルーティンワークのように曜日ごとのメニューをこなしているだけで、終りの時間ばかり気にしてる。チームメイトの顔もよく見ていない。最近は手帳もろくにつけてない。どうしちゃったんだろう。全国行くんじゃやなかったの？　ゴリ美を悔しがらせるんじゃなかったの？　怠け？　嫌気？　飽きたの？　それとも臆したの？　部活行きたくないなあという日はこれまでにもあったけど、そういうのとは違うなにか根本のところで心にブレーキがかかってる感じ……急にバレーボールというスポーツに、意欲をなくしたというか、魅力を感じなくなったというか……こんなこと少し前までなら思いもよらないことだ。こんな気持ちになるなんて、ボクはもうダメなんじゃなかろうか。もう、やめちゃおうかな……

熱もないのに体がだるくて、二日続けて学校を休んでしまった日、気のむくままに外出もかねてシンちゃん先生の所へ鍼を受けに行った。会うなり、「おまえ太ったろ」と言葉の鍼でチクリとやられた。

ボクは、智子のママとおばあちゃんが津波で亡くなったことを告げた。

「そうだってなあ……」

「知ってたの？」

「智子ちゃんから連絡あってな。実は、おばあちゃんの腰が悪いから往診にきて診てやってほしいって言われてたんだよ。その矢先に、そんなことになってしまってなあ」

ボクはこれまで智子のママたちの遺体を見たことを誰にも言ってなかった。それ以来の名状しがたい心情は、母にもなにか言いにくくて、この際シンちゃんに話してみようと思った。ボクのたどたどしい話を、適当にあしらったり変に諭すようなこともしないで、ちゃんと聞いてくれたので、少しだけすっきりした気がした。

それは誰のせいでもない、もちろん智子のママのせいでもない、心が衝撃を受けたり、動揺したりすれば、体にも影響があるのは当たり前のことだとシンちゃん先生は説明して、座ってるボクのアキレス腱を検査用の器具でトンと叩いた。

「東洋医学では、病気や体に変調をきたす原因を、内因《ないいん》、外因《がいいん》、不内外因《ふないがいいん》といってね、なかでも内因というのは七情《しちじょう》、つまり怒喜思憂悲恐驚の感情によって気を乱すことで病気を引き起こすと考えられていて、心と体がつながっているというのは大昔から認識されていたんだよ。テレビで繰り返しやってる津波の映像とか見て手が震えたり、動悸や呼吸が激しくなったりはする？」

「そこまではないけど、見るといろいろいやな想像しちゃうから、なるたけ見ないようにしてる」

「バイタルもアキレス腱反射も正常、問診の結果でみたところ甲状腺機能の低下でもないようだし、おまえの場合は、そもそも思い煩《わずら》いやすい心の体質が素地にあって、今回みたいな症状がでたんじゃないかと思う。学校にスクールカウンセラーがいるなら、その人にも相談してみるといい」

「保健室の先生がそれだと思う。でも話したところでなにしてくれるんだろう？」

「おまえって、考えすぎて行動が先送りになるタイプな。まず行ってみなよ。きっと似たような事情で思い悩んでる子も少なからずいると思うぞ」

「分かったけど、なんかムカつく。人の性格、勝手に判断しないで」

「はいはい、すいやせん、お嬢様。でもだんだんいつものおまえに戻ってきたじゃんか。そういえば海斗がねえ、おまえに会いたいみたいで、香って今度いつ来んのかなーって俺に聞こえよがしに言ってくんのよ」

「あの子きらい。ボクがいつ来るとか言わないでよね」

背中に触ったシンちゃんの手がすごく温かい。ボクが鼻をぐずぐずさせたので、かたわらにティッシュを置いてくれた。それからはほとんどしゃべらず淡々と手際よく鍼を打って、治療を進められているうちにうとうとして、そのまま寝込んでしまった。

次の日、一時限目の授業が終わってから保健の野澤悦子先生と面談した。野澤先生は被災した生徒たちのカウンセリングをずっと続けていて、なかには友達を亡くしたショックで、智子のように不登校になってしまった生徒もいるんだそうだ。もっと早く相談してくれればよかったのにと、先生に言われた。そして、ボクはバレー部をしばらく休部することにした。

監督の川嶋先生には、退部届を用意して行ったのだったが、

「保健の先生から話は聞いてるよ。ずいぶん無理してたんだってな。気づいてやれなくてすまんな。思いつめて退部届書いてきたのか。おまえの言うとおりケジメも大事だが、そう硬く考えないでもいいんじゃないか。心が疲れたんなら休んでいいんだよ。それにおまえはスポーツ推薦で入ってるべ。退部という形をとるのは問題がありそうだから、休部っていうことにしたらどうだ。そこでなんて理由つけるかだが」

「とりあえず同じ学年の部員たちに正直に説明してみようと思います。うまく言えるか分からないですけど」

「説明なんてすることないさ。おまえキャプテンだからな。精神的に調子崩してるところをチームメ

イトにあえて見せる必要はない。復帰したあと変に気をつかわせたらよくないだろ。こういうのどうだ。おまえこないだの中間テスト相当悪かったろ」

「はあ」返事しながらボクは苦笑いをして、「ほとんどの教科ギリギリでした。でも赤点は先生の古文だけでしたよ」

「そこで、学業成績不振のため、俺が一ヵ月間の部活出入り禁止を言い渡す。ほかの部員も成績悪いの多いから、ちょうどいい戒めにもなるし、ウソも方便だ。そのかわり学校には休まず必ず来ること」

「いいんでしょうか……」

「いいんだ。なんでも正直であればいいってもんじゃないんだから。あながちウソでもないしな。おまえもう少し勉強にも力入れろよ」

「はい。すみません」

「コーチと部員には俺から伝えておくから。おまえはしばらく部活離れてみろ。そんでまた戻ってこい。実は、野澤先生に怒られたんだ。うわべは元気なようだからといって、このままやらせてたらそのうち彼女の心が壊れてしまう、俺のような古い教師が思ってるより問題は切実なんだ、監督不行き届きだって。俺が学生だったころは、悩み事でも失恋でも、スポーツさえしてればじきに治るって言われたもんだけどなあ、時代が違うんだな」

「失恋ではないですよ」

「そういやおまえ、俺の科目だけ赤点だったのか、このやろ」

川嶋監督が、こんなに話の分かる人だったとは思わなかった。考えてみれば、この御仁にはたびたび助けてもらってる。

その放課後、すぐに部員たちがボクに事情を聞きにやって来て、監督に抗議に行った者もいて、あとで監督から、「キャプテン想いの部員たちから突き上げ食ったぞ。もっとも勉強両立させないとおまえらも容赦しねえぞって脅かしてやったがな」と聞かされて、すごく心苦しかった。頼りないキャプテンでみんなごめんと心のなかであやまるしかなかった。

両親にも同じ理由で休部させられたと話した。心配かけたくないからそう言ったのに、もともと成績が悪かったのを普通に怒られた。

学校から早く帰っても、いまさら勉強といっても何から手をつけていいか分からないし、部屋でゴロゴロしている日が一週間ほど続くと、これじゃダメだと思うようになってきて、本を読んでみるのはどうかと考えた。家にはバレーの本と漫画ばかりなので、翌日の放課後、いままで利用したことのない図書室をうろついてみた。

文庫本の本棚に『三人姉妹』の文字が目についた。去年、智子に誘ってもらったチェーホフの戯曲だ。舞台の内容を覚えてないからどういう物語だったのか読んでみようかと、カバーが色あせたその本を試しに借りてみた。

とにかくこれを一冊読みきってみようと決めて、二日かかって読み終えた。『三人姉妹』はやっぱりよく分からない。でも、なんとなく高尚なものを読んでいる気がした。併録されている『桜の園』の方が、面白いと感じるまではいかないが、没落してゆく貴族の話ということは理解できた。

ともかくも、初めて自分の意思で活字の本を一冊読みきったことで、自分にも本が読めるもんなんだと新しい出来事を発見したような気がしてうれしくなった。そのことを野澤先生に話したら、それだったらと言って、かねてからつながりのあることを聞いていた演劇部にお邪魔してみてはどうかと提案され、行動の早い先生に後押しされて、演劇部にまたちょっとだけ加わらせてもらうことになった。

今年の演劇部は三年生が智子以外進学の準備のため引退し、半村くんという男子部員も退部したうえ新入部員も少なくて、部員数が七名、それも女子のみとなり、二年生はアズちゃんやバンビちゃんをはじめみんな知り合いなので、智子が不在でも快く歓迎してくれた。

野澤先生に話を聞いてか、川名先生が『桜の園』の解説をしてくれた。『桜の園』は、チェーホフの生前最後の作品で、日本の近代演劇の黎明《れいめい》期にとって重要な演劇のひとつなのだそうで、当時のロシアの時代背景やチェーホフの人物像、それに日本の演劇の歴史についても、普段より少しだけあらたまった語調で話をしてくれた。

大正時代の関東大震災後に作られた築地小劇場で、ラネーフスカヤ役を演じた東山千栄子という女優の当たり役だったとか。小説家の太宰治もこの作品に影響を受けて『斜陽』を書いたという。座学でこういう話を聞くのも新鮮で楽しい。そうだよな。どんなジャンルの文化でもスポーツでも、それぞれ歴史というものがあって、こうして誰かに教えてもらうか、興味を持つきっかけがないと、それに関わっていながらなにも知らずに過ごしてしまいがちだよな。

ボクもバレーボールの歴史について、ほとんど考えたことがなかった。昔とはルールもずいぶん変わっているし、技術がどう進化しているか、今活躍している国内外のプロ選手だけでなく過去にはどんな選手がいたのか、そういうことも学んでおくべきだな。川名先生は、物事の歴史を学ぶというのは、それを知るための最初の作法みたいなものだと教えてくれた。

演劇部でのことを智子にメールで伝えたのだが、翌日になっても返事はこなかった。こうなると電話もかけづらい。ちょっと前には、あんまり連絡がないので、〈そっち行こうか？〉と打ったら三日後になってようやく、〈こないでいい〉って返ってきた。震災以降、広島に行った彼女とのあいだに目に見えない壁のようなものができたような気がした。川名先生や部の仲間たちも心配してるっていうのに。

「あの、佐藤さん」

放課後の外は急な大雨で、不興げに廊下を歩いていたところ、突然他のクラスの男子に名前を呼ばれた。

「え？」

「佐藤さんって部活やめたんすか？」

「このごろ部活でてないようだから。もしかして、またケガ？」

「いえ、ちょっと、いろいろあって、いま休んでます」

「ケガじゃないんすね？　ならよかった。バレー部はまだ部活続けられるんすもんね。俺たちはインハイ予選で終わったんすけど、時々後輩の練習に付き合ってるんすよ」

「はあ」

「これから帰るんすか？」

「まだ帰らないです。今から寄るところがあって」

「体育館？」

「体育館じゃないですけど、ちょっと」

「……すごい雨っすね」

「そうですね」

「あの、じゃあ、頑張ってね」

「どうも……」

行っちゃった。なに？　なに？　初めて話した。同学年のバスケ部の人で顔は前から知ってる。あの人ちょっとカッコイイよね、と麻美が一時期噂してたこともある。せっかちなのかな。ボクを気にかけてくれたのはうれしいけど、名前言ってくれてないよ。


七月の最初の土曜日、その日もシンちゃん先生の鍼灸を受けて、夕方遅く帰ってきたら、玄関にピンクのキャリーバッグが置いてあって、え？　と思ったら、やっぱり姉の徳子だった。居間で父とお酒を飲んでた。日本酒を升で飲んでるし。意外にも二人ともわだかまりなくパアパアしゃべっていた。髪型をベリーショートの金髪にしていたのにも驚いた。

「よお香ぃ。なにあんた？」

「なにあんたって、それこっちのセリフだよ。なに急に」

「しっかし背ぇまた伸びたなー。何年ぶりだ？」

「こっちが聞きたいよ。なんで――」

姉はぴっと手を立てて、「みなまで言うな！　自分でも似合うなんて思ってないから」と言葉をさえぎった。

「髪型のことじゃなくて。なんで急に帰って来たの？」

「自分の家だもんよ。ね、お父さん」

「金ねぐなったがら来たんだべ」

「そういうこと言・わ・な・い・の。実は劇団のボランティアで被災地に行ってきたんだ。気仙沼と南三陸町から始まって次に石巻、そこから南下して今日が亘理と山元町で最終日。みんなは東京帰ったけど、アタシはやっぱここまで来たら実家に顔ださないわけにはいかないからさ。震災でどうしてるか気になってたし」

「ボランティアって、泥のかきだしとか？」

「いやいや、避難所の子供たちに人形劇やってただけ」

ほら、と差し出したスマートフォンの画像には、小さい男の子を抱っこしてる姉がにっこり笑って写っていた。姉は子供嫌いじゃなかったのかな。心変わりのわけは、もしかして結婚のあてでもあったりして。聞いてみようか。いやよそう、きっと余計なお世話だ。

「劇団員みんな自腹だからお金だいぶなくなっちゃったよ。というわけでしばらく家に厄介《やっかい》になるから」

「ふうん」

「なあ、お姉ちゃんに会えてうれしい？」

「べつに」

「でも、ほんのちょっとくらいはうれしい？」

「まあ、ほんのちょっとくらいはね」

「ほんのちょっとくらいかよ。ちぇ。まあいいや。あんたもこっちきて飲みな」

「バガこのぉ。香まだ高校生だど」

「アタシは高校生のときもう友達と飲んでたよ」

「おめえみでえな野良娘ど違うべ。香は真面目なんだがら」

「わー娘差別だ。昔っからそう。この子ばっか贔屓していいもの食べさせてるから姉妹なのにこんなに栄養の差がでてる」

「ほいづは自分のせいだべっちゃ。子供んころがら好き嫌いばりする、中学校でタバコは吸う、夜更かしはする、友達の家さ行ったっきり二日も三日も帰ってこねえ」

「はいはい、箱入り娘の方を大事に大事にしてせいぜい親孝行してもらいなさいよ。箱に入りきるか分かんないけど」

「言われねくてもそうすっちゃ、なあ香。香はお父さんの生ぎがいなんだがんな」

うへえ。気持ちの悪いこと聞いた。普段ならそんなことお酒飲んだって言わない人なのに、よっぽど酔ってるな。

「先のことなんて分からないよ。ボクだって家出るかもしれないし」

「へへー、振られてやんの。そうだそうだ。先のことなんて分からねえ。明日交通事故で死ぬかも知んないし地震で死ぬかもしんないし」

「なにこのぉ。徳子、おめえ香に変な事吹き込んだり焚きつけだりすんでねえど」

ボクが部屋に行こうとしたら、「相原酒屋さ行ってビール買ってきてけろ。モルツな」と父に折り目がよれよれの五千円札を渡された。

酒屋のおばさんおしゃべりだから、店にでてるのおじさんだといいんだけどな。あ、その前にちょっと足をのばして、つる屋のタコ焼き買って来よう。あそこのタコ焼きはネギと紅ショウガがいっぱい入っててうまい。姉も大好きだったから、懐かしがってきっとよろこぶぞ。そう思ってわざわざつる屋まで行ったのに、もう閉店してしまっていて、帰ったら姉に、「ビール買うのにドイツまで行ったのかと思った」と言われた。

なんか分かったわ。こういう物言い、智子に影響与えたのたぶん姉だわ。

近ごろは本を読むことが日課になっていて、その日の夜もベッドに寝そべって日本史Bの教科書を読んでいた。なんでもいいから本が無性に読みたくて、日本史を詳しく読んでみることにして、中世の源平争乱の時代から鎌倉幕府の台頭にさしかかるところまで読み進めていた。もっとも授業ではとっくに終わっているところで、教員が長々と板書したのをノートに書き写すだけのつまらない授業だったけど、比較的テストの点数はよかったのに復習をまったくしてないから、暗記したはずの要点がほとんど記憶に入ってない。

日本史に限らず教科全体の学習の遅れを自覚すると血の気が引くような心持ちがした。学力での進学はとうてい無理だ。といって部活の成績も中途半端だし、これはけっこうヤバめな状況かも。そんな目をそらしたくなる事実が頭をかすめると読むのに集中できなくなってきて、仰向けになって開いたページを顔にかぶせてやるかたない思いに沈んでいると、ノックもせずに姉が入ってきて、上から教科書をぱっと取り上げられた。

「へえー、あんたも一応勉強らしきことするんだ。日本史って選択科目だろ？　でもやけに教科書きれいだな」

「いいでしょ、返して」

返してくれずに遠くに置かれて、ベッドに飛び込んできて抱きつかれた。香水の匂い、それにお酒くさい。ご飯のときもビール飲んでたし、どんだけ飲んだんだか、この酔っぱらい女は。

「おいこら妹。お姉ちゃんと遊ばないのかい？　遊ぼうって言っても遊ばないのかい？」

「んぅーん、もう、暑苦しいなあ。なにして遊ぶのよお」

「そうだなー、オセロは」

「オセロ、隣の部屋の押し入れにあると思うけど探すの大変」

「じゃあリバーシ」

「同じでしょうが」

「いいえ、もにょもにょ。へへへへ」

「意味分かんない。なに一人で笑ってんの。隣の部屋に布団敷いてもらったんでしょ。あっち行って寝なよ、トッコ」

「トッコだとぉ」くすぐられて、突き離そうとしてもしつこい。こちょこちょされて手首をつかんだ。

「離せ。痛えだろ。やんのか」

「やんないから。すっかけてこないで、あっち行ってよ」

今度はお腹をぐいぐい押し蹴られて、「あんたが、あっち、行け、大女」結局ベッドを占領された。

ボクは、「バカ姉」と捨てゼリフを吐いて、隣の部屋で寝ることになった。

午前中にのそのそ起きると、すでに姉は居間のソファーに座ってテレビを見ていた。

「よお、おはよ。なんか食べる？」

ボクは首を振って、台所で牛乳を一杯だけ飲んで、日焼け止めを塗ってから走りに行く支度をした。

さっきから「ヒマだなー」とつぶやいていた姉が、ジャージ姿で出ようとするボクに体を向けた。

「どこ行くの？」

「朝日山公園までジョギング」

「待って。アタシも行く」

日差しは翳《かげ》っていたが気温は高く、時折の風が心地いい。

最初は姉としゃべりながらゆっくり走り始めたけど、徐々にスピードを上げてって、振り切ってやろうと思ったがなかなか距離が開かない。公園までぴたりとついてこられた。ショックだった。

「さすがに速いな。追い越せなかったわ」

いや、あんた充分速いよ。昨日あんだけ飲んでたのに。

体力がかなり落ちてる。脚が重い。公園の水道の水を少し飲んでから、園内をぐるりと囲む外周コースをむきになって走って、二周目に、歩いている姉に追いついてやった。抜かそうとしたら筋肉質な両腕にガバッと捕まえられた。

「なにすんのよお！　危ないじゃない！」

「展望台にのぼろう」

「あそこ大して見晴らしよくないよ」

「いいだろ、お姉ちゃんが行こうって言ってんだから」

展望台とはいえ、その小高い丘から見える景色は、うっそうとした木々にもさえぎられて、住宅街の屋根屋根に点在するビニールシートの青のほか、竹駒神社の赤い大鳥居と製紙工場の煙突くらいしか目立ったものはない。

「まあ、そこそこいい町だよな」

あの姉がそんなことを言うのは珍しい。昔は、こんなクソしょぼいド田舎絶対出て行くとか、そんなことばかり言って親としょっちゅうケンカしてたのに。こうした変化に、姉と離れていた年月を思った。

「お姉ちゃんはこの先ずっと女優業やってくの？」

「ん？　アタシも先のことは考えないわけじゃないけど、まあ、やれなくなるまで続けるしかないよな。だって、ほかにやりたいことなんてないもん。あんたこそどうすんの。進路決めなきゃなんない時期だろ」

「うん、そうなんだけどさ……。ねえ、お姉ちゃん、あのさあ、人間はなぜ生きるんだと思う？」

「ほお、あんた知ってんのか。アタシにも教えてくれろ」

「お姉ちゃんに聞いてんだよ」

「なんだよ、わが妹が世紀の大発見をしたのかと思っちゃったじゃんか。……人間はというか、自分はってことだべ？　そんなの自分で決めるよかないんじゃないの？」

「決めたとしてその通りになる？」

「さあね。それは自分次第でしょ。アタシはあんたじゃないから知らない」

この公園は桜の季節には賑《にぎ》やかで、ばあちゃんがいたときには毎年家族で花見に来たものだった。姉は同行したことなかったが。

園内の池のほとりの遊歩道で姉がボクシングを教えてやるという。ちょうどこのあたりにシートを敷いて花見をしたことがあるっけ。

「お姉ちゃんのマネして構えて。軽くアゴ引いて、肩の力抜く。はい、ジャブ、ジャブ、ワン・ツー。パンチ打つとき引くな、構えたその位置から。もっと脇しめて、ガード立てる、前腕をまっすぐ。はい、ジャブ、ジャブ、ジャブ――」

「ねえ、これってボクはなにをやらされてんの？」

「フッ、なにってボクシングだろうがよ」

「半笑いで言ってっけど、お姉ちゃんボクシング始めたの？」

「週一で。スポーツジムのボクササイズだけど」

日が照り始めてきて、帰りは二人とも上のジャージを腰に巻いて歩いた。お姉ちゃんと一緒だったからか、今日は気持ちが沈むようなこともなく、汗をかいたら気分がすっきりした。

「なんで髪ショートにしたの？」

「もとはほぼ丸刈りだったんだぞ。劇団でジャンヌ・ダルクの役やっててな。ところが震災のせいで一日やっただけで公演中止になっちゃったんだ。せっかく苦労してチケット売ったのに。事務所には勝手に坊主にしたってんで怒られるし、なんでもかんでも自粛自粛で仕事もこないし、バイト辞めたばっかで金はねえし、踏んだり蹴ったりだよ、泣きっ面に蜂、弱り目に祟り目、あとほかになにかあったっけ？　現役高校生よ」

「うーん……河童の川流れ？」

「……あんたあれな、一見賢そうな顔してるわりにおバカよな」

「これでも現文けっこう得意なんだってば」

「あんたの学校のレベルではだろ」

「ひどーい」

「あんたおバカさんなんだから男選びは慎重にな。彼氏とかいんのか？」

「バレー部は男女交際禁止なの！」ボクは走りだしたが、あいつにそんなこといえる資格あるかと思うとだんだん腹が立ってきて、いったん姉のもとにリターンして、「バカって言ったら自分がバカ！」と二の腕にネコパンチしてやったら、「あーいいのかなー。お姉ちゃんにそんなことして。いいのかなー」と追いかけっこになった。たぶん仕返しはボクシングでされる。けっこう本気で逃げてんのに、やっぱり離されずについてくる。なるほど、普段からなかなか鍛えてるとみえるわ。振り返れば、白銀の陽光に照らされた女闘士の姿がすぐそこまで迫ってきていた。

　家に姉がいるから、月曜から部活にでることにした。早く帰ると姉の手前、体裁が悪い。

部活で監督に、スパイカーに戻りたいかと聞かれた。返答を素直にしていい立場じゃないけど、たしかにボクは攻撃が好きだ。F商の高さには速さで対抗しようと、つねに速攻を目指す戦術とはいえ、そうそういい形を作れるわけじゃない。得点の多くにからむ攻撃の主力は、やはり両サイドのウイングスパイカーで、レフトはボクが一番能力を発揮できるポジションだとも思ってる。でも現状に不満はない。ミドルブロッカーというのも、ネットを隔てて相手セッターやアウトサイドヒッターとの駆け引きや読み合いがあって、むしろこのポジションを経験しておくのはプレーヤーとしていい勉強になるはずと、コーチにも言われていた。

みんな相変わらず大きなかけ声を出して元気でやっている。ボクがいようがいまいが、変わることはないんだ。

「やっぱりバレーは楽しいです」と精一杯の笑顔で、監督にそう言っておいた。後ろめたさが言わせた言葉だったと思う。それと機嫌を取ろうとした気持ちも少しはあったかもしれない。

「そうか。よかったな」監督は笑顔じゃないけど安心したような表情で返事をくれた。

帰ると、姉が簡単なおかずを作ってくれていた。自分で作った肉じゃがを肴《さかな》に父とまた飲んでいる。

「──いまさら履歴書とか書くのー？　なんでもマニュアルどおりにやらされんだよ。できんのー？」

「ほれぐれえでぎっぺや」

「ねえ香。お父さんがお店たたんでヨークベニマルのパートに出っかなんて言ってる」

「……お父さんのいいようにすればいいと思うけど、年齢で採用されないんじゃないの？」

「年齢不問みでえなんだっけ。青果部門で一名募集しったがらよぉ」

「お母さんと相談してよ。お母さん、まだ帰って来てないの？」

「買い物してから帰るからちょっと遅くなるって電話あった」

「午前中はうちの配達してよぉ、午後からパートさ出んのっしゃ」

父の言ってることが本気なのか冗談なのか分からないが、いやな事から反射的に逃げる鳩のように、ボクは素早く二階へ上がった。

「まあまあお父さん。そんなに焦ることないわよ。なにも取引先がゼロになったわけじゃなし、そのうち再開するところもでてきて向こう様からまた連絡来るようになるって。商売は浮き沈みがあんだから。お母さんに聞いたよ、いままでだって何度かそういうことあったんでしょ？　アタシもいまそうだもん。まあなんとかなっちゃうもんだって」

階段の途中で聞いた姉の楽天的な声は、父とボクの気を少なからず楽にしてくれたと思う。姉のそういう性格がうらやましい。これはきっと母の方に似たんだな。ボクはどちらかというと父の方を引いちゃったらしい。性格って、自分がなりたいと思うように、あとから獲得することってできるものだろうか。

夜中にボクの部屋で智子のことを聞いた姉は、その場で電話をかけた。こういう行動の早さとバイタリティーも母に似ている。

「もしもし智ちゃん？　アタシだよー。久しぶり。福山にいるんだって？　アタシもそこ行ったことあるよ――」

あいつ、すぐでやがった。ボクにはシカトこいといて。

「被災地は何て言うかまだまだ茶色と灰色の景色だったよ。外はどこも埃っぽくて特に石巻なんてハエの害がひどくてね、ハエ追っ払いながら人形劇やってたのよ。復興までどれだけ時間がかかるのか見当もつかないな。うん、『杜子春』と『走れメロス』、レパートリーそれだけ。あとチビっ子たちに絵本読んで聞かせたり。そうだ、智ちゃんも参加しない？　次回まだ未定なんだけど今度は岩手の方に行こうかって劇団で話が進んでるから――」

姉が、でるか？　って仕草をしたけど、ボクは首を横に振った。

「それで、智ちゃんはいつまで広島の牡蠣《かき》の殻に閉じこもってるつもりなんだい？　松島の牡蠣もおいしいよ。そのままだといびつな真珠になっちゃうぞ。そろそろこっちに帰ってきたらどう？　ん？　うんうん。そうだよねえ。あんなに優しくて仲良しで大好きだったんだもん、無理もないわよね。うん。でもね、だからといって後を追うわけにはいかない。それだけは違う。それははっきり分かってる。でしょ？　それじゃあねえ、こっからは演劇人が演劇人に話すことだから気ぃ悪くしないで聞いてよ。アタシが智ちゃんだったら、親を亡くした悲しみを演劇に昇華させようとするだろうな。その経験を演技の糧にしちゃう。智ちゃんなんて脚本書けるんだから、今の自分の想いや願いを演劇で表現することもできるじゃない。もう一度お母さんたちに会いたかったら、演劇の世界で会えばいい。うん。それが書けたら？　そうだなあ、変わるかもしれないし、変わらないかもしれない。でもそれって演劇人だからこそできる、亡くなった家族とのひとつの向き合い方になるんじゃないかな」

ボクはベッドの上で壁に寄りかかって膝を抱えながら、姉と智子の電話での会話を聞いていた。

「アタシにとっては親なんてやっかいな重荷でしかないぞ。智ちゃんは『トニオ・クレーゲル』読んだことある？　その小説で主人公のトニオは作家になってね、文学は呪いだって言うんだ。演劇もそうだよ。演劇人とは、演劇という怪物に魅入《みい》られて呪われた者のことをいうんだ。その怪物に祝福されたいがためになんでも餌にする。親を捨てたなら、その自分勝手の罪も後ろめたさも。親を亡くしたなら、その喪失の悲しみも、孤独も、思い出も、後悔も、なんでも怪物に喰わせちまうんだ。アタシを見なよ、裸もセックスも、女の持ち物まるごと怪物に捧げてる大バカ野郎だぞ。でもアタシは演劇のためなら、親不孝とも恥知らずとも、誰に罵られようとも全然平気だな。ん？　そう、熱いよ。

あったりめーだろ。演劇人はみんな一生熱に浮かされて修羅の道を行くんだよ。智ちゃんだってそうだろ？　熱が冷めたわけじゃないだろ？　智ちゃんが前に書いた脚本でさ、私が恨んでた教師が出てきて、ストーリーの中で仇取ってくれたろ。うん、舞台で演じられなかった部分だったとしても、アタシあれ読んでね、うれしかった。長年の個人的なルサンチマンが氷解された気がしたんだよ、ホントに。演劇でも小説でも、作品で具現化された世界って、そういうすごい力を持つんだってば。時にはそれに触れた人の人生を変えちゃうくらい。そう、怖いね。うん。うん。え？　アタシ前にも同じようなこと話したっけ？　お酒？　飲んだけど今は酔ってないよ。……おう、その言葉聞いて安心したわ。あなたもちゃんと怪物に取り憑かれてるから安心しな。立派に取り憑かれてるよ。うんうん、時間かかってもいいさ。もちろんアタシも協力してあげる。いつでも電話して。演劇人同士だもん、なんも遠慮することないよ。アタシんち？　来たけりゃどうぞ。待ってるよ――」

知らないうちに口をとんがらがせていたボクに気づいた姉が、「どした？」と、くりっとした目でたずねた。

「お姉ちゃん、なんだかすごい男前なこと言ってたね」

姉は変な目つきになって、「おや？　もしかしてヤキモチやいてる？　お姉ちゃんが智ちゃんに取られたと思って寂しくなったか。かわゆいのう。よしよし、こっちおいで。頭なでなでしてあげる」

「うるさい。ヤキモチなんてやくわけないでしょ。小さいころから姉らしいことひとつもしてもらってないのに」

「子供のころはいっぱい遊んでやったろ。忘れたの？」

「ちゃんと遊んでもらったことなんかない。いっつもぶすくれた顔してて、居間の襖に突き飛ばされた思い出しかない」

「そうかぁ？　ひでえなあ。でもそれ覚えてないわ。反抗期だったんだな。ていうかアタシは一生反抗期かもしれない。今後も姉らしいことなんにもしてやれそうもないわ。ハハハ、悪いな、ダメ姉ちゃんで。あんたは姉がいないものと思っていいよ」

「姉はいなくてもいいけど、ボクにも家族にも迷惑はかけないでよね」と言い捨てて、お休みも言わず隣の部屋へ寝に移った。

何時になったか分からないが、ようやく眠りについたところを急に姉に起こされた。

「香……」

「んぅ？」

「アタシ始発で東京帰るから」

「なんで？」

「事務所から連絡がきて仕事入ったからさ」

「そんなすぐに行かなきゃダメなの？」

「早くしないと誰かに仕事取られちゃうからな。それにこんな退屈なとこにいつまでもいらんねえ」

……こないだはいい町だって言ってたくせに。

「ボクも朝練あるから仙台駅まで一緒に行く」

「そっか。じゃあ起こして悪かったな」

「ううん。お姉ちゃん、さっきごめんね」

「アタシも勢いであんなこと言っちゃったけど、やっぱりあんたは妹でアタシはあんたの姉だかんな」

「うん。分かってる。さっきの電話でさあ、なんてったっけ、サルじゃなくてチンパンジーじゃなくて、ほら、サルチル酸でもなく、なんとかって言葉、言ってたじゃん、あれどういう意味?」

「ん? ルサンチマンのことか? ああ……戦隊ヒーローだよ」

「へえー。え? なんかウソくせえな……ウソでしょ? もお、ウソつき。お姉ちゃんのウソは顔見なくても分かんだから」

「ウソかホントかそれぐらい自分で調べな。ほんじゃおやすみ」

「なによ、ケチ。教えてくれてもいいじゃんかぁ」

翌朝、はっとして目を覚ましたら、目覚まし時計に四角い付箋紙が貼られていて、『いまごろキミは寝坊をしていることだろう サラバだ 怪盗ルサンチマン』と書いてあった。文末のヘタな猫の絵にイラつかされた。その横にくしゃくしゃ塗り潰してあるコックさんみたいのなんだ? おそらくこれチンパンジー描こうとして描けなくて消したんだ。

付箋紙をはがすと、もうすでに七時すぎで、目覚まし時計のタイマーがオフになっている。

洗濯機の回る音がする階下に降りたら、キッチンで母がお弁当を作ってくれていた。

「あら、もう起きたの?」

「もうって、七時すぎだよ。朝練間に合わないよ」

「今日は朝練休みなんじゃなかったの?」

「休みじゃないよお。昨日から部活でてんだから」

「トッコがそう言ってたんだもの」

「お姉ちゃんにいたずらされたんだよー。目覚まし止められて」

「悪いやっちゃなー。じゃあ急ぎなさいよ」

「もうどうせ間に合わないからいいわ。ハムエッグ作って」

「時間あるんなら自分で作んなさい」

「んぅーそれほどの時間はないってばぁ。……お姉ちゃん帰ったの？」

「仕事があるからって、今朝早くお父さんの車に乗せられて行っちゃった。また来るってさ」

あくびしながら自分の部屋に着替えに戻ると、脱いだものや雑誌とかが散らかしっぱなしで、つむじ風が去ったあとのようだった。ひとのもの勝手に着て……

机の真ん中にボクの財布がこれ見よがしに置いてあって、なかに千円札が五、六枚あったはずなのに、小銭を残してなくなっていて、代わりに一枚の紙切れが入っていた。

『借りるのではない　もらっていく　怪盗ルサンチマン』……猫が舌をだしてウインクしてる。やられた！　あんちくしょう。姉のくせに妹の財布から札抜いていきやがった。お小遣いもらったばっかなのに。ふざけんなぁ。

「お母さーん！　怪盗ルサンチマンがぁー！」

十三

姉が帰って三週間ほど経ったころ、教室の外でもじもじしている智子を見かけた。ボクはいじわるして無視してやろうかと思ったが、気づまりそうに手招きされたので、友達の輪から抜けて彼女のもとへ行ってあげた。

ぷっくらしてたほっぺが薄くなって、いくぶん痩《や》せた様子だった。

「久しぶり」

「久しぶりじゃない。ひどいじゃん」

「ごめん」

「ボクが悪いことしたのかなって悩んでたんだぞ。いつから学校来てたの？」

「一昨日……」

「一昨日なら、もう誰かにおかえりって言ってもらったよね。ボクが言ってもいまさらだよね」

智子は、ごめんともう一度言ったあとしゅんとしてしまい、ボクは嫌味なことを言ってしまったのに気づいて慌てて否定した。

「あ、いや、なにも責めてるわけじゃなくて。ただ、ずっと心配してたからさ。元気でいた？」

「うん。あの、これ」智子は、クリアホルダーに入れたＡ４サイズのコピー用紙の束をボクに手渡した。

「これを九月の文化祭で上演することになったの」

それは演劇の脚本だった。『神様をごっしゃぐ』……タイトルにある〝ごっしゃぐ〟とは、仙台弁で怒る・叱るの意だ。一枚目の登場人物の項を一目見て、智子の家族のことを書いたものと分かった。きっと智子はこの脚本に、ママとおばあちゃんへの惜別を綴《つづ》ったんだ。これは智子にとって、いや、二人の死に立ち合ったボクにとっても厳粛なものと感じて、粗末には読めないと思った。

「大切に読ませてもらうね。今日帰ったらじっくり読んで、どんなに夜遅くなってでも電話する」

「うん」智子はにっこり大きくうなずいた。

「学祭って二日間あるけど、二回やるの？」

「二日目の午後の一回公演だけ。一日目は、体育館でさとう宗幸さんと吉川団十郎さんのジョイントライブと、吹奏楽部の演奏とかもあるから」

「へぇー、今年は有名人呼んだんだ」

「実行委員に団十郎さんの親戚がいるらしい」

帰宅してごはんを食べたあと、机に座って脚本を一ページずつ丁寧に読んだ。

彼女には優しくしてやんなきゃなんないのに、今日あんなきついこと言ってしまって、最低だ。自分がだんだんやな女になってる気がする。

脚本について軽々しく感想が言えなくて、ただ読んだことを電話で告げた。智子も感想を求めてはこなかったが、実に困ったことを求められた。部員が足りないので、劇中の公人《きみひと》という男性の役をやってくれないかという。

「智子、それはムチャだわ。こんな重要な役、劇部でないボクにやれるわけないって。セリフとんで舞台めちゃくちゃにしちゃったらとか、考えただけで怖いよ。それに夏休みは合宿あるしさ。でも、ほかのことでできることだったら、なんでも手伝うから」

「そうだよね、そっちの部活も忙しいもんね。今回はそれほど込み入った舞台装置とかはないから、スタッフの仕事はなんとかなりそう。歴代の先輩たちが残していったものでほとんど賄《まかな》えると思うし。ただ、配役がね。最近一年生が一人やめちゃってさあ。でも、なんとかするから。脚本読んでくれてありがとう。夏休み中めいっぱい稽古して、きっといい舞台にする。香もバレー頑張ってね」

十四

九月に入ると、宮城の残暑はまだまだ続いているものの、時折なんとはなしに秋めく気配を風が運んできさえする。

テレビでは時の経過の感慨とともに各被災地の様子を連日伝えていた。発表されている情報によれば震災の死亡・行方不明者数は全国で二万人を超えるという。

犠牲者の遺族の苦痛や高齢被災者の生活苦、財産や仕事を失った、ストレスが原因で重い病気にかかった、かわいがっていたペットを死なせてしまった、自宅が流失し二重ローンを抱えることになった、放射能汚染で避難後故郷に戻れなくなったなど、震災と原発関連のニュース特番を毎日のように目にするが、そんな人々の関係者も含めたら、いったいどれほど膨大な悲しみと不安を生んだことだろう。自分も経験した現実だけど、いまだに信じられない気持ちになる。

『復興と青春〜震災なんかに負けねえぞ！　このお祭りにほんのちょっとずつだけみんなの元気を分けてくれ！』――レンガ様の塀に掲げられた横断幕に大筆でそう書かれてあるのが、今年の文化祭のスローガンだ。

文化祭の前日は午前授業となり、昼からその準備が始まっていた。校門にカラフルなアーチが設置され、それぞれの展示室の飾り付けや模擬店の設営などにみんな汗して、〝お祭り広場〟と称したエントランスホールでは、歌とダンスのパフォーマンスを披露する女子たちの練習が始まり、校内は音楽と男子の歓声でいっきに賑やかになりだした。

その午後の渡り廊下で、ボクは男子の声に呼び止められた。振り返ると、こないだのバスケ部の人だった。離れた場所に彼の友達らしき人たちがいて、壁際でこっちを見てないふりして見てる。

「その赤いのなに？」

「これですか？　お守りです。友達が学祭で演劇やるので、成功を願って渡そうかと思って」

「彼氏っすか？」

「いやいやいや、女の友達っす」

ふつう女子が手にしてる持ち物目ざとく聞いてくるか？　それに付き添いみたいなあの二人なに？

ちょっとやな印象をいだきながら話をしていたら、急にデートに誘われたので動揺した。「すごい勝手すけど、自分のことを佐藤さんに知ってもらいたくて」とか言われて、頭まで下げて頼みこまれて、文化祭の振替え休日は午後から部活なんだけど、ついオーケーしてしまった。あがっちゃって、なにをしゃべったんだかあんまし覚えてない。その場でケーバンだけ交換した。携帯の番号のことを〝ケーバン〟というのを聞いたのは彼が初めてだった。宮坂くんという人で、下の名前……下の名前言ってくれてないよお。そんなあわてんぼの彼が通路を曲がった直後に、三人ではしゃぐ姿が窓越しに見えた。あんなにうれしがられると悪い気はしない。ていうか照れくせえ。麻美に知れたら恨まれそうだ。

どうしよう。三日後だよ。お任せしますっては言ったけど、男子とのデートって、どこになにしに行くものなんだろう？　なに着てく？　ジーパンじゃまずいかな。これはバレー部の恋愛禁止のルールに触れるだろうか。罰則があるわけじゃないけど、デートがバレたら致命的に信頼を失うだろうな。それが罰といえば罰か。

文化祭は二日とも雲の多い天候で、気温もさほど高くなく、一般の観覧客もずいぶん来てくれた。部活での出しものがない生徒は自由参加だが、三学年のクラスでは合同でメイド喫茶をやることになって、女子だけでなく悪ノリした男子もメイド服を着て萌えな接客をしてはしゃいでいた。

ボクはメイドはやらないけど、昨日と一昨日、お菓子作り班に入って、リーダーの女子の家で、遅くまでパウンドケーキとクッキー作りを手伝った。

各部の発表会の会場や開始予定時刻は入場時に配布されるプログラムに書いてある。準備と撤収に時間のかかる演劇部は、合唱部のあとの最後の発表となっていた。

演劇が行われる第一体育館は、開演時間が近づくにつれしだいに混んできた。観覧席のイスは一般客優先なので、クラスの友達と合唱部の発表を通じてずっと座っていた席も立たなきゃならないくらいになった。

「――携帯電話は、マナーモードではなく、電源を、お切りくださいますよう、ご協力、お願い申し上げます――」

このアナウンスはアズちゃんだ。声があどけなくてまるで小学生みたい。

体育館二階のギャラリーや壁に寄りかかって始まるのを待っている生徒たちのため、急遽イスが増設されて、ボクらも後方の並びの席へ座ることができた。

観客数は、昨日のジョイントライブのときより多いかもしれない。新聞とテレビの影響というのはすごいと思った。

『東日本大震災の津波で母と祖母を亡くした高校生　もう一度会いたいという想いを演劇に託して』と、智子と仙台S学園文化祭の演劇のことが、昨日の地元地方紙『東北新報』の県内欄に載ったのだ。

加えて一昨日の午後、主役をつとめるのは初めてという智子にお守りを渡そうと視聴覚室に行ったら、ちょうどテレビの取材を受けていて、それが夕方の県内ニュースで放送された。ボクが見たのは民放の方だが、その模様はＮＨＫでも取り上げられたらしい。智子と川名先生が短いインタビューに答える姿と、通し稽古の様子が放映された。

智子は、「あの日から突然いなくなってしまった母と祖母に、もう一度だけ話がしたくて、演劇のなかでもいいから会いたくて、この脚本を書きました。今回、顧問の先生と演劇部の仲間のおかげで、文化祭で上演できることになって、とても感謝しています。母と祖母にあらためて向き合って、悲しくてなんども手が止まっちゃって……でも、フィクションという形にしたからこそなんとかお終いまで書けたんじゃないかなと思います。最近は、悲しいって思うときほど、母が心配してそっと見てくれている気がして……、心の整理がついたわけじゃないんですが、そういうまなざしを強く感じる分、自分が現実を受け入れるようになってきてるのかなって……なんかうまく言えないんですけど……。文化祭でもきっとどこかで母たちが見てると思うので、ガッカリさせないようなお芝居にしたいです」と、少し顔を紅潮させて話していた。

ボクは、取材の邪魔をしないように一旦出直してから、竹駒神社から買ってきたお守りを智子に渡した。そのときに聞いたら、どうやら姉の徳子が地元のマスコミへいろいろと働きかけて、情報提供したらしい。

その姉が会場に来ていた。金髪にしているのですぐに目についた。隣の席にはシンちゃんがいて、手にしたチラシに目をやって座っていた。

『学校法人 仙台S学園高等学校演劇部 千葉智子作「神様をごっしゃぐ」登場人物 市川素子　父　母　祖母　丹沢公人　公人の父　公人の母』――体育館の入口で配られたチラシには、今日の上演についてのことが簡潔に書かれてあり、公人役に梶浦悟史と名前があった。部活引退したのに出てくれたんだ。梶浦くんの公人役は適役だと思う。

そして父の役には高橋鐵矢、母役は大宮沙也佳、祖母役は安斎真美。去年の演劇部四天王のうち三人が、卒業生ながら客演で参加してくれている。大宮先輩が地元の大学に進学して演劇を続けているのは聞いていたが、安斎先輩と高橋先輩は卒業後はどうされていたんだろう。

ボクは智子とお揃いのお守りをハンカチと一緒に握って始まりを待っていた。

開演予定時刻を五分遅れてベルが鳴り、会場が暗くなった。えんじ色の引割幕《ひきわりまく》が左右に開く前に、子供の声役のアズちゃんのナレーションから舞台が始まった。

ナレーション
素子（子供）　ママ。あの蝶々見て。キレイ。捕まえる。
母　捕まらないよ。そっとしておいてやりなさい。
素子（子供）　ばあちゃん。ほら、カミキリ。イチジクの木にいたの捕まえた。キイキイ鳴くんだよ。
祖母　やんだごた。なんだっておなごのくせに虫好きなんだや。
素子（子供）　文鳥買ってー。買ってよー。ちゃんと世話するからぁ。
母　素子。あんた遊んでやるだけじゃなくてピコの鳥カゴもたまには掃除してちょうだい。ママばっかりに世話させて。
素子（中学生）　ちょっとやだあ。お赤飯なんて昔じゃん。そんなことしないでよ今どき恥ずかしい。私、今日ごはんいらない。
祖母　そんなごど言わねえで食べんの。どごの家だって赤いマンマ炊いで祝うんだがら。
素子（中学生）　やだったらやだ。
母　素子！　怒るよ。こういうことはちゃんとやらなきゃダメなの。こっち来て座って食べなさい。
素子　ママ、ばあちゃん。ごめんね……

第一場

波音を始めに、幕が開く。

東日本大震災後の砂浜。背景に海。砂浜には大きな流木等の漂流物が散乱している。海との境があいまいなほど空は快晴だが、波音は荒い。

素子とその父、板付きにて、素子は舞台後ろ中央。父は舞台前上手寄り。

素子は、白のワンピースに赤い麦わら帽子をかぶり、父はTシャツに小型ザックを背負い、ブーツを履いて、紙製の箱と長細い木の棒を持っている。

平成二十三年九月十日の土曜日。

父は斜め前方の砂浜（下手袖方向）を遠く眺め、素子は波打ち際でなにかを探しているように後ろむきでしゃがんでいる。

素子、拾った物の砂をはたいたり息を吹きかけたりしながら、父のもとにやって来て渡す。

素子　これ、たぶん骨だと思う。

父　よく見つけたな。パパはぜんぜん見つけられないのに（と白い骨を受け取る）。

素子　（手をはたいて砂を落としながら）なんの骨だかは分かんないけど。

父　どこの部分の骨だろう（と手渡された骨を箱に入れる）。あの津波が来てから、なんだか砂浜が狭くなった気がするな。

素子　それこの前も言ってた。

父　そうだっけ？

素子、父と離れてまた波打ち際の方（今度は舞台後ろ上手寄り）へ行く。

父は素子の後ろ姿をしばし見たあと、下手方向へ所在なげにとぼとぼと歩く。

下手より、公人登場。荷物らしい物はなにも持っておらず、九月にしては厚手な長袖パーカーを着用。
素子の父と対面。

公人　（会釈し）こんにちは。
父　こんにちは。
公人　いい天気ですね。
父　そうだねえ。もしやあなたも、だれか探してるんですか。
公人　え、あ、はい。父と、母を……
父　そうですか。うちは家内と家内の母でね。娘にとってはお母さんとおばあちゃんさ。二人ともまだ見つからなくてね。
公人　僕の方もそうです。（海を眺めて）……海に、いるんでしょうね。
父　たぶんそうだろう。早いねえ。明日で半年だもんねえ。
公人　ほんとに。もう半年になるんですね。
父　明日は警察が大規模に海を捜索してくれるそうだけど、その前に娘とまた探してみようかと思いましてね。とにかく骨だけでもいいから、見つけてやりたくて。拾って警察に届ければDNAとか調べて身元特定してくれるそうだからさ。
公人　僕もさっき二個拾ったんです。これ、よかったらいっしょに持って行ってもらえませんか。
父　いいですよ。どうも（骨を受け取る）。私はいつもなにも見つけられないでうろうろしてるだけで。しかし、こうして波と潮風に晒《さら》された骨の欠片《かけら》で鑑定できるのかどうか。
公人　警察の人たちも定期的に行方不明者の一斉捜索をしてくれてますけど、見つけるのはなかなか難しいようですもんね。それ、女性の腰のあたりの骨だと思います。二つとも。

父　あなた分かるの？

公人　医学部の学生でしたから。

父　あらそう。お医者さんの卵だ。

公人　いやあ、まだ一年生でした。しかも二浪してやっと入った大学で、僕なんかついて行くのがやっとで。

父　それでも立派ださー。親御さんもさぞ自慢の息子さんだったでしょうに。じゃあご両親とも亡くなったとしたら、大学は？　やめたわけではないんでしょう？

公人　（少し言葉をにごして）ええ、しかし……医学部はお金がかかりますし、医師の道はあきらめることになりました。

父　そうなんですか。今回の震災でそういう人はたくさんいるんでしょうねえ。でも、そういったやむを得ない理由なら、学費を借りられるような制度もあるんじゃないのかねえ。せっかくお医者さんの道を歩みだしたんだから、早まってあきらめずに大学に相談したほうがいいですよ。

公人　はい。そうですね……僕もいろいろ考えてみることにします。

父　（間とため息）あの津波さえなけりゃねえ……

　　公人、黙って素子の背中を遠い目で眺めている。

父　どれ、ずーっとあっちまで行って探してくるかな。（大きめの声で）素子！　パパ、あっちの方に行って見てくるからなあ。

素子　うーん。分かったー。

父　ではどうも。これ、あとで娘にやってください。（とザックからスポーツ飲料のボトルを二本取り出し渡す）あなたもどうぞ。

公人 すいません。いただきます。

父 お腹すいてませんか。

公人 ええ、ちょっと。

父 じゃあ、おにぎりあるから、よかったらどうぞ（ザックから銀紙に包んだおにぎりを一個渡す）。

公人 いいんですか。ありがとうございます。

素子の父、下手へ退場。

素子、立ち上がり、振り向いて公人をじっと見る。

公人 （会釈のあと、ペットボトルを差し上げ）これ、お父さんが。

素子、麦わら帽子が風に飛ばされないようおさえながら、ゆっくり歩いて公人に近づく。

公人 はい（スポーツドリンクを渡す）。

素子 どうも……

公人 お父さんにおにぎりいただきました。ごちそうさまです。

素子 そうですか。時間たってるから、お米かたくなってませんか。

公人 （銀紙を開いて、おにぎりを頬張って）いいえ。おいしいです。

素子、少し笑顔をみせる。

公人 いい天気ですね。風が涼しくて。

素子 はい。

会話のない間。素子、肩で大きく息をつく。

公人　僕、丹沢公人っていいます。大学の医学部の一年で……

素子　市川素子です。高三です……

公人　なんか、顔色が悪いようだけど、大丈夫ですか？　今朝はしっかりご飯食べました？

素子　はい。少しは……今日は日差し強いので。それにこのところあまり寝てないからだと思います。

公人　（上手を指差し）あっちの堤防の日陰で休むといいですよ。

素子　はい……

公人、素子を気づかって上手の方へ一緒に歩こうとするが、素子の足どりがふらふらと重く、公人の肩にぶつかりよろめく。

公人　おっと。

素子　すみません。

公人　あの、よかったら（と、しゃがんで背中を貸そうとする）。

素子　いえ、そんな……

公人　いいから。

素子　……（最初戸惑うものの、遠慮がちに背中に乗る）。

公人、素子をおんぶして上手へ。

公人　大丈夫？　眠気だけじゃないみたいだけど。

素子　……（少し気恥ずかしいような様子）。

背景、青から白へ。

上手袖より防潮堤（上部は一部津波の影響で崩れている）、公人の歩調に合わせて、袖を軸にドア式に転回、舞台斜めにせり出す。

公人、素子を防潮堤のたもとに座らせる。

公人 ん、よいしょ。

素子 すみません、重くて。

公人 いやいや、よいしょって言ったのは重かったからじゃなくて、軽いから、いや軽いからというか、えと、とにかく軽い軽い。

公人、下手へ軽く駆け出し、遠くを見はるかす。

公人 （素子の所に戻りながら）きみのお父さんずいぶん遠くまで行っちゃったみたいだ。携帯電話で呼びましょうか。

素子 いいです。きっとすぐ戻ってくると思いますから。

公人 そうですね。ここで待ちましょう（と、隣に座る）。

波の音が一時強くなる。

公人 さっきお父さんとお話しました。お母さんとおばあちゃんがまだ見つからないんですってね。僕も父と母を津波で失って……

素子 ………………。

公人 ………………。

素子 私、震災の前の日に母とケンカしちゃったんです。学校から帰ったら謝ろうと思ってたのに、その日は朝から口もきかずに登校しちゃって。もうママに謝ることもできなくなっちゃった。

公人　きみのそういう気持ちはお母さんも分かっているよ、きっと。
素子　うちは海のそばに住んでましたけど、山が好きで、毎年家族でキャンプしたり登山に行ったりしてたんです。本当なら今ごろの時期は山にでも行ってたんだろうなあ。今年は舟形山に行こうかって震災前に話してたんですけどね。
公人　そうなんですか。僕も登山が好きで、舟形山にも登ったことありますよ。あそこは麓《ふもと》にキャンプ場があってね……

素子、話に答えず公人の肩にもたれて眠ってしまう。

公人はじっと動かず悲しそうな表情で海を眺めている。

波音が高く響く。

暗転。

ナレーション
素子（子供）　ママ。アゲハの幼虫。友達の家の庭の山椒の木にくっついてたの。

母　やだあ。なんでそんなの捕ってくんの。育てらんないでしょ。逃がしてきな。

素子（子供）　ばあちゃん。アゲハの幼虫。これ突っつくとベロベロ出すんだよ、くさいの。

祖母　んだがら、ちょすなでば。好かねごだ。アゲハの幼虫とってちたり、カマチリの卵捕ってちたり。

素子（子供）　カマチリじゃなくて、カマキリだよ。

祖母　カマチリ。

素子（子供）　カマ・キ・リ！　なんでキがチになっちゃうの？　キ！

祖母　チ！

素子（子供）　ダメだこりゃ。

　　ピピピ、と文鳥の声。

素子（子供）　ピコちゃん逃げちゃったぁ！　飛んでっちゃったーぁ！（えーんと大泣きする）。

母　なんで窓開けてんのに放したの！

祖母　外さ鳥カゴ掛けどげ。帰ってくっかもしゃねえがら。

素子（中学生）　ママ、私立お金かかっちゃうね。ごめんね。ばあちゃん、公立の方落ちちゃったんだ。ごめんね。

母　いいのよ。その学校にご縁があったってことでしょ。高校入学したら、今度は行きたい学校に進学できるように一生懸命勉強しなさい。

祖母　なぁに、お金ならばあちゃん出してけっから。心配すっこだねえ。

素子　ママ、ばあちゃん。ありがとうね……

第二場

舟形山の麓のキャンプ場。夜。虫の鳴き声と焚き火の音。背景、星空。
ファミリー用の大型テント（舞台前中央やや上手寄り）と奥に一人用小型テント。
大型テントの側面が開いており、中の様子が見えるようになっている。
テント前より少し離れたところに焚き火。
焚き火の周りに素子の父、母、祖母、アウトドアチェアに座って火にあたって話をしている。

大型テントの中で寝袋がもそもそと動きだし、素子が顔をだして気だるそうに上体を起こす。素子の衣装はアウトドアウェアになっている。

祖母　――おなごが球蹴りだのやるもんでねえ。
母　そんなこと言ったって、時代はどんどん変わってんだから。今はサッカーどころか、女のボクシングだってあるのよ。
祖母　やんだごだ。おなごが鼻血出すてはだぎ合うだの。
父　やっぱり夜の山は冷えるねえ。お義母さん、腰冷えませんか。
祖母　大丈夫だあ。もう痛でぐねえがら。
父　治ったんですか？
母　もう治ったんだおんわね。
父　いつのまに。

素子、半身寝袋に入ったまま入口から顔をだす。

祖母　あや、うちの孫娘、イモ虫になって出できたど。
母　起きたか、市川家の一人娘。
父　目覚めたな、イモ虫姫さま。

目を見はって固まる素子。

母　なに？
祖母　こっつぁ来て、火さあだれ。
父　空見てみな。星がきれいだぞ。
素子　うん……（とテントから出て、母と祖母のあいだのイスに座り、母と祖母を不思議そうに見る）。

父　（夜空を指差し）ほら。群星っていうのかな、すごい星の数だろ。

素子　うん。ホントにきれい（と一度空を見上げて、すぐに母の顔に目を移し、じっと見つめる）。

父　なんか温かいのでも飲むか？

素子　ううん。いらない。

父　お義母さんは？

祖母　もうたくさんだわ。

母　（素子の視線に）なによ？

素子　ママだよね？（祖母を振り向いて）ばあちゃんだよね？

祖母　なに？　寝ぼげだが？

素子、立ち上がり、舞台前へ行き、自分の頬をつねる。

素子　夢じゃねえ。やっぱり夢じゃねえ。

父　どうしたんだ、素子。

母と祖母、顔を見合わせる。

素子　パパ、今日何月何日？

父　え？　今日は九月十日だろ。

素子　何年？　平成何年？

父　平成二十三年。

素子　西暦？

父　二〇一一年。

素子　…………。

素子、思わず泣いてゆっくり母に抱きつく。

素子　ママ。会いたかったよお。

母　どうしたのよ。

素子　ばあちゃんもこっち来て。早く。さわらして。

祖母　なんぼでもさわれ。

素子　（祖母の手をかたく握ったあと、涙をぬぐって少し落ち着きを取り戻し）ママ、このあいだはごめんなさい。

母　なんのことよ？

素子　三月十日の夜に、進学のことで話し合ったときケンカしたじゃん。

母　そうかしら。

素子　ほら、定期テストの成績が良かったから、この調子でいけば大学の推薦とれそうだって担任に言われて、私がよろこんでたとき、ママに反対されて……

母　ああ、なんだ、そのこと。反対したんじゃないのよ。ただ、推薦で受かったらその大学に必ず入学しなきゃならないでしょ。ちゃんと目的があるんならいいけど、ただ入れそうだからとりあえず行く大学なんて結局四年間を無為に過ごすようにならないかって言ったのよ。ママとしては、なにかになるためとか、学びたいことがあるからとか、具体的な目標を持って入りたい学校があるなら、大学でも専門学校でもよろこんでお金だしたげるわよ。そのためなら浪人したっていいんだから。

素子　だからママにそう言われて私も考えたの。あのね、私、大学で演劇学びたい。
母　演劇？　演劇教える大学なんてあるの？
素子　あるよ。演技だけじゃなく演出とかシナリオ技術とか舞台美術とか映像表現とかいろいろある。
母　それであんたはなにになりたいの？　女優さんになりたいの？
素子　（少しイラついて）いやあ、俳優だけでなく、演出家とか脚本家とか、いろいろ選択肢はあるんだけど……
母　なんだか気が多いのねえ。
素子　まあ、いろいろ考えてんだけどさ……
母　それで食べていけんの？
素子　（さらにイラついて）またそれだ。だから、私なりにいろいろ考えてんだって。本当に行きたい大学があれば行かしてやるって言ったべ！
母　だからその先は？　就職とか将来のこと込みで考えたの？
素子　考えたよ！　なんでそういう言い方しかできないの？
父　ママ、もうそのへんで。親に言いたくない秘めた夢っていうのもあるんだろうから。大丈夫だ素子。学校に受かってだけみろ。
母　またパパは素子に甘いんだから。
祖母　もういいべっちゃ。こんなとごでケンカすねの。
素子　えへへ。
母　なによ？　なにがおかしいの？

素子　結局またケンカだよ。でもケンカもうれしい。

素子、立って舞台前へ。

素子　これどっちが夢なんだろう？　津波はあったの？　なかったの？（と、またほっぺをつねり、家族を振り返る）……やっぱ夢じゃない。（さらに強くつねり）痛ってーえ。（と足をバタバタさせる）やっぱり夢じゃない！

素子、独白のあとしばらくじっと家族を見つめる。父、母、祖母は片づけを始めている。

祖母　ほれ素子、片づげ手伝え。ケンカすてむつけだがわ？

片づけに加わる素子、家族の協同作業が楽しそうである。

父　オレもみんなと一緒のテントに寝るかな。

母　ダメ！（小型テントを指さし）パパはイビキすごいからむこう！

第三場

テントのなか。

せわしなく寝袋で寝返りをする音がし、ケータイの光がみえる。

母が起きて、テント内に吊してあるＬＥＤランタンを点ける。

母　眠れないの？

素子　うん（ケータイをパチリとたたみ、むくりと起きだす）。

母　さっき寝たからださ。それでも夜はしっかり眠っとかないと。明日、朝から山に登るんだから。

素子　眠るのが怖いの。
母　なんで？
素子　………。
母　どうしたの？
素子　今日はたしかに二〇一一年の九月十日なんだね。私がさっきまでいた世界では、半年前に東北地方を中心に大地震が起こって、津波で大勢の人が亡くなったの。私たちの家も流されて……ママとばあちゃんが逃げ遅れて津波に飲まれてしまった。二人の遺体はまだ見つからなくて、今日はパパと海岸に探しに行ってたんだよ。
母　………。
素子　私、震災にあってからぐっすり眠れなくなって、なんだかいつもぼんやりして現実感がない様な日々で……さっきも海辺で居眠りしちゃって、起きたらこの山麓のキャンプ場で、ママとばあちゃんがいて、もうなんだかわけが分かんない。これって現実なの？　それともやっぱり夢？　ママたちは幽霊？　ここは震災がなかった世界ってこと？　また寝ちゃったらママたちのいない元の世界に戻っちゃうかもしれない。だから怖い。だから寝ない。
母　大丈夫。大丈夫だから、こっちにおいで。
　　素子、母の懐に背中をもたせて落ち着いたように目をつぶる。
母　……あの日の地震は、とにかく長くて驚いたわねえ。あんな立ってられないほどの揺れは初めてだった。ばあちゃんと急いで家の外に出て、余震が続いてたからしばらく外にいたんだけど、そのときすぐに逃げてればよかったのにね。電話もつながらないし、あんたからメールもらったときは家のなかで片づけしてたのよ。まさかあんな大津波が来るなんて頭の片隅にもなかったから。

素子　最初にメールしたときは私も津波が来るなんて思わなかった。

母　海のそばに住んでるなら、地震がきたら津波ってすぐに連想しなくちゃならなかったのよね。

素子　それはみんな初めてのことだったんだから仕方ないよ。

母　停電になったからテレビも見られなかったしね。しばらくしてラジオつけたら津波が来るっていうんでとりあえずばあちゃんと車で逃げたんだけど、通りに出るとすでに渋滞しててね。なかなか進まないし、周りは歩いて逃げる人も多かったから、車置いて歩こうかとも思ったけど、ばあちゃんが長く歩けないでしょ。家に大事なもの置いてきちゃったし、津波が来たとしても二階にいれば大丈夫だべって、ばあちゃんもママもそう思ったから、また家に引き返しちゃったんだよね。戻っちゃいけなかったんだ。でもそのときは、それが命にかかわることだなんて分からなかったの。ごめんね。

素子　ううん。あの日は金曜日だったから、一日ずれて土曜日だったら、みんなで買い物かなんかに出かけて助かってたかもしれないのにね。

母　どうかなあ。うまく出かけてたかなあ。そうじゃなきゃあんたまで巻き込まれたかもしれないよ。

祖母も、むくりと起きる。

祖母　おれが悪いんだ。体ひとつで逃げでればよがったのに、津波ば甘ぐ見で、通帳だのなんだのガバンさ詰めで、もたもたしったがらなあ……

母　んでねえ。誰のせいでもねえ。

素子　そうだよ。誰かのせいだとしたら、神様のせいだよ。

祖母　んだがら。神様さごっしゃいだんだ。私らがなに悪い事したのっしゃって。なすていぎなり家族バラバラにされねげなんねのすか？　間違いだすぺ？　元に戻してけさいって。
母　お母さん。
祖母　あぁ。なに、されかまねえ。
母　今のは、セーフかしら？
素子　なに？
祖母　いいべっちゃ。しゃべったって。むごうが悪いんだおん。
母　それもそうね。私も、神様に言ってやったのよ。世の中にはいっぱい悪い人がいるでしょ。私たちはほんの慎ましく生きてる平凡な家族なのに、なんでこんな目に遭わなきゃいけないのって。親が先に死ぬのは当然のこととしても、こんなに突然親子を引き離すなんて残酷すぎるじゃない。家族の幸せと未来を奪っておいてなにが神様よ。ちょっとはいい事も与えなさい。じゃないもう一度、もう一度だけでいいから、娘に会わせてお別れぐらい言わせてください。じゃないと天国なんて行ってやらないわよって。
素子　そうだったんだ。だから再会できたんだ。ママたちやるね。
母　そうよ。黙ってらんないわ。もう神様に殺されちゃってんだから怖いものなしよ。
素子　ふふ。
母　実は、神様のことを言うと、これが、あんたにとって記憶に残らない夢にしてしまうぞって言われてんのよ。だからさっきまで神様の言いつけに従って素知らぬ顔してとぼけてたんだけど、でもいいわ、また神様にくってかかってやるから。
素子　神様って怒られると弱いの？

母　ママはモンスターペアレント亡者だもん。
祖母　おれも一緒に神様んとごさ行ってまだごっしゃいでけっぺ。
素子　私も行く。
母　あんたは行けない。生きてるから。
素子　いやだ。私も行く。死んでもいいもん。ママたちと一緒なら。
母と祖母　（同時に）バガこのぉ！
祖母　ほんなごど言うもんでね。
母　せっかく五体満足に産んでやって、ここまで育てたのに、死んでもいいなんて言って。バガだごだ。これからいろんなこと学んで、仕事して、いろんな人と出会って、結婚して、家庭を築いて、いろいろやりくりして、子供産んで、育てて、ママもそうやってきたし、ばあちゃんだってそうだったんだから、あんたも一生懸命生きなさい。え？　分かった？　返事は？
素子　……はい。
祖母　素子はいい子だなや。うんといい子だ。
母　あんたとこうしてまた会えてよかった。少しは元気でたか？
素子　うん。
母　じゃあ、もう寝よう。明かり消すよ。
　　素子、母にひしと抱きつく。
母　ほらほら素子。あんたもう子供じゃないのよ。まったくしょうがないわねえ。
　　素子、あのね、それでねと、たどたどしく言葉をつなぎ、母のお腹に顔をうずめる。
　　話（主に日常の思い出）の途中で泣き声をかみ殺しながら。

母　泣かないの。泣いてるの聞こえたらパパが心配して起きてきちゃうよ。

母、ランタンに手を伸ばして明かりを消す。

第四場

舟形山山頂。周りにいくつかのケルンが積まれている。

舞台中央の丘の上に『舟形山山頂 標高一五〇〇・三M』と書かれた山頂標が立つ。

山頂標を境に下手側、座るのにちょうどいいサイズの岩が二つ。その岩に背中を向けて座っている青年、公人である。公人は第一場と同じ服装をしている。

舞台端上手、移動階段の下（客席側から）に、赤い麦わら帽子の素子と母、祖母はザックを背負っておらず、ストックを片手に持つ。

素子　（階段を上りながら）さあ、もうすぐ山頂だよ。
母　はいはい。
素子　（祖母の手を取り引っ張り上げながら）ばあちゃんよく登ってこれたね。腰痛、なんともないの？
祖母　（山頂に着いて腰を伸ばし）はーぁ。死んだら体悪いもクソもねえべ。
素子　（ひとりごちて）そうだよね。ばあちゃんが山に登れるわけないんだよね……
祖母　素子にはおれがばんつぁんにしか見えねえべげっとも、もう老いも若いもねえんだど。ほれ、こいな事もでぎんだがら――

祖母、ストックを素子に放り、舞台左右を走りまわり、前転。

公人、騒がしさに正面を向いてそれを見る。

素子　おー、でんぐり返し。森光子みてえ。
祖母　森光子どごでねえ。ほれえ！（と、前転から三点倒立）
素子　うおー！　なんて言ったらいいんだろ。よく分かんないけどすげえ！
母　お母さん、山のてっぺんでなにしてんのよ。
祖母　いやーいや。（ストックを受け取り）死んででも疲れっこどは疲れんな。
素子　（祖母の背中の砂をはたいてやりながら）ムチャしないでよ、このへん石がゴロゴロしてるのに。ところで、パパ、遅いね。
母　パパ、テントの片づけしながら、すぐ追いつくから先に行ってろって言っといて全然来ないわね。それよりほら、いい景色。

素子、小高い丘に座っている青年が公人だと気づく。

素子　あ、昨日の。どうも。
公人　（立って会釈し）こんにちは。

素子、岩の段から丘へ上がる。

公人　元気なおばあちゃんですね。
素子　ええ。ふふ。昨日は海で会って、今日は山ですね。
公人　はは。そうですね。
素子　お一人ですか？
公人　いえ、僕も父と母と来たんです。
素子　そうなんですか。今日も天気がよくてよかったですね。山頂は涼しい。
公人　ええ。あの、ここ座りませんか。

素子　はい。

二人、並んだ岩に座る。

公人　よかったらサンドイッチどうぞ。昨日のおにぎりのお礼。

素子　ありがとう。

下手より、公人の父と母、登場。

公人　公人。早かったな。

公人の父　もうお昼先に食べてたよ。

公人の母　（素子に、満面の笑みで）こんにちは。

素子　こんにちは。

公人の父母、景色（客席側）を眺めたあと、素子の母と祖母に気づいて二人のもとへ行く。

公人の母　このたびはどうも（と深くお辞儀する）。ご無理を申しまして……

母　（祖母とともにお辞儀を返し）いいぇぇ。私たちも公人さんには会いたいと思ってましたから。真面目そうで優しい、いい息子さんですね。ねえ、お母さん。

祖母　あれ、見でみろっしゃ。仲良ぐ並んで座って。震災がねがったら一緒になってだ二人だおんなあ。もぞこいごだなあ。

公人の母　本来なら結ばれてた人と、せめてこうして会わせてあげたいと、親の勝手な願いで、素子さんには気の毒なのかもしれませんけど。

母　そんなことはないですよ。うちの娘は強いですから。

公人の父と母　ありがとうございます。

公人と素子、仲睦《なかむつ》まじく話をしている。

その光景を愁眉《しゅうび》を開いた表情で眺めている四人。

そこに上手客席側の階段より、素子の父、息を切らせて登場し、四人の前を誰もいないかのように通り過ぎる。

四人はそのあと静かにゆっくり上手へ退場（最初に公人の父母、次に祖母、最後に素子の母が、夫と娘の姿をしっかりと見届けてから姿を消す）。

素子、手を振る。

父　いやー、やっと着いた。結構きつかったなあ。おう、素子。
父　知り合いか？
素子　うん。公人さん。パパも会ったことあるんだよ。
公人　（立ち上がり）こんにちは。
父　こんにちは。会ったことあるっけか？　どこで会ったかねえ。
父、丘に上がり、山頂標に手をつく。
公人、笑顔で素子の父を見つめる。父はけげんな表情。
素子と公人の背後から、小さな蝶が四匹飛び立つ（ホリ幕に蝶の影）。二人の真上で二匹が上手へ、一方の二匹が下手へ飛び去る。それをそれぞれ目で追う三人。
素子　あ、キレイな瑠璃色の蝶……さよなら。
素子と父、蝶に心を奪われたように上手方向をしばらく見ている。
公人　さあ、僕もそろそろ行かなくちゃ。素子さん。
素子　はい。

公人　お幸せにね。

素子　え？

公人　（にっこり笑って）……うん。

　公人、素子の父の前を軽く会釈して通り、丘を下り、下手舞台端で振り向いて立ち止まり、大きく手を振る。

　素子も立って、戸惑いながらも手を振り、公人は、なにかふっきれたような笑顔で下手観客側階段を下りて、観客席脇通路を通って会場出口方向へ去る。

　素子、父の前を押しのけ公人を追い、下手端で公人に向かって麦わら帽子を持って左右に大きく振る。

素子　さよならー！　きっとまた会えるよねー！　さよならー！　きっとまた会おうねー！

　公人、会場出口前で振り返り、もう一度大きく手を振り退場。

　しだいに帽子の振りが小さくなり、悲しそうに立ちつくす素子。

第五場

　波音に始まる。第一場と同じ砂浜。夕暮れ。舞台上、斜めに防潮堤。第一場とは位置が逆になっている。つまり、観客席側が海、前舞台が波打ち際。

　素子、防潮堤前にて、元のワンピース姿で小型ザックを枕に寝ている。すぐ横に、父が体育座りでぼんやり海を眺めている。

　ひときわ大きな波音が鳴ると同時に素子は目を覚まし、やにわに体を起こす。

父　ずいぶんぐっすり眠ってたな、素子。日が暮れてきてもなかなか起きないもんだからちょっと心配になっちゃったよ。

素子　…………。

素子、大きく息をつき、しばらく表情なく無言のあと、あたりを見回す。

素子、つと立ち上がり、波打ち際までふらふら歩く。

父もそれを追うように立ち上がり、素子が落した麦わら帽子を拾ってその場にたたずむ。

素子、波に足を濡らし、さらに海のむこうへ歩きだそうとする（素子が海の方へ近づくにつれ波音高く）。

なにかの幻（夢でみた蝶）を追うように、中央の階段を一二段降りる。

素子　待って……待ってよう。ママー！　ママーぁ！

父　待て、素子！　行くな！

父、麦わら帽子を両手に握り、その場から素子の後ろ姿を強いまなざしで見つめている。

素子、父の強い声に立ち止まり、波に押し戻されるように波打ち際まで後ずさると、うつろにぺたりと座り込む。

しばらく海のかなたを見、はっとなにかを探すかのように空を仰いで、しだいに肩をしゃくって何度も涙を拭ったあと、顔を突っ伏せ、砂をつかんで子供のように大きな声を出して泣く――

波音がフェイドアウトしてゆき、かさねて、いきものがかりの『YELL』がピアノ演奏で流れるとともに左右の幕がゆっくり閉まり、幕が閉まりきったあと、少し遅れて曲が終わった。観客の拍手は長く鳴り止まなかった。

ボクは去年初めて高校演劇を観たときのことを思いだしていた。智子のママが隣にいたのはついこのあいだのことだったのに。あのときのママさんは、娘の芝居が無事に終わったことにほっとしていたっけ。智子、すごく頑張ってましたよ。すごく頑張ってた。

観客が去ってゆくなか、姉がシンちゃんと話しながらこっちに来たので、急いで目を拭いてハンカチをポケットにしまった。

「――高校んときの顧問の先生がいてさあ、久しぶりに会ったら髭生やして偉そうになってた。昔はあんな無愛想じゃなかったのにな。挨拶行ったらムスっとして、名北の演劇部の生徒と観に来てたみたいなんだけど、後輩たちに紹介もしてくんないのよ」

「お姉ちゃん、来たんなら連絡ぐらいちょうだいよ」

「どうせここで会うと思ったからよ。お母さん来なかったの？」

「来たがってたけど、具合悪くして家で寝てる」

「まさか悪い病気じゃないよね」

「風邪で熱があるだけだけど」

「そうなの。大したことないんならよかった。じゃあ看病のほう頼むな。今後も親になにかあったらあんたに任せるから。アタシ仕事ですぐ帰らなきゃなんないから家には寄らずに行くね。これからシンちゃんに車で送ってもらうんだ。東京まで」

「仙台駅までだろ。どさくさ紛れにふてえこと言うな」

「いいじゃんかぁ」

「よかねえ。俺も仕事あんだから」

「どうせあんなのテキトーに針でチクチクやってるだけでしょ」

「うるせーよ。この、ヨゴレ女優が。半分売春婦のくせに」

「自分こそカミさんに半分捨てられてるくせに」

二人の言いぐさにボクは一瞬固まった。お互いシャレと分かってるからケッケと笑って応じているが、冗談がいつマジなケンカになるかとこっちがヒヤヒヤする。あんたらいい大人なのに言っていいことと悪いことあるの知らないの？

「何年前のだか知らねえが、グラビアやってたころのおまえのＤＶＤ、ブックオフのワゴンセールにあったの見たぞ」

「おいやめろ！　昔の黒歴史いじるのは反則だろ」

ほっぺのつねり合いみたいな不毛な言い争いにプンスカ怒った姉にうながされ、二人して舞台裏の智子に会いに行くことにした。

元演劇部の先輩方がいてお辞儀で挨拶したら、大宮先輩が赤い目をしてこっちへ来て、「泣いちゃった」と照れくさそうにほほえんだ。

芝居のラストで号泣していた智子だったが、すでにジャージに着替えて、平静な顔をして仲間とバラシ作業をしている。前にも感じたことだけど、芝居がハネたあとの彼女の近寄りがたさはなんなんだろう。一種の照れなのかなと思ったら、姉を見ると抱きついて、頭をなでられてよろこんだ。

「よくやったなあ智ちゃん。大したもんだわ。舞台でいっぱい泣いたね」

「だけど、観に来てくれた人を暗い気持ちにさせちゃったんじゃないかしらと思って」

「それも演劇ってものださ。それに暗いとか悲しいだけじゃないなにかを感じ取ってくれてる人も大勢いるはずだから。観客を信じよう」

安斎先輩が、おばあちゃんの格好で、「マミさんはこんなおばあさんになっちゃいましたー」とボクに声をかけてくれた。

「すごくキュートなおばあさんでしたよ。安斎先輩は卒業後も地元に？」

「うん。ところが就職した早々遅刻ばっかしちゃってさあ。マミさんクビ。世間って遅刻に厳しすぎると思わない？　で、結果フリーターさ。マミさん、アパレルにはむいてなかった。おかげで少し痩せたけど。いまは南町通りのドトールでバイトしてるさ。なあ、高橋、マミさん痩せたよなあ」

「どこが」

「羽田先輩はどうされてますか？」

「ちーちゃんは、東京の聞き慣れない名前の大学行って、噂じゃ、都会でなにか大切なものを失くしちまったらしい。もうあのときのちーちゃんは戻ってこない」

その会話の最中、姉に割り込まれて話相手をとられた。羽田先輩が演劇続けてるか聞こうとしたとこなのに。

「高橋先輩、どうも、お疲れさまです」

「おう」

卒業してもみなさん相変わらずなようだ。

このあと閉祭式が終わったら、近くのファミレスでささやかな打ち上げをやるからと大宮先輩に誘われたが、なんとなく理由をつけて遠慮した。川名先生がデジカメで写真を撮ってくれて、みんな智子を中心にして写してもらっている。うらやましいと思った。それに少し悔しかった。少しじゃなくて、すごく悔しい。智子は自分の世界を持ってる人だ。それを表現できる能力もある。ボクはまだなんにも持ってない。

明日は部活にでよう。男と付き合ってるヒマなんかない。福祉大のＡＯ入試控えてるっていうのにどうかしてた。宮坂くんには悪いけど、明日のデートは断るぜ。

十五

文化祭のあくる日の正午前、部活に行く支度をしてたら誰か訪ねてきた。インターホン越しに応答した声は、智子だった。ボクはすぐに行ってドアを開けると、紺のサロペットスカートのポッケに両手をつっ込んだまま、「よっ」と言われた。

「よっ。昨日はお疲れさま。どうぞ。なか入って」

「うん。でも、ちょっと外出ない？」

「どこ行くの？」

「ちょっとそこまで」

玄関の鍵をかけて、サンダル履きで外へ出た。モスグリーンのアッパーに二匹の赤いてんとう虫の飾りがついてあるサンダルで、智子が見てすぐ、それかわいいと言ってくれた。デカいけど、と付け足したのは余計なんだけど。

「お家の人いないのね」

「うん。お母さん、病院行った。仕事じゃなくて風邪でね。ボクもこれから部活」

「おじさんもお仕事？」

「そう。うちの親たち昨日の舞台、観に行けなくて残念がってたよ」

「おじさんにさ、田んぼ借りてお米を作ってみたいって言ってた件、うやむやになっちゃってごめんなさいって言っておいて」

「いいよそんなこと。どうせお父さんも忘れちゃってるよ。どうしたの急に」

「私さ、転校することになったんだ」

「え？　えぇ？　なんで？」

「パパの転勤が決まって。それに私、出席日数足りないから、来年もう一回三年生やらなきゃなんないの」

「どこに？」

「山口県の岩国市。私立のF高校。もう転入決まったんだ」

「山口県って。ずいぶん遠いな」

「パパの実家に近いから。今日これから引越しなんだ」

「今日行っちゃうの？　今日これから？　えぇー？　なんでよぉ。そんなのないよぉ。智子、どうしてそう水くさいの？　あれからずっとよそよそしいじゃん」

「ごめん……でも香だけじゃなくて、ほかの友達にも言ってなかったんだよ。昨日初めて伝えて。舞台のことでバタバタしてたし、つい言いそびれちゃって。川名先生にも黙っててもらってたの。しんみりするのやだったから」

ほかの友達とボクは同列？　と問いただしてやりたかったが、ここでボクがむくれたら、前と同じ空白の別れをまたつくることになりそうで言葉をこらえた。

「……ここまで歩いてきたの？」

「この町ともお別れだから。歩きたくて」

智子の仮設住宅に方角を同じくして自然と足が竹駒神社の方へむかった。

神社裏手の鳥居から参道を通って聞こえるのは、二人が砂利を踏む音と、杉の木立に繁く飛び交う鳥の声のみだった。

ボクは智子のことが急にいとおしくなって、彼女の手をとった。ボクの方から手をつないだのは今日が初めてだ。ところが、数歩あゆんだら、彼女はすまなそうに手をほどいた。

「もう手もつながないの？」

「だって……。ねえ、お参りしていかない？」

授与所にお巫女さんが一人たたずむ姿のほかは、参拝者さえなく、社殿はしんとしていた。

お賽銭持ってこなかったから、今日はご挨拶だけの参拝のつもりで早々に目を開けたら、右隣に姿勢よく立って、一心に手を合わせている智子の横顔に目が離せなくなった。大人の女性の顔だと思った。ボクは置いていかれて、彼女だけが大人になってゆく。もう気安く彼女の体に触れることはできないんだ。それに、彼女がボクに触ってくれることもない。行っちゃダメだよと抱きしめたい衝動をおさえた。

智子は目を開けると、ボクの視線に気づいて、「ん？　なに？」と笑顔をむけた。

「……智子に見とれてました」

「あら、照れちゃうわ」

社殿をあとにして唐門《からもん》をくぐると、表参道脇の大きな石灯籠が双方とも、いまだに倒れたままになっている。

智子につられて空を仰いだ。雲のない高い空だ。

「震災の夜、星空がきれいだったんだって。香、覚えてる？」

「覚えてないなあ。寒かったのは覚えてるけど」

「私も覚えてない。この狐さんは丈夫だねえ。あ、カナヘビだ」

唐突に智子が狛狐の台座にはりつく生き物を見つけて屈み込んだ。

「え、ヘビ？　やだ、トカゲじゃん」

「カナヘビっていうんだよ。見て。トクトク心臓が動いてる」

「捕まえるの？」

「捕まえないよ。そういえば岩国には白ヘビがいるらしい。どっかの神社で飼われてるみたいよ。それに錦帯橋《きんたいきょう》って有名な橋がある」

「ふーん。岩沼には二木《ふたき》の松って松尾芭蕉が句を詠んだ松があるもんね」

「なんで張り合うのよ」

ちっちゃなカナヘビをそのままにして、神社正面の大鳥居の下で、智子は足を止めた。

「ここでお別れしよう」

「どうして？　家まで送るよ」

「家じゃないよ、仮設だよ。いいの、ここで」

ボクらはしばしのあいだ、その場で立ち話をした。しゃべりながら、履いてるサンダルをブラブラさせた。

「……ごめんね。なんか、いろいろ……バレーあるのに」

「ううん。ボクのほうこそ、なにもしてやれなくて、ごめん……」

「ん？　そんな、だって、ほら、お守りももらったし、それに昨日の舞台は梶浦君がしっかりやってくれたし。私ったら、香に公人役やらせようとしたりして、あんなお願いごと、ダメ元にもほどがあるよね。あのときは、自分が考えて、やろうとすることがどれだけ実現できるか、試さずにいられなかったというか、いや違うな、いやいや違くない、確かにそれもあるんだけど、観客に向けて演じられた公人と、私にとっての公人はちょっと違ってて……あ、でも私が書いたんだからおんなじか……その、私にとっての公人は……あー、今日は話がまとまんない。さっきからなに言ってるんだろうね。なんか恥ずかしいや」

二人してちょっと笑った。

「そんなことないよ」

「香だってそんなことない」

「え？」

「え？」

また二人で笑い合ったが智子だけ声を出さなかった。

「……でも、智子のおかげで演劇部の人たちと知り合えたし、それに、楽しかった」

楽しかったってボクが言った瞬間、智子の瞳がフワッとにじんで、「そう？」と笑顔のまま視線を足元に落とした。

杉の梢が風に揺れた。

会話が止まると、智子は急に右手を伸ばしてきて、ボクの頬に一筋流れた汗を、手の甲でそっと拭った。

「そんなに暑い？　うふふ。相変わらず汗っかきさんだなぁ……。さてと、パパが出発待ってるから、そろそろ行かなくちゃ。むこうに着いたら電話する。また会おうね。今度はお互い二十歳になったら、どこかで会うことにしようよ」

「じゃあ、ボクが岩国に行くよ。それまでに旅行の費用貯めてさ。白ヘビも見たいし」

「うん。約束ね。最後にハイタッチして別れよう。せーの」

パチ！

「音が悪いな。もう一回」

パチン！　じゃあ、またね。うん、バイバイ……

智子の後ろ姿が遠くなってく。振りむけ、と言葉が声にならず唇に残った。彼女は振り返ることなく舞台袖にはけるときのように建物の角を曲がって見えなくなった。

門前の道路、こんなだったっけ？　見知った景色なのに焦点が定まらない。

もと来た道を歩いている途中、ボクは痛みに立ち止まった。下腹部の奥がキュッと下に引っ張られるようなあれだ。生理痛なんて久しくなかったのに。

鯉の泳ぐ小さな池の手前に置かれたベンチに座って痛みをこらえていると、何事かに祈りを捧げていた智子の横顔が思いだされた。ほかの景色を見ていても、昼の月と同じくらいの鮮明さで目の前に浮かんでくる。まぶしい日光に耐えているうち、少しずつ痛みもまぎれてきた。

ここにはボク……いいえ、私のほかに誰もいない。

九月初旬の日ざかりの境内は、影が斜にさす時刻を前に、季節の移ろいにも恬《てん》として、いつまでも静謐なままだ。

あとがき

本作における東日本大震災に関する描写につきましては、著者自身の体験のほか多くの方々のお話をおうかがいし、できるだけ事実に基づくよう努めましたが、すべてが正確なわけではなく、事実とは異なる部分もございます。

作中に記された各施設・団体等の名称とともに架空と現実を交えたフィクションとご理解いただきたく存じます。

お話をおうかがいしたなかでも、岩沼市の遺体安置所に関しまして、当時の施設の管理・運営を担われ、ご遺体の葬送に精勤を尽くされた大友葬儀社の皆様方におかれましては、ご多忙にもかかわらず取材をお受けいただき、厚く御礼申し上げます。

かさねて、震災に関連した事に限らず、各所見学や問い合わせに応じていただいた方々のご厚意に深く感謝いたします。

東日本大震災から十年が経とうとしております。執筆中、事実確認が困難な箇所に突き当たるたび、時間は刻々と経過していて、振り返る年月の早さと記憶のはかなさを含め、被災地の景色のみならず世間の意識も変容してきているのを感じ、一切の事象は無常なものと、酸化したコーヒーをかみしめて飲むようなしみじみ苦く切ない気持ちになったものでした。

あの日の記憶を世代を超えて残したいと願う心とともに、犠牲になられた人々へ謹んで哀悼の意を表し、あとがきの結びとさせていただきます。

浜松文也

〈著者紹介〉

浜松文也（はままつ ふみや）

1974年、仙台市生まれ。
他の著書に、
『空のフェイス　テンの物語』（三一書房）がある。

2011年の小さな舞台

定価（本体1600円+税）

乱丁・落丁はお取り替えします。

2021年1月24日初版第1刷印刷
2021年1月30日初版第1刷発行
著　者　浜松文也
装画・挿絵　志水やこ
発行者　百瀬精一
発行所　鳥影社 (www.choeisha.com)
〒160-0023 東京都新宿区西新宿3-5-12トーカン新宿7F
電話 03-5948-6470, FAX 03-5948-6471
〒392-0012 長野県諏訪市四賀229-1(本社・編集室)
電話 0266-53-2903, FAX 0266-58-6771
印刷・製本　モリモト印刷

ISBN978-4-86265-861-6 C0093